JN033805
ダンスは、当初一曲だけ踊って戻ろうと思っていたのだが、一曲目の後でマリア様に捕まり、さらにその後に、イザベラ様、エリザ、シエラと踊り、もう一度プリメラと踊ったのだ。
異世界転生の冒険者
12

布の下から現れたのは白を基調とした騎士風の鎧で、その大きさと土人形に着せていることもあり、動かないのにかなりの迫力があった。

これはケリーがドヤ顔になるのもわかる。最終的には俺が決めたデザインなので、デザイン通りの完成形を想像しながらここまで来たが、その想像をいい意味で大きく裏切るような出来栄えだった。

(著)ケンイチ　(画)ネム

contents

# 第一二章

# 第一幕

「そこまで！　個人戦優勝は、テンマ・オオトリ！」

ブランカが倒れるとほぼ同時に、俺の優勝を告げる審判の声が会場に響き、続いて大歓声が巻き起こった。関係者席では、俺側の身内に加えヨシツネも喜んでいる。まあ、ブランカは気を失っているので見ることはないが、試合中はヨシツネが俺を応援するたびに憎しみで力を増していたので、もしあの姿を見てしまったら、試合が終わったにもかかわらず襲いかかってきていたかもしれない。

俺は観客の歓声に手を上げて応え、ブランカを急いで連れていくように係員に伝えた。これでもし今気がついたとしても、ヨシツネの喜ぶ姿を見ることはないはずだ。

「テンマ・オオトリ選手、一時間後にペアの決勝戦ですが、大丈夫でしょうか？」

「大丈夫です」

今回の大会は、前回棄権したペアでも無事勝ち進んだので、三部門で決勝に出場することになった。そのうちの一つである個人戦を終えたばかりだが、決勝戦は三部門とも同日に行うことになっているのであと二回戦わないといけない。まあ、ペアの相方はじいちゃんで、去年のうっ憤を晴らす為に張り切っているので、あの調子だと俺は後方支援で済むかもしれないし、こう言っては何だが相手はあまり強くないので、じいちゃん一人で楽勝だろう。

「問題は、チーム戦の方か……」

チーム戦の決勝の相手……それは、ディンさん率いる近衛隊だ。メンバーは、ディンさん、ジャンさん、エドガーさん、シグルドさん、クリスさんの五人で控えはいない。俺には見慣れたメンバーだが、出場が決まった時は今大会で一番の注目チームだと騒がれた。

そんな注目チームの犠牲者たち……特に予選の相手チームは全くのいいところなしで終わり、トラウマになったのではないかというくらいへこんでいた。まあ、常日頃から対人戦での連携に重きを置いている騎士の中でも、選ばれた騎士しかなることができないのが近衛兵で、さらにその中でも上位の五人を相手にしたのだから、生半可な技量……特に、冒険者のような魔物を相手にする機会の多い者たちでは、何もできずに終わっても仕方がない。

『オラシオン』の方はというと、俺、じいちゃん、アムール、スラリン、シロウマル、ソロモンのいつものメンバーで、準決勝でブランカ率いる『南部選抜』とぶつかった。ブランカたちとの戦いでアムールがダメージを負い途中離脱したが大きな怪我はなく、決勝戦ではクリスさんで憂さ晴らしをしてやると息巻いている。なお、対戦中にじいちゃんとブランカの殴り合いが始まった際には、南部の上位者連中は二人の殴り合いを戦いそっちのけで見学するという奇行に走ったが、観客たちも二人の殴り合いに盛り上がっていたので、特に非難されることはなかった。

そして二人の殴り合いはというと、ブランカの右ストレートにじいちゃんが相打ちでカウンターを放った結果、ダブルノックダウンとなった。ただ、じいちゃんと違いブランカは『南部選抜』のリーダーだった為、そのままブランカたちの敗北となったのだった。

この結果に対して観客の一部から八百長ではないかという非難の声が出たが、南部の上位者たちがじいちゃんとブランカを称えるかのように拍手をしたところ、殴り合いで盛り上がっていた大多数の観客がそれに応えた為、非難の声はすぐにかき消された。

そして、個人戦の決勝から一時間とちょっと後。

「じいちゃん、大活躍だったね」

「ほっほっ！　もう少し手ごたえが欲しかったが、なかなか面白い試合じゃったな。このまま経験を積めば、ペアの上位常連にもなれるじゃろう」

じいちゃんに蹂躙(じゅうりん)された決勝の相手は、若手の冒険者（といっても俺より年上）で決勝戦初出場のペアだった。試合は俺たちの……というかじいちゃんの圧勝だったが、結果の割にじいちゃんの評価は高かった。

ペアの決勝では前衛のじいちゃんが二人を相手に戦い、俺は特にやることがなかった。まあ、ただ突っ立っているのも暇なので、相手方の後衛が魔法を使おうとするたびに牽制(けんせい)し、それなりの仕事はしたつもりだ。もっとも、じいちゃんにとってはほとんど意味のない援護ではあったが……じいちゃんは満足しているし、俺も体力を温存できたので目的は十分に果たしたはずだ。

「それでは『オラシオン』の皆様、一時間後にチーム戦の決勝が始まりますので、それまでに準備をお願いします」

係員が控室から去ると、俺たちはすぐに作戦を練ることにした。まあ、作戦を練るといっても、誰が誰の相手をするかというのが『オラシオン』で言うところの作戦なのだが……その前に、

「決勝のメンバーは、俺、じいちゃん、アムール、シロウマル、スラリンだ」

「キュイ？　……キュ――――！」

ソロモンは、「これまで試合に出ていたのに、何故(なぜ)！」といった感じの声を出して抗議してきたが、

「単純に、スラリンの方が強いからだ。ソロモンが出ると、おそらくディンさんに真っ先に狙われる」

これまでの試合において、ソロモンが制空権を握っていたのは大きなアドバンテージだった。だが、それはこれまでの相手にソロモンを倒す術がなかったからでもある。近衛隊にはソロモンを一撃で墜とすことが可能なディンさんがいて、ディンさんがソロモンを墜としている間、残りの俺たちを抑えることができるだけの力を持つメンバーが揃っている。それに、個々の強さは俺たちの方が上かもしれないが、連携という点において大きく負け……いや、比べるのがおこがましいくらいの差が存在する。

俺たちが負ける可能性が一番高いパターンは、ソロモンが墜とされて一人減り、ディンさんとジャンさんに俺が囲まれるというもので、その次はソロモンが墜とされて、アムールがクリスさんに抑え込まれ、じいちゃんにエドガーさんとシグルドさんが当たり、シロウマルの相手をジャンさんがする。そして、俺がディンさんとやり合っている間に、手の空いた人……クリスさんかジャンさん、もしくはその両方が俺の背後を取る……というものだが、アムールはともかくシロウマルが戦闘不能になるとは考えにくいので、一番のものよりも格段と可能性が落ちる。

ただ、両方に共通しているのがソロモンの脱落で、そこまでの可能性はかなり高いと思っており、その為の交代だ。そもそも、スラリンは戦力的に見ると『オラシオン』の三番手なので、ここまで出ていないことの方がおかしかったのだ。まあ、スラリンがソロモンのわがままを聞いていたという感じなのだが。

ソロモンはかなりしつこく文句を言っていたが、最後にはスラリンに説得されて交代することを認めていた。

「次は、誰が誰の相手をするかということだけど……」

「クリスをボコる！」

「アムールはクリスさんだな。それで、シロウマルはジャンさんを頼む。ディンさんと合流させないことを第一に考えて、無理に倒そうとしなくていい。スラリンは……エドガーさんと、できればシグルドさんの二人を狙ってくれ。じいちゃんは、スラリンがどちらか逃がしたらその相手で、大丈夫そうなら俺と一緒にディンさんを狙う……って感じで。まあ、あくまでも予定だし、ディンさんたちもその作戦を読んで、裏をかいてくることも考えられるから、その時は臨機応変で頼む」

近衛隊は俺たちの実力や癖をよく知っていて、なおかつ俺たちを倒せるだけの実力を持つ上に、連携……特に対人戦においては今大会トップのチームなので、スラリンを入れて総合力を上げ、ついでに連携においても、俺を含め自分勝手な面々のフォローをしてもらうつもりなのだ……自分で言っておいて、少しむなしくなるが、スラリン以上に気遣いができる者は『オラシオン』には存在しないので、適材適所という意味ではこれ以上の人材？　スラ材？　はいない。

ある程度の作戦を話し合った後は、試合の時間まで思い思いに過ごした。そして、

「決勝戦、『オラシオン』対『近衛隊』……始め！」

試合が始まって早々、

「うぎゅ！」

アムールが吹き飛ばされた。相手はディンさんだ。

やはりこちらの狙いは読まれており、裏をかかれた形だ。アムールは吹き飛ばされてダメージは受けたが直撃はギリギリのところで防いでおり、戦闘不能とまではいかなかった。しかし、その間

にディンさんたちは数的優位の状況を利用し、それぞれの相手に向かっている。

クリスさんはシロウマルに、エドガーさんはじいちゃんに、シグルドさんはスラリンの前を塞ぐように割り込み、ディンさんとジャンさんが俺に突進してきた。おそらくディンさんたちの作戦は、
・・・ここまではうまくいっていたのだろう。そう、ここまでは。
「なっ！　くそ！　スラリンか！」

ディンさんと共に俺に向かってきていたジャンさんが、トップスピードに乗る直前にバランスを崩して倒れかけた。その足には、スラリンが伸ばした触手が絡まっている。

「裏をかいたつもりが、読まれていたか！」

ディンさんが剣を振るいながら楽しそうにそんなことを言うが、

「残念ながら、読めませんでした。むしろ、裏をかかれて冷や冷やものでしたよ。全ては、スラリンのおかげです……よっと！」

ディンさんと数回打ち合い、力を込めた一撃で強引に距離を稼いだが……

「それ、自慢げに言うことではないぞ」

ディンさんは呆れ顔をしながら、何事もなかったかのように剣を構え直した。

「スラリンは俺の眷属だから、誇ってもいいと思いますけど、ね！」

「それはそうだろう……が！　眷属任せだと、笑われる、ぞ！」

「誰に、ですか！」

「陛下、と！　ライル様、と！　ルナ様に……だ！」

三人の名前を聞いて納得してしまった。そして、三人が笑っている姿が頭に浮かび、不愉快な気

持ちになった。

「それじゃあ、そんな俺に負ける近衛隊長に、その役目を代わってもらいましょう……かっ！」

「ごめん被る！」

結局、ディンさんと一騎打ちになる……と思ったら、

「ちっ！　やっぱり無理か！」

後ろからシグルドさんが斬りかかってきた。

シグルドさんの相手はスラリンがしていたと思い、防いだついでにシグルドさんを吹き飛ばし、スラリンのいる方に視線をやると、

「めちゃくちゃな戦い方だな……」

ジャンさんが力任せに大剣を振るい、スラリンの体を撒き散らしていた。

「離れて厄介、近づいても厄介なスラリンだが、スライムは防御力が極端に低い魔物だからな。それはスラリンとて例外ではない」

ディンさんの言う通り、スラリンはスライムとしては別格の防御力を持っているが、ジャンさんの攻撃に耐えられるほどではない。しかし、

「ぐあっ！」

「むふん！　近衛隊副隊長、討ち取ったり！」

スラリンと相対していたジャンさんの背後から、アムールが襲いかかった。

ジャンさんも、アムールの接近に気がついて迎え撃とうとしていたが、ジャンさんの意識が一瞬アムールに向いた瞬間に、スラリンの撒き散らされた体の一部がジャンさんの足にまとわりついて

動きを封じ、ほぼ無防備な状態でアムールの攻撃を受けて気を失うことになった。

「ジャンがやられたか……これで、こちらの勝ち目はほぼなくなったと見るべきか」

ディンさんの言う通り、ジャンさんが離脱したことで近衛隊の負けが濃厚になった。

ジャンさんを倒したアムールは、シロウマルの攻撃を何とかさばいていたクリスさんに襲いかかり、再度俺に襲いかかろうとしていたシグルドさんは、撒き散らされた体を集めたスラリンに捕縛され、じいちゃんの相手をしていたエドガーさんは、地面に押さえ付けられて身動きが取れない状態だった。

「それじゃあディンさん、タイマンで決めようか？」

「わざわざ一対一で決着をとは、テンマは優しいな」

「よいさっ！」

「ちょっ！　危ないわね、アムール！」

「いや、危なくなったら、じいちゃんと交代するかもよ？」

「まあ、本来チーム戦はそういうものだからな。それはそれで仕方がない」

「ほいさっ！」

「この、ブンブン丸め！」

「なら、危なくなったら、遠慮なくじいちゃんとスラリンを投入しよう」

「テンマが、『ディン様に勝てないから、手伝って！』と叫ぶのなら認めよう」

「ちょいさっ！」

「ああ、もうっ！　シロウマルで疲れてなかったら、こんな攻撃簡単に避(よ)けられるのに！」

「うるさいね……」

「まあ、戦っているのは俺たちだけではないからな……」

アムールとクリスさんのやりとりに、俺とディンさんのやる気が大きく削(そ)がれたが、チーム戦なのであの二人の方が正しいし、何より観客は二人の戦いに大いに沸いているので興行的にも間違ってはいない。間違っているのは、乱戦であるべきチーム戦で周りを気にせずに話している俺とディンさん、そしてエドガーさんの上に座って観戦しているじいちゃんに、シグルドさんを捕まえたままでジャンさんの介抱をしているスラリンと、あくびをしながら寝そべっているシロウマルの方なのだ。間違っているのが半分もいるのは異常だが何故か観客が気にしている様子はないし、逆に盛り上がっているみたいなので、異常でもあり正常でもあるのかもしれない。

「まあ、気にしても仕方が……」

「秘技、『猫だまし』！」

「なんの！　『猫だまし返し』！」

「テンマ、あいつらは気にするな。気になるだろうが、これも修行の一環だと思うんだ」

色々な意味で暴走し始めている二人に、やる気が削がれすぎてなくなりそうになっていたが、ディンさんの言う通り修行の一環だと自分に言い聞かせて、一騎打ちに集中することにした。

「行くぞ、テンマ！」

「いつでもどうぞ！」

こうして、俺とディンさんの一騎打ちは始まった。

いつもの訓練とは違い、大会の決勝ということで独特の緊張感と高揚感があり、普段の訓練では

見せない技を出すような失敗をやらかしたりと、少しでも気を抜けば即座に致命的なミスに繋がりかねない戦いが続いた。そして、

「参った。俺の負けだ」

「年の……体力の差が勝因ですかね？」

「ほざけ……運の差だ！」

僅差ではあったけれど、互角の条件での剣術勝負でディンさんを負かしたのは嬉しいことだった……が、

「いい加減くたばるといい、クリス！」

「調子に乗るな、アムール！」

後ろの方で、まだ戦っている二人がいなければ、心の底から喜ぶことができたはずなのに……

「審判、ちょっとこっちへ」

ディンさんが審判を呼び寄せて耳打ちすると、審判は軽く頷いた。そして、

「優勝は、『オラシオン』」

『オラシオン』の優勝を、まだ戦っている二人に聞こえないくらいの大きさで宣言し、俺を手で示した。

「テンマ、二人に気がつかれないように、ここから降りるぞ」

「了解です。ところで、さっき審判に何を言ったんですか？」

アムールとクリスさんを除いた全員で闘技場から去る途中で、ディンさんにこっそりと審判に何を言ったのかを訊くと、

「ああ、審判には『あの二人はまだ戦いたいみたいだから、心ゆくまでやらせてやれ。それと、邪魔をしないように宣言は大げさにしなくていい』と言ったんだ」

「なるほど……ディンさんは、とても優しいですね！」

「だろ」

観客へのサービス精神に溢（あふ）れた二人を邪魔しない為にも、気がつかれないように去るのが俺たちにできることだと理解した。

「鬼畜だな。隊長も、テンマも……」

「気がつかない二人にも非があるがのう……まあ、鬼畜であることは否定せぬが」

エドガーさんとじいちゃんは呆れていたが最終的には納得したようで、誰一人としてアムールとクリスさんに声をかけることなく、俺とディンさんの後ろについてきた。ちなみに、ジャンさんはまだ意識が戻っていなかったので、スラリンに運搬されながらの退場だった。


「何で私たちを置いていったのよ！」

「説明を求める！」

あれからアムールとクリスさんは、俺たちが闘技場から去った後もしばらく戦い続け、仕切り直しの為に一度離れた時に自分たちだけしか残っていないことに気がついたそうだ。その間俺たちは、王様に呼ばれて事の説明を求められたり、軽食をとりながら談笑したりしていた。そこに二人がやってきて俺に詰め寄ってきたわけなのだが……

「いや、普通は言われなくても気がつくだろ？」

の一言で二人は言葉を詰まらせていた。さらに、

「そもそもチーム戦ということは、目の前の相手以外からも攻撃されることを想定して動かなければならないわけで、あの状態で背後から攻撃されたら死んでいたよね？　アムールは被害が自分だけで終わるかもしれないけど、クリスさんの場合、最悪王様が殺されちゃうよ？」

「なぬっ！」

「そうなった場合は、最低でも爵位剝奪で奴隷落ち、最悪で死刑だな。まあ、私にも何かしらの罰が与えられるだろうが、降格か謹慎あたりだろうな」

「ちょっ！　隊長まで！」

ディンさんもクリスさんをからかっているが、言っていることはかなり可能性の高いことなので、クリスさんはからかわれているとわかっていても反論はできなかった。さらにそこに、

「クリス……奴隷に落ちたら、南部で拾ってあげる。そして……こき使ってやる！」

「そんなことはあり得ないでしょ！」

アムールのあくどい笑みを浮かべながらのからかいに、クリスさんはものすごい剣幕で否定したが……

「いや、まあ妥当なところだろうな」

それまで笑いをこらえながら静かに聞いていた王様が、突然アムール側に付いた。

「へ、陛下……それはまあ、個人的な怠慢から任務に失敗して陛下を危険な目に遭わせれば、死罪や奴隷落ちは理解できますが、奴隷落ちの場合、別にアムールの所でなくとも、テンマ君の所とか……その……」

クリスさんは、俺の方をチラ見しながらそんなことを訴えるが、

「それは絶対にあり得ぬな。テンマの奴隷など、褒美にしかならん。そもそも、そういった理由から奴隷落ちになった者は、近しい者の奴隷にすることはできないと決まっておる。クリスとテンマの仲は、多くの者が知っていることだからな。その点、南部子爵家なら、アムールと仲がいいとはいえ、王都から遠く離れておるし、クリスのこれまでの功績を考慮して、大会で相棒を務めたハナ子爵に所有を託したとごまかすことができるからな」

「そ……んな……」

王様の説明で、クリスさんは絶望の表情を浮かべていた。

「それが嫌なら、本来の任務の際に、先ほどのような失敗はしないことだな」

「はい！　絶対にしません！　アムールの奴隷は、絶対に嫌です！」

ディンさんの警告に、クリスさんは背筋を伸ばして大きな声で宣言した。クリスさんの言葉を聞いたアムールはつまらなさそうな顔をしていたが、知り合いが知り合いを奴隷として持ちこき使うところは見たくはないので、ぜひともクリスさんには色々と気をつけてもらいたい。

それからしばらくして表彰式の準備が整ったとのことで、俺たちは揃って会場へと向かった。

「アムールとクリスさんのせいで、予定が遅れているみたいだね」

「申し訳ない……クリスには、ちゃんと言って聞かす。奴隷の主として！」

「私は奴隷になってないわよ！」

アムールの言葉に過剰反応したクリスさんは、怒鳴り声を上げた……が、

「クリス、静かにしろ！　近衛兵として、恥ずかしい姿をさらす気か！」

会場が近かった為、ディンさんに怒られていた。

「アムールも、その冗談は場合によっては洒落にならぬから、気をつけるようにの」

アムールもじいちゃんに注意されたが、クリスさんほど強くは言われなかった。


「例年よりも、盛り上がった表彰式だったね」

「俺の知る限りで、一番盛り上がったんじゃないか？」

「それもこれも、アムールとクリスのおかげじゃな」

「ぶい！」

「もう……言わないで……」

アムールとクリスさんがギリギリまで戦っていたおかげで、観客たちの熱が落ち着く間もなく表彰式に移ることとなり、例年以上の盛り上がりを見せた表彰式及び閉会式となった。そんな表彰式の最中、観客からはアムールとクリスさんの名前が連呼され、アムールが手を振るたびに歓声が上がっていた。その間、クリスさんは恥ずかしそうに下を向いていた。


そして大会の一週間後、王家主催のパーティーでは。

「クリスさん……モテ期が来た時に限って、かわいそうなほど縁がないよね」

「そうじゃのう」

「さすがにこれはかわいそうだな……今からでも呼びに行くか？」

「ブランカ、それは無理だ。クリスの奴、わざわざ王都外の任務に志願して、今朝早くから出かけていった」

　王家主催のパーティーで、近衛のクリスさんも参加者として参加を許可されていたのだが、表彰式のことがよほど恥ずかしかったのか、からかわれるのは嫌だと言って参加を辞退し、さらに王都を一時的に離れる任務に志願したそうだ。ただ、その他の近衛隊のメンバーは参加しており、今日はディンさんも休みということで王様のそばを離れ、俺たちと一緒に飲み食いしている。

　そんな時に限ってクリスさんは、

「テンマ、またクリスのことを訊きたがる男がいた」

　男性からの人気が高かった。クリスさんがアムールと戦っている姿がよかったとか、表彰式で恥ずかしがっている姿がよかったとかいう理由らしく、パーティーまでの間に何人か声をかけようとしたらしいが、クリスさんはからかわれると勘違いしたそうで逃げ回っていたのだ。

「見る目のない馬鹿どもがうるさい」

　パーティー前は逃げ回るクリスさんを楽しそうに見ていたアムールだったが、このパーティーの参加者はクリスさんの相方はアムールだと勘違いしているのか、先ほどからアムールが食べ物や飲み物を取りに行くたびにクリスさんのことを訊きに来るのだ。そんなクリスさんがモテている状況がアムールは面白くないらしく、囲まれるたびに不機嫌さが増していた。

「次からは俺が取ってこよう。さすがに俺を囲む度胸はないだろう」

「ブランカは顔が怖いから、こういう時に活躍しないとする場所が、がっ！」

　ブランカが自虐気味なことを言ってまで気を使ったというのに、アムールはブランカにうっ憤の一部をぶつけてしまった為、公衆の面前で頭に拳骨を落とされていた。

「ん？　少し騒がしくなってきた？」

「陛下が来るのだろう……どうした？　……ほう。それは面白いことになりそうだ」

　俺と話していたディンさんのもとに、近衛兵の一人が近づいてきて何か耳打ちをした。その報告を聞いたディンさんは、楽しそうに笑っている。

「ディンさん、何があったんですか？」

「ふむ。確かに気になるのう。お主がそんな風に笑う時は、何か厄介事が起きたか起こりそうな時じゃからな」

「まあ、否定はしませんが……詳しくは陛下よりお言葉があるはずです。ですので、私が先に教えると、陛下が拗ねてしまうと思いますので」

　俺の疑問にじいちゃんも同意したが、ディンさんは王様が拗ねるからという理由で教えてくれなかった。まあ、そう言われると王様がいじける光景（その後の、王様が愚痴を言いまくり、マリア様に怒られているシーンまで）が簡単に思い浮かぶのでそれ以上は訊かず、大人しく王様からの発表を待つことにした。

　そして、王様から発表されたのは、

「皆の者、楽しんでいるようだな。それでは、これより私たちも参加させてもらおう……が、その前に報告がある。このたび、大会の常連であるが今大会不参加だった『暁の剣』が、セイゲンのダンジョンを攻略したとの報告が入った」

　なんか、大会入賞者の存在が霞みそうな話だった。

　王様の発表を聞いた貴族たちの話題は、ジンたち『暁の剣』一択となった。先ほどまでクリスさんのことで付きまとわれていたアムールは、クリスさんの話題が出なくなったので機嫌がよくなったのか、新しいお皿を持ってお代わりに行った。

「これは、色々と騒がしくなるな」

「まあ、ジンたちには悪いが、その分わしらは楽になるじゃろう」

　俺をはじめとした『オラシオン』のメンバーは、後ろ盾が王家（アムールは南部子爵家だが、俺たちとセットとして扱われている）ということになっているし、ここ数年でオオトリ家の戦力と影響力が広く知れ渡っているので、昔ほど面倒事に巻き込まれることはなくなってきた。だが、それでも隙あらばといった感じの者はいる。特に、大会で優勝した後だと、父さんと母さんの遠い親戚だとか、昔世話をしたことがあるだとかいう奴がたまに現れるので、それに合わせて悪だくみを行う馬鹿がいるのだ。ちなみに、本当に知り合いかどうかは、マリア様や王様に確かめてもらっている。父さん母さんの友人だったりすると、高確率でマリア様と王様も知っている人なのですぐにわかるのだ。ちなみに、友人だという人たちと会う時は、マリア様と王様、それにじいちゃんも同席することになっている。

「テンマ！　そろそろ、こっちに来ないか？」

　じいちゃんたちと『暁の剣』のことを話していると、大会参加者専用のスペースの外からリオンが声をかけてきた。本来、このような感じで貴族が参加者に声をかける行為は非難されるものだが、呼ばれているのが俺で、呼んでいるのがリオンだとわかると、周囲で訝しんでいた貴族や参加者は『いつものことか』という感じで、それぞれの話に戻っていった。

「おう！　今行く！」

「うむ。おいしいものを用意しておけ！」

返事をしてリオンの所に向かおうとすると、アムールが偉そうなことを言いながらついてきたが、周囲で聞き耳を立てていた者たちはその言葉を聞いても特に何も思わなかったようだ。それはリオンも同じで、むしろ「すでに用意している！」と胸を張って答えていた。

「さすがに三人がいると、いい場所が取れるな」

「役に立つ三人！」

「褒めるなよ。照れるだろ」

「特に褒めていないと思うのだが？」

「アムールに至っては、むしろ馬鹿にしている節があるね。まあ、いつものことだけど」

「リオンさんの場合、そう言われても仕方がないですわね」

「それはちょっと……」

「お義姉様、それはさすがに言いすぎ……ではないですか？」

リオンに連れていかれた先はパーティー会場のテラスで、アルバートやカインがいるせいか、他の貴族は遠巻きに見ているだけだった。

「む！　ドリルとプリメラ……と、誰？」

「だから、ドリルじゃありませんわ！　あなた、絶対わざと言っているでしょう！」

「うん？　何のことだか、全然わからない。ドリル・ザ・ツイングルグルさん？」

「何ですか、その怪しげな名前は！　そんな名前の人間がいてたまるものですか！」

「間違えた。グルグル・フォン・ツインドリルさん」

「違う！」

「お二人とも、話が進まないのでそこまでにしませんか？」

ふざける二人（ドリ……エリザは巻き込まれただけだが）を、プリメラが止めた。プリメラの隣では、見覚えのある女性が驚いたような顔でアムールとエリザを見ていた。

「そうだね。まずは、テンマとアムールが知らない彼女のことを紹介した方がいいね」

カインが、アムールとエリザの抗議の声よりも先に話題を変えて、女性の紹介に移った。

「テンマ、この人が僕の婚約者の」

「アイブリック伯爵家次女、シエラ・フォン・アイブリックです。シエラと呼んでください」

見たことがあると思ったら、カインの言っていた婚約者だった。まあ、王城の書庫や街の図書館で会った時に軽く会釈をしたことがあるだけで、声を聞いたのは初めてだった。

「むっ！　むぅ……ギリ味方！」

アムールはシエラと挨拶を交わす前に胸を見つめ、そんな失礼なことを言いだした。シエラは、アムールの視線に不吉なものを感じたのか、プリメラの後ろに隠れるように逃げた。ちなみに、後でカインが言っていたことだが、シエラの胸は平均程度はあるそうで、少なくともクリスさんよりは大きいはずだなどと、反応に困ることを言っていた。頼むから自分の婚約者の胸の話を、他の男にするようなことはしないでほしいと思った。いや、まじで。

「それにしても、テンマに賭けても旨味がなくなったな」

「そうだね。ほとんど元返しだからね。賭けなきゃそんそんって感じで、皆こぞって賭けているし、ザイン様の下で働いている知り合いが、ここ数年は胴元の儲けが少なすぎるって嘆いていたよ。こうなったら、優勝者を予想するだけでなく、二位や三位当てや、一位から三位までを当てるくじを作るか！　……とか、自棄になっていたね」

競馬で言う単勝、複勝、三連単みたいな感じなのだろうが、コンピューターで処理する前世と違って、人の手で全てを処理するこの世界では計算が複雑になるので、アイディアはいいが実行するのは難しいのだろう。

「手っ取り早いのが、陛下がテンマに出場を辞退するように要請することだろうが……それだと、国民からの非難が激しいだろうから無理だろうな」

「それなら、テンマは殿堂入りだとか言って出場させずに、大会の優勝者と戦わせるようにするのはどうだ？」

アルバートにリオンが案を出すが、それを聞いたアルバートは首を横に振った。

「それも無理だろう。殿堂入りという案はいいかもしれないが、優勝者と戦わせるということは、大会の期間中、テンマをずっと拘束しないといけないということになる。テンマほどの冒険者を長期間拘束するのに、どれくらいの報酬を用意しなければならないのかという問題もあるし、そもそもテンマは冒険者であって、国に属する騎士でも兵士でもない。参加させないというのは、国王陛下の名で冒険者の自由を奪う行為だと、改革派が派手に騒ぐだろうな」

最近は前よりも規模が小さくなり大人しくなったとはいえ、いまだに王族派に次ぐ勢力を保持しているので、チャンスがあれば何であろうとも利用しようとするだろう。

「出ないでくれと言うのなら、別に出なくてもいいんだけどな……」

「テンマがよくても、国民が納得しないだろう。そこに陛下が手を回したと改革派が触れ回れば、それは王族派の……いや、陛下のしたことだと、国民は思うだろうな」

そこが面倒なところだった。いくら俺と王様がそうではないと言ったとしても、俺と王家の仲は王国中に知られているので、何か取引があったのではという疑問は、誰がどう説明しても残るはずだからだ。

「面倒臭いから関わりたくないけど、絶対に王様がその話をしに来るだろうな……まじで、面倒臭い。いっそのこと、しばらくの間南部にでも遊びに行くか？」

「うむ。そうするのが一番！　南部は歓迎する！」

南部は南部で騒がしくなるだろうけど、あそこは基本的に脳筋的な考えの騒がしさなので、政治的な難しさはほとんどない。まあ、馬鹿騒ぎと言った方がわかりやすく、実力を示せば好意的に接してくる者が多いし距離的にも王都からは大分離れているので、面倒事から逃げるのにはうってつけなのだ。

などと、王都からの脱出を考えていると、

「それは困るな。南部への旅行は、来年の大会の話が終わってからにしてほしいのだがな？」

こんなところに王様がやってきた。その隣にはシーザー様とザイン様もいる。厄介事の匂いがプンプンしていた。

「何やら、面白そうなことを話していたようだが、何を話していたのだ？」

王様は、そう言いながらアルバートたちを見た。俺だと話さないだろうから、臣下である三人に話せということなのだろう。そして王様の思惑通り、三人は迷うことなく俺と話していた内容を王様たちに話した。

「ふむ。やはりテンマたちもそう思うか……全く、本当に面倒な話だな」

「陛下、面倒では済まない話なのですよ。もっと真剣にやっていただかないと」

王様は心底面倒だという顔をしたが、隣にいたザイン様に諫められていた。

「ん、んっ……まあ、面倒でも、解決せねばならぬ問題だな。と、いうわけでテンマ。どうしたらいいと思う？」

「わかりません。丸投げしないでください。そういったことは、シーザー様たちと話し合ってから俺の所に持ってきてください」

「まあ、それが道理だな。だが、私たちで話し会ったことをテンマに持っていくということは、すでに決定事項となっているということだ。すなわち、王家からの命令ということだな。私たちとしては、それは避けたいからテンマを交えての話がしたいのだ。わかってくれ」

丸投げの王様に対し、シーザー様が丁寧にかつ退路を塞ぐように説明してくれた。

「もう、シーザー様が王位に就いてもいいんじゃないですか？」

「……私もそう思えてきた」

俺の呟きに、王様も同意したが……

「陛下にはまだまだ大人しく……お元気なので、もうしばらくは王位に就いていていただかないと」

という理由で、シーザー様は王位をまだ継がないと言った。多分、元気なうちに王様が国王を辞めると、自由気ままに好き勝手し始めるとでも思っているのだろう。まあ、俺もそう思う。そして、その一番の被害者は俺の可能性が高い気がするので、シーザー様の言う通りもう少し弱っ……大人しくなってから、王位を譲ってもらいたい。それならば、マリア様が首輪を付けてでも抑えてくれるだろう。

「ま、まあ、シーザーの言う通り、一度テンマと今後のことで話がしたいから、それが終わるまで王都を離れるのは待ってほしいのだ」

「はぁ……了解しました」

王様は俺から言質を取ると、これ以上ここにいてはゆっくりできないだろうと言って去っていった。

「王様が国王らしい態度で現れると、たいてい面倒事を持ってくる時なんだよな」

「いや、テンマ。さすがにそれは不敬ではないか？」

「不敬と言われても、俺は臣下ではないし頼まれている側だし……さすがに、俺の情報を売ったアルバートたちほどの敬意を持っているわけではないしな」

「いや！　それはすまんかったが、アルバートを責めても……なぁ？」

「そうだよ！　アルバートだって、悪気が……悪気があったわけじゃ……ないよね？」

「アルバート、出世の為に、友を売る……一句できた！」

注意してきたアルバートに、本音半分からかい半分で返すと、リオンとカインが乗ってきて（ただし、リオンは素で言った可能性大）、アムールがとどめとばかりに俳句になっていない句を詠んだ。

「いや、待て！　私はそんなつもりは！　エリザ！　プリメラ！」

アルバートはリオンとカインに裏切られ、すがる気持ちでエリザとプリメラに頼ったのだろうが……

「リオンさん、カインさん、アムールはともかく、テンマさんの言っていることは間違ってはいませんし」

「言い方はともかく、テンマさんから見れば、兄様の行いはそうと言われても仕方がありませんし、知らない人から見れば、アムールの言う通りに見えるとも言えますし」

二人とも、あながち間違いではないと言って、アルバートの援護をしなかった。シエラはエリザとプリメラが話している間、終始苦笑いを浮かべていたが否定はしなかった。

「アルバートのことは置いておいて、ダンスまではまだ時間があるから、その前に食事を……って、言うまでもなかったね」

俺とアムールとリオンは、プリメラたちがアルバートをへこましている間に、アルバートたちが用意していた食事と飲み物に手を伸ばしていた。

「それでテンマ、今年は誰と最初に踊るの？　去年がハナ子爵で、その前がアムール、さらにその前がマリア様だったよね？」

よく覚えているなと訊くと、カインは「それだけ注目されているということだよ」と返してきた。その言い方だと、他にも覚えている人がいるのだろう。

「別に踊らなくてもいいんだけど……変に期待されているしな」

最初の年はジャンヌとアウラの誘拐騒動があったので、ダンスの前にパーティーは中止となってしまったが、その次の年のダンスは予定通り行われ、マリア様に半ばさらわれる形でダンスを踊ったのだ。まあ、その後はマリア様や王様たちの話し相手をしていたので、ダンスに誘おうとする者はいなかった。その次の年からは、ダンスの相手は知り合いか大会の入賞者に限定すると宣言したところ……言葉の途中でアムールにさらわれた。そして去年は、その話をアムールから聞いていたハナさんに、面白半分にさらわれたのだ。まあ、ダンスの相手の条件を限定したことで、知らない女性と踊らなくて済んだのだが……もともと貴族関係の女性の知り合いは少ないので、いつも同じようなメンバーとばかりだし、さらに今年の入賞者の中で女性はアムールとクリスさんだけなので、踊っていない人がいないなら別に踊らなくても……と考えたところで、踊っていない相手が、ここに二人もいることに気がついた。まあ二人とも、性格的にダンスに誘われてもあまり踊りたがらなさそうではあるが……一応訊いてみることにした。誘ってみて断られたら、今年は踊らないことにしよう。

「それではプリメラ嬢、一曲目を私と踊っていただけますか？」

踊ったことのない二人のうち、親しい方を先に誘った。プリメラの性格からして、恥ずかしがって踊らないという可能性もあったが、その場合は知り合いを誘って断られたという笑い話になるだけだ。だが、

「はい、喜んで！」

二つ返事で誘いに応じた。意外ではあったが、ダンスの相手が見つかったと喜んでおこう。まあ、その後でシエラを誘ったら、何故か冷たい目で見られて断られたのは気になるが……シエラとアムールとリオン以外は仕方がないといった顔をしていたので、俺が何らかの作法を間違えたのだろう。

「テンマ、その次は私！」

アムールが、プリメラの次を予約してくるが、

「今日は、踊ったことがない知り合いだけのつもりだから、悪いけど勘弁してくれ」

ちょっと怖い。

カインの言葉で俺たちはそれぞれのパートナーと共に、会場の近くに移動しようとしたが……

リオンの叫びにアムールが反射的に乗りかけたが、すぐに俺が踊らないと言ったのを思い出したようで、途中で興味をなくしていた。

毎年のごとく、パートナーのいないリオンはダンスの相手に苦労しており、辺境伯家傘下の貴族家の女性に頼んでいるのだが……大抵の場合が未亡人や年配の女性が相手で、同年代の女性と踊る機会が少なかった。

プリメラにすら忌避されるリオンのダンスの評価はかなり低い。アルバートによると、技術はあるが間違った覚え方をした上に、それを直す機会を得ることがなかったせいで、ダンスの技量がか

「むぅ……」

その言葉だけでは納得しなかったのでどうしようかと思ったら、カインとエリザが説得してくれたので助かった。助かったのだが、この二人が同時に動いたということは、何か裏がありそうで

「それじゃあ、そろそろ時間が迫っているし、会場の近くに移動しようか？」

「ちょっと待て！　俺の相手がいないんだけど！」

「私……は、テンマと踊れないならいいや。リオン、ガンバ」

「リオンの場合、最初に踊るべきパートナーがいないじゃないか？　婚約者候補は辺境伯領で修行中だし」

「そんな状況で、他の女性を誘うのはまずいだろうな。まあ、毎年のことじゃないか」

「リオン兄様と踊るのはちょっと……」

なり上の相手でないと、リオンと踊るのは難しいそうだ。そういった理由から、評価は四年前の俺と同じくらいとのことだった。なお、俺とリオンのダンスの評価が同等だったのは四年前の時点のことであり、現在では俺の方が上だ。まあ、以前よりは上達したといっても自慢できる腕前ではないので、ダンスにおいてはリオンを馬鹿にできるほどではない。

「それじゃあ、時間みたいだし……皆、リオンのことは放っておいて、踊りに行こうか？」

「そうだな。リオンに構いすぎて、ここにいる全員が不参加ということになるのは避けたいしな」

カインとアルバートの言う通り、王族派を代表するような大貴族の嫡男が、揃ってダンスを欠席することなどできるはずもなく、俺たちは相手を探しに走り去っていったリオンを無視して移動を開始した。

パーティー会場の中央に用意されたダンス会場に行くと、そこには目立つ場所を確保しようと牽制し合うペアでごった返していた……が、アルバートとエリザのペア、カインとシエラのペアが姿を現すと、その前を塞いでいたペアが一斉に道を譲ったので、難なく会場の中央部に進むことができた。ちなみに、俺とプリメラはなるべく目立たないように踊ろうと意見が一致したので会場の端っこに移動しようとしたのだが、エリザがプリメラを強引に引っ張っていったせいで、俺たちは自然とアルバートたちの近く……会場の一番目立つ中央部に連れていかれることになった。

「テンマも来たか」

中央付近には、王様とマリア様、シーザー様とイザベラ様のペアもいた。その他にも、上位貴族ばかりが中央近くに集まってきているので、唯一の平民である俺は場違いもいいところだった。

「と、いうわけで……プリメラ、端の方に移動しようか」

「そうですね」

　そんな場所で踊るなど、ダンスに自信のある者かよっぽどの馬鹿のどちらかだろう。なので、その場を離れて目立たない場所で踊ろうとプリメラに提案すると、プリメラは理由を訊かなくても意味を理解し、すぐに移動を開始した……が、

「ここで踊ってもよいではないか」

「テンマは王家が招待した客で、パートナーのプリメラはサンガ公爵家の令嬢だ。誰も文句は言わないさ」

　王様とシーザー様が俺の肩を掴んで動きを止め、

「プリメラ。ここまで来たのなら、今後の為にも覚悟を決めなさい」

「ここまで来て逃げるのは、サンガ公爵家の看板に泥を塗るようなものよ」

　マリア様とイザベラ様が、プリメラの退路を断っていた。王族ペアに説得された俺たちは、仕方なく中央付近に戻り、少しでも目立たないように大人しくアルバートたちの近くで踊ることにした。

「お帰り、テンマ。あのお二人に捕まったら、いくらテンマでも逃げられないね」

「プリメラも、ここまで来て逃げることなどできるわけがないだろうに」

　アルバートたちの近くに避難すると、さっそく二人から声がかかった。カインは俺をからかうような言い方だったが、アルバートは呆れたような言い方をしている。確かに、ここまで来て逃げるのは格好悪いというか、貴族としては他の貴族に舐められるような行動だとは思うが……

「そもそも、アルバートたちが無理やりここに連れてこなければよかったんじゃないか？」

　俺は貴族ではないので舐められようが構わないし、プリメラも将来的には貴族籍を抜けると言っ

ているのであまり関係ない。まあ、サンガ公爵家を持ち出されればその限りではないだろうが、それをわかっていて逃げたとしても、サンガ公爵なら大笑いするだけだと思う。

そんな指摘をすると、

「あっ！　ほら、テンマ。そろそろ始まるよ」

「みたいだな。二人とも、早く準備をした方がいいぞ」

と言って逃げられた。

「全く、あの二人は……まあ、嘆いていても仕方がないし、俺たちも位置につこうか」

「そうですね」

そうして始まったダンスだったが、何とか恥をかかずに済んだ……と思う。まあ、小さな失敗は何度かあったが、致命的な失敗がなかったので良しとしよう。

「さすがに疲れた……これだったら、もう一度個人戦をやった方が気が楽だ……プリメラもお疲れ様」

「テンマさんもお疲れ様でした。でも、その考え方は、絶対おかしいですから」

「まあ、その反応が正しいのじゃが……」

「テンマじゃからな。まあ、わしも踊るくらいなら、試合の方が楽な感じじゃがな」

「祖父がこんなんじゃから、テンマがそういう考えになるのも仕方がないじゃろう」

ダンスを終えた俺とプリメラは、じいちゃんとアーネスト様がくつろいでいたテーブルに移動した。

ダンスは、当初一曲だけ踊って戻ろうと思っていたのだが、一曲目の後でマリア様に捕まり、さらにその後に、イザベラ様、エリザ、シエラと踊り、もう一度プリメラと踊ったのだ。

予想外の回数だったとはいえ、立て続けに六曲踊って疲れたからと言って、ダンス会場を逃げ出したのだが……それでも誘ってくる貴族がいたので、会場にいる中で暇していて、なおかつその中で一番偉い人のいる所に逃げたのだ。ちなみに、プリメラも俺が踊っている間に王様やシーザー様とも踊っており、精神的にかなり疲れているようだった。しかし、そのかいあってか王族に対して多少の耐性が付いたらしく、アーネスト様の所に行くと言っても何も言わずについてきた。

「それにしても、最初のダンスはひどかったが、徐々に良くなっていったのう。最後のダンスは別人のようじゃったぞ。まあ、初級者が中級者になったくらいの変化ではあったが」

アーネスト様の言い方はちょっとひどいが、上達したと褒めていると思っておこう。

「確かに、最初と比べれば二回目は踊りやすかったですね」

「まあ、周りに豪華すぎるお手本がいたからね」

シーザー様とかアルバートとかカインとかその他の貴族とか……ちなみに、王様もうまいことはうまいのだが……シーザー様の下位互換という感じだったし、アルバートたちと比べてもちょっと見劣りしたので、お手本にはしなかったのだ。あと、マリア様とイザベラ様も踊りやすいようにリードしてくれたのもよかったのだろう。

「これで、何度も踊れば上達するんだろうけど……ダンスが好きという方じゃないから、最低限踊れればいいんだよね。それにしても、プリメラはダンスうまかったね。さすが、公爵家のご令嬢」

「まあ、ダンスは貴族の必須科目のようなものですからね。もっとも、私もどちらかというとダンス以外で体を動かす方が好きなのですけれどね」

「なるほどのう。パートナーを組むだけあって、似た者同士というわけじゃな」

「お主も人のことは言えんだろうが」

アーネスト様がちゃかしてくるが、反応すると喜ばすだけなので無視をした。プリメラは反応しかけていたが、じいちゃんがアーネスト様に突っ込みを入れたタイミングとかち合ったので声を出すことができなかった。

「テンマ、ちょっといいか？」

「ライル様、今までどこにいたんですか？」

会場で今まで見かけなかったライル様が目立たないように近づいてきて、いつもとは違い小声で話しかけてきた。

「少し頼みがあってな。話題になっている『暁の剣』だが、近々王都に召喚されることになっている。その際、どの貴族が世話をするか……まあ、どの貴族の息がかかった宿泊施設に泊まらせるかという争いが起きそうでな。王城や王族関連の所で泊まらせれば問題はないのだが、すでにテンマたち『オラシオン』を王族が囲っていると言われているからな」

「つまり、ジンたちの面倒をオオトリ家で見ろということですか」

「まあ、端的に言うとそうだな」

王族が俺たちを囲っているとされている以上、ジンたちは他の貴族に譲った方がいいということだが、『暁の剣』が攻略したダンジョンは王家直轄のセイゲンにあるものなので、ジンたちを他の派閥の貴族に持っていかれるのは避けたい。そこで、ジンたちの知り合いである俺の所に宿泊させることで、他の貴族が手を出せないようにし、間接的にジンたちは王族派であると示したいとのことだ。

「ジンたちがいいなら構いませんが……もし、説明して断られたら、諦めてくださいね」

「それで構わない、感謝する」

それだけ言うと、ライル様はどこかへ去っていった。

「面倒臭いことから離れられると思ったのに、結局巻き込まれるのか……まあ、仕方がない」

「ふむ、ジンたちを匿えば余計な恨みを買うかもしれぬが……まあ、わしたちを恨むのは王族派と敵対している貴族じゃろうから、いつもと変わらぬと思うしかないのう」

「まあ、敵が増えるわけじゃないだろうからね。恨みは深くなるだろうけど……」

王族派や王族派に味方する貴族は、俺がジンたちを獲得するチャンスを潰したとしても、間接的な利益が出るかもしれないと諦めるかもしれないが、改革派のような敵対派閥にしてみれば敵が増えるわけなので、恨みを買うことになるだろう。まあ、改革派には嫌われているので今更な話だが。

「何にせよ、ジンたちがどう思うかの話だけどね」

「それはそうじゃが……ジンたちも面倒事は嫌じゃろうから、うちに泊まるのはほぼ確定だと思っておいた方がいいじゃろうな」

ジンたちのせいで面倒事が増えそうだ！　……などと思っていたが、このパーティー以降、俺の軽率さが原因で、色々と騒がしくなるのだった。

# 第二幕

「テンマ、しばらくの間世話になるぞ！」

「ああ……ジャンヌ、アウラ、ジンたちを客室に案内してくれ」

パーティーから数日後、『暁の剣』が王都に到着し、オオトリ家の屋敷に滞在することになった。

一応、事前に手紙で王都の情勢を知らせ、どうするかの判断を任せたが、すぐにうちに厄介になるという返事の手紙がテッドによって運ばれてきた。だが、俺にはジンたち以上に厄介なことが起こっていた。それは、

「その前にお訊きしたいんですけど……テンマさん、プリメラちゃんと婚約したって本当ですか？」

ジンたちのダンジョン攻略で王都の話題は『暁の剣』一択になると思っていたのだが、パーティーで俺とプリメラが踊ったことで、俺とプリメラが婚約したのではないかという噂(うわさ)が流れたのだ。大貴族の令嬢と大会で無敗記録を更新中のSランク冒険者の婚約、さらに言えば俺が冒険者として正式に活動し始めた頃からの知り合いであり、女性側の家族とも親交があり、中でも嫡男とは親友と言ってもおかしくないくらいの間柄だ。しかも、何度か恋仲なのではないかという噂があったせいで、今度こそ本当の話だと言われているのだ。

「それに関しては噂に過ぎないが……完全に俺がもの知らずだったせいだ。プリメラやサンガ公爵には、申し訳ないことをしたと思っている」

俺の落ち度……それは、未婚の女性をダンスのパートナーに選んだことだった。しかも、よりに

よって一曲目の相手に……

「よくよく考えれば、ダンスの一曲目はそういう相手とするものだよな」

ダンスの一曲目の相手は、基本的に伴侶や婚約者、もしくは恋人と踊ることが多く、特に貴族のパーティーはその傾向が強い。つまり、そんな状況でプリメラをダンスの一曲目に誘ったということは、俺がプリメラにそういう関係になりたいと態度で示し、それをプリメラが受け入れたとみなされているのだ。

「ん？　それだと、アムールと踊った時は何で騒がれなかったんだ？」

これまで一曲目は、マリア様、アムール、ハナさんの順で踊っており、マリア様とハナさんは既婚者だし俺とどういった間柄かはすでに広まっているので、そういった関係ではないと周りは理解していただろうが、アムールは独身で一応貴族令嬢なので、噂にならなかったのは何でだろうと思っていると、

「互いにパートナーがいないのを、チームメイトで間に合わせたのだと思われたのではないでしょうか？」

と、リーナが言うので少し考えてみると……

「確かに、いつもと変わらない光景だったかもな。踊りも雑なものだったし」

いつもみたいにアムールが俺の周りをうろついているようなものだったし、技術のない者同士のダンスだったので隅っこでひっそりと踊って目立たないようにもしていたので、ダンスが下手だったという以外の話題にならなかったのだろう。

ちなみにマリア様の相手をした時は、ダンスのレベルが違いすぎて転ばないようにするので精

いっぱいだったし、ハナさんの場合は周囲がワルツを踊っている中で一人だけサンバを踊っているようなリズムだったせいで、その時も転ばないようにするので精いっぱいだった。

「とにかく、プリメラちゃんを泣かすような真似だけはしないでくださいね」

リーナがそう締めくくると、話が終わったと判断したアウラがジンたちを部屋に案内しようとしたが、

「色男は大変だな」

「キレイどころを侍らせて、羨ましい限りだ」

ジンとガラットがからかってきた。なので、

「アウラ、ジンとガラットはジュウベエたちの所に連れていけ。隅っこなら、ジュウベエたちも許してくれるだろう。もし嫌がるようなら、物置に連れていけ。ジャンヌは予定通り、メナスとリーナを客室に案内してくれ」

「わっかりました～！」

アウラがノリノリで返事をするとジンとガラットが慌て始め、メナスとリーナは薄ら笑いを浮かべながら二人の横を通り過ぎてジャンヌについていった。

その後しばらくジンとガラットで遊び、満足したところでアウラに二人を部屋に案内するように指示を出した。

ジンたちを出迎えたらやることがなくなったので、おやつを大量生産でもしようかと食堂へ向かうと、食堂ではクリスさんが昼間っから飲んだくれていた。パーティーの翌日に戻ってきたクリスさんは、同僚から男性の人気が高かったことを知り、しかもその時間が短かったと聞かされて荒れ

ているのだ。

「テンマ君……私の価値って、何なんでしょうね……」

面倒臭いのに捕まってしまった。気がつかれる前に逃げることができればよかったのだが、少し考え事をしていたせいでクリスさんに気がつくのが遅れてしまった。

「さぁ？　人の価値は人それぞれですから、俺にはわかりません」

当たり障りのない返事をし、関わらないように厨房に逃げた。そして、厨房でおやつ作りの準備をしていると、

「ジャンヌ、もっと奥の方に行って！」

「ちょ、ちょっと、押さないでアウラ……あれ？」

ジャンヌとアウラが慌てた様子でやってきた。おそらく、俺と同じようにクリスさんから逃げてきたのかもしれない。

「何かやることがあるのなら場所を譲るぞ？」

二人に仕事があるのなら、俺の方はいつでもいいので邪魔にならないようにどこかに行こうと思ったが、

「いや、あの……別に仕事で厨房に来たわけじゃ……」

ジャンヌが言いにくそうにしているのを見て、二人が仕事ではなくクリスさんから逃げてきたのだと確信した。

「じゃあ、俺の手伝いをしてもらえるか？」

「「喜んで！」」

二人が暇だとわかったし、クリスさんの所に追い返すのもかわいそうだったので、俺のおやつ作りを手伝ってもらうことにした。二人も、クリスさんの所に戻らなくてもいい理由ができたとばかりに、食い気味に返事をしてきた。

「マジックバッグに入れているお菓子が心もとないから、量を重視して作りたい。そこで、アウラとジャンヌはクッキーを中心とした焼き菓子。俺はパンケーキを作る。何か質問は？」

「む！　試食係は任せろ！」

「私も焼き菓子の方に参加しますね」

ジャンヌとアウラに向けて話したつもりが、いつの間にか近くにアムールとレニさんも来ていた。

「レニさん、お菓子よりもクリスさんの相手をお願いします。アムール、残念ながら試食係の募集はしていない。まあ、手伝ったらその限りではないけどな」

「……了解」

自信ないといった感じのアムールだったが、お菓子を食べる為にも手伝うことに決めたようだ。

「私はお断りします。そんなことをする為に、私は王都に来たわけではありませんので。これでも一応、お嬢様のお世話係を自負していますから」

素直に頷いたアムールとは反対に、レニさんには笑顔で断られた。まあ、レニさんの言う通り、レニさんの仕事はアムールの面倒と情報収集であり、飲んだくれの世話ではないのは確かだ。

「それじゃあ、改めて……ジャンヌとアウラはクッキー以外の焼き菓子で、アムールとレニさんはクッキーを量産、俺はパンケーキを作る。では、それぞれ開始してくれ」

レニさんと組ませて比較的簡単なクッキーだけにすれば、料理が苦手なアムールでも大丈夫だろう、と言う。その代わり、慣れているジャンヌとアウラには少し大変かもしれないが他のお菓子を担当してもらうことにした。

「こういう時、広い厨房でよかったと感じるな」

王様がじいちゃんの為に建てた屋敷だが、自分たちも利用するつもりだったからなのかククリ村の人たちも利用することを考えてのことなのかはわからないが、建物の大きさの割に食堂と厨房は広く造られている。そのおかげで、三組がお菓子を同時進行で作ることができるのだ。

「何だか……パンケーキというより、どら焼きの皮を焼いているみたいだな」

大きな鉄板の上に小さめの生地を何枚も並べて焼いていると、どうしても焼き色が濃くなってしまうものが出る。その濃いめの焼き色が、パンケーキというよりどら焼きの皮のように見えるのだ。

「焼き色が濃いやつは、あんこやクリームを挟む用に分けるか」

小豆(あずき)は南部産のものがあるので、あんこを作ればどら焼きっぽいものができるだろう。まあ、これまであんこは作ったことはないがぜんざいは作ったことがあるので、それを煮詰めればあんこっぽいものになるだろう。

ある程度皮になるものができたので、次は鉄板の温度を下げてパンケーキの量産に入った。すると、

「テンマ君……私のことをどう思っているの……」

亡霊のようなクリスさんがやってきた。

「クリスさんはクリスさんですよ」

「そんなことを訊いているんじゃないの！」

いつもとは違うからみ方に辟易(へきえき)していると、食堂に誰かが入ってきたのを気配で感じた。入って

きたのは三人で、先頭にいるのがアルバートみたいなのでいつもの三馬鹿だろう。

「ちょっと～テンマ君聞いてる～？ それで、私とプリメラ、どっちがいいお嫁さんになりそう～？」

少し意識をそらしているうちに、クリスさんの話は変な方向に行っていた。

「それだと、プリメラですね。クリスさんみたいに、酔っぱらって俺にからんでくることがないですから」

プリメラの場合、からむ前に酔い潰れることが多いので、よくあるいいお嫁さんの基準とは違うだろうが、人によっては重要な基準ではあるだろう。

「そ、それじゃあ、お母さん！ どっちがいいお」

「プリメラです。昼間っから頻繁にお酒に酔う女性が、子供にいい影響を与えるとは思えません」

「ふぉっ！」

これに関しては、クリスさんも思い当たる所があるのだろう。まあ、頻繁に酔っぱらうからといって、まともに子育てをできないということはないが……酔っぱらった挙句からむとなれば聞こえはよくないだろう。

「そ、それじゃあ……」

「プリメラで」

何を言おうとしたのかわからないが、酔っぱらいにまともな対応はしなくていいだろう。

「クリスさん、邪魔だから食堂に戻って」

「はい……」

クリスさんを追い返して、残りの生地で次々にパンケーキを焼いていった。

「生地もなくなったし、これくらいあればいいか」

大量に生地を作ったので、直径が一〇センチメートルほどの大きさのパンケーキが一〇〇枚、同じ大きさのどら焼きの皮が五〇枚できた。しかし、形の崩れたものや焦げがひどかったものが五〇枚分出てしまったので、これらは味見という名のおやつに回すことにした。

パンケーキを焼き終えてからしばらくして、ジャンヌたちもそれぞれのお菓子を作り終えたようだ。作ったものの中で、失敗作から優先的に試食に回すことにして、残りはマジックバッグに保存した。

「それじゃあ、皆で味見しようか……と、その前に……レニさん、アムールどうしました？」

大量のクッキーを目の前にして、アムールが大人しくしているのだ。しかも、声をかけても一向に返事をせず、それどころか口を開く様子も見せない。

「実は、その……出来たてを数枚頬張りまして、口の中をやけどしました」

「……アムール、こっち向いて口を開けろ……『アクアヒール』」

何のことはない、いつものアムールだったというだけの話だった。出来たてはうまいだろうと欲張った結果、口の中をやけどしてしゃべることができない状態というだけだ。

「死ぬかと思った……焼きたてクッキーは凶器！」

アクアヒールで治療をすると、いつもの騒がしいアムールに戻り、クッキーの危険性を訴えてきた。

「待たせたなアルバート、カインとリオンも食べるだ……ろ？」

ほったらかしにしていたアルバートに軽く謝罪し、カインとリオンにもおやつを勧めようと声をかけたところ……アルバートの近くに座っていたのはカインとリオンではなく、サンガ公爵とプリメラだった。

「テンマ君、私をどちらと間違えたのかな？」

サンガ公爵は楽しそうに尋ねてきたが、カインならともかくリオンと間違えましたとは言えないだろう。まあ、元々アルバートたちは三人で一セットというイメージから確認していなかっただけなので、カインとリオンのどちらかと間違えたというわけではない。

「いえ、どちらと間違えたとかではなく、ただ単にアルバートが三人組でうちに来たら、ほぼ一〇〇パーセントの確率で相手がカインとリオンだったので間違えただけです。まあ、今回の件で九九パーセントくらいに下がりましたけど……今後は気をつけます」

「ああ、それなら仕方がないですね。むしろ、そんなにお邪魔しているアルバートたちに原因があるとも言えそうですし」

サンガ公爵は、俺が間違えた理由を聞いて笑い、アルバートは公爵から「遊びに行きすぎだ」と言われたと思ったのか、苦笑いを浮かべていた。

「それで公爵様、今日は何の用事で……の前に、プリメラはどうしたんですか？」

プリメラはテーブルに突っ伏して、俺の方を見ようとはしなかった。その様子は、奇しくもクリスさんと全く同じ格好……なのだが、プリメラの原因はわからないがクリスさんは飲みすぎで酔い潰れているだけなので、同じなのは格好だけ……のはずだ。

「わかりませんか……本当に、わかりませんか？」

サンガ公爵が念を押すように訊いてくるが、全く覚えがなかった。

「テンマ……クリス先輩との厨房でのやりとり、食堂まで聞こえていたぞ」

「食堂の……やりとり？　……あっ！」

そういえば、クリスさんとプリメラのどちらがいいお嫁さんや母親になりそうとか質問してきたので、全てプリメラと答えたんだった。面倒臭かったのもあるが、真剣に考えたとしても俺の答えは変わらなかっただろう……というか、選択肢が二つで相手があの状態のクリスさんであれば、プリメラ以外の答えは出なかっただろう。

「ただでさえ世間では、テンマと婚約しただとかいう噂が出ているんだ。噂自体は気にしていなくても、テンマの口から好意的な言葉が出たので、恥ずかしがっているんだろう。そっとしてやってくれ」

「まあ、噂に関して言えば、プリメラの自業自得のところがありますからね。気にしなくても……いや、この場合は気にしてもらった方が、プリメラの為になるのかも……」

サンガ公爵は、途中から考え込んで呟いていたが……近くにいたので丸聞こえだった。多分、わざとだろう。

「それでサンガ公爵様、今日は何の用事なのでしょうか？」

少し強めの口調で訊くと、サンガ公爵は呟きを中断して居住まいを正し、真剣な顔になった。

「実は婚約の噂のことで来ました」

やはりそうかと思っていると、

「というのは嘘（うそ）……ではないですけど、今日は『暁の剣』のことで来ました。アルバートとプリメラを連れてきたのはカモフラージュで、一緒に来れば世間は勝手に婚約の話で来たと思うでしょうし、改革派の貴族にもそういう言い訳ができます……というわけで、『暁の剣』の皆さんを呼んでもらえますか？」

　本当の目的はジンたちに会う為だった。さっきから、俺をからかって楽しんでいるようだ。

「アウラ、ジンたちを呼んできてくれ」

　そうして連れてこられたジンたちだが……めちゃくちゃ緊張していた。まあ、くつろいでいたところに、いきなり公爵からの呼び出しを食らったのだ。いくら俺を通してサンガ公爵のことを知っていたとしても、リーナを除いて直接話をする機会はほとんどないと思うので、緊張するのも無理はないだろう。

「まずは、このたびのセイゲンダンジョンの攻略、おめでとうございます」

「あ、ありがとうございます」

　ジンが礼を言うと、それに続いてガラットたちも礼を言った。

「それで、ダンジョンの核を王家に献上したいとのことでしたが、その対価に何を望みますか？」

　セイゲンダンジョンの核を献上する対価に、正式な爵位と領地をそれぞれに与えるとのことだ。しかし、ジンたちは自分たちに領地を経営する能力がないことと、そもそも貴族になる意思がないことを理由に辞退した。

「それだと困りましたね……対価が金銭だと、買い取ったのと変わりがありませんから……宝石はかさばるから嫌なのですよね？」

　王家としてはジンたちに何らかの特別な報酬を与えたいが、金銭だと公爵の言った通り買い取ったのと変わらないし、宝石以外に価値のあるものだとダンジョン核に見合うだけのものを用意できない。

「結局、王家としては爵位を与えるのが手っ取り早くわかりやすいというわけですか」

「テンマ君のように、数多くの功績を積み重ねているのに爵位を断る人もいますからね。『暁の剣』の皆さんの言い分も通るでしょうが……」

「俺の場合、ジンたちと違って金銭で済むような功績ですからね」

ドラゴンゾンビは非公式となっているし、地龍や走龍は一冒険者としての功績で、献上などせずに必要のない部位を売却しただけだ。一応、南部でダンジョンを攻略しているが、小規模だった上に南部自治区領での功績なので、報酬はハナさんよりもらっている。なお、ハナさんはアムールを報酬として渡そうとしてきたが、俺とロボ名誉子爵の意見が珍しく一致した為、金銭や南部の特産品といったものに収まった。

「クーデター騒動の時に、強引にでも爵位を与えるべきだったかもしれませんね」

「王様が強引に事を運ぼうとしたら、マリア様に泣きつくだけですから」

卑怯な手ではあるが、マリア様を味方に付けることができれば、王族関係のことに関して言えば大抵のことは何とかなるのだ。

「まあ、今はテンマ君のことは置いておくことにして、本当にどうしましょうかね？」

サンガ公爵は、困っていないような顔で困ったを連発するので、

「貸しでいいと思います。ジンたちも、今は冒険者として活動していて爵位に興味がないみたいなので、冒険者を引退する時に爵位を与えるということにすればいいんじゃないですか？」

要は報酬を先送りにするということだが、王家として確約さえすれば報酬として通用するのでは

ないかと思ったのだ。

「そうですね。それがいいかもしれませんね」

サンガ公爵は、俺の提案をあっさりと採用した。多分、俺がその案を言い出すのを待っていたのだろう。ジンたちも、爵位を受け取るのが今すぐでなく、何十年後かならという感じで納得していた。

「もしかして、初めから俺をジンたちと王家の間に入れるつもりでした？」

「まあ、その通りです。『暁の剣』の皆さんが爵位を拒むのは想像できていました。なので、王家と『暁の剣』の双方と深い関わり合いがあり、なおかつ貴族や世間に影響力のあるテンマ君が出した折衝案なら、反対する者が現れても抑え込むことができるというものです」

王様たちに利用された感が半端なかったが、王様たちとジンたちの間に立てるのが俺しかいなかったというのなら仕方がないだろう……この案が採用されたら、王様にちょっとしたお願いをしてみよう。

「テンマ様、お客様です」

サンガ公爵がいるタイミングで誰が来たのだろうと思っていると、

「邪魔するぞ」

じいちゃんの親友だった。しかも、王族らしく許可を出す前に屋敷に入ってきている。

「帰れ！　ジャンヌ、塩じゃ！　塩を撒けい！」

突然のアーネスト様の登場に、じいちゃんが怒鳴り声を上げてジャンヌに塩を撒くようにと叫んだ。その声に驚いたジャンヌは、急いで塩の入った壺を取ってきたが……どうしていいのかわからずに俺に渡してきた。

「じいちゃん、追い返されても困るよ。ようやく黒幕っぽい人が来てくれたのに……とりあえず、そのへんに適当に座ってください。ジャンヌ、これを戻してくるついでに、水でも持ってきて」

「ジャンヌ、こやつに出すカップは、流しの所にあったシロウマルのお古を使うとよい……というか、それを使うのじゃ！」

シロウマルのお古って……使わなくなった上にひびが入っていたので、廃棄する予定だったやつだ。水でもてなそうとする俺もひどいだろうが、じいちゃんはもっとひどかった。

「ジャンヌ、やっぱり普通にお茶を持ってきてくれ」

これ以上ふざけるとじいちゃんがマジになりそうだったので、ここらへんでやめることにした。

「それで、今日の目的は『暁の剣』の報酬の件でしょうか？　それならジンたちの望みはまとまりました。後日、サンガ公爵様が王様に報告する予定です」

「これでお主の仕事は終わったじゃろ？　さっさと帰ったらどうじゃ……というか、帰るのじゃ！」

じいちゃんはしきりにアーネスト様を追い返そうとしているが、アーネスト様の仕事がジンたちの報酬についてだったとしたら、用事はすでに終わっているはずだ。なので、ここで追い返しても問題はないはずなのだが……アーネスト様は他にも話すことがあるのか、じいちゃんを無視してサンガ公爵の近くの席に座った。

「ふむ、そっちの話はまとまったのか、それは重畳。それでサンガ公爵、本命の話はどうなっておる」

「はっ！　その話は今からするところでした」

その話とは何だろうと思ってアルバートを見ると、アルバートもわからないようで首を横に振っていた。一応プリメラの方も見たが……目が合うとすぐテーブルに顔を伏せた。

ジンたちは、自分たちの話から俺の個人的な話に移ったと判断したようで、アーネスト様とサンガ公爵に断りを入れて自分たちの部屋に戻っていった。

「それで、本命の話とは？」

嫌な予感がするが、話をするまで二人は動きそうにないので訊いてみると、

「実は、時間が余ったらと思っていたのですが……思った以上に報酬の話が早く終わったので、私的な話ができますね」

サンガ公爵の気配が、いつもとは全く違うものに変化したように感じた。

「単刀直入に言いますと……テンマ君、プリメラと婚約してくれませんか？」

「は？」

「ふぇっ！」

サンガ公爵の言葉に驚いたが、俺以上にプリメラが驚いていた。その他にも、じいちゃんやジャンヌやアウラは驚きすぎて固まっているし、アムールとレニさんは耳と尻尾を逆立てて固まっている。なお、アルバートは驚くと同時に混乱したようで、変な動きをしながらプリメラの周りをうろうろしていた。

「もし婚約に抵抗があるようでしたら、そばに置くだけでも構いません。まあ、わかりやすく言えば、『愛人』という形ですかね」

婚約者と愛人とではかなりの開きがあるし、父親が娘を愛人として置いてくれと言うのはどうか

と思っていると、

「いやまあ……普通ならたとえテンマ君が相手でも、プリメラを愛人にしてくれなどとは言いませんよ。ただ、今回はちょっとした事情がありまして……」

サンガ公爵が少し言いにくそうにしていると、

「先日、プリメラ嬢がテンマと踊ったのを見た貴族たちの中には、プリメラ嬢には結婚の意思があると思った者がいたらしく、テンマの代わりに自分の息子をと言い出す馬鹿もいるのだ。それと、テンマがプリメラ嬢と結婚しないのは無責任だと言う者もおる。その者たちは口にこそしないが、無責任なのは放置する公爵も、知りながら口を出さない陛下も同じだと匂わせておってのう……本人たちは否定するじゃろうが、少なくともわしにはそう思えた」

アーネスト様がサンガ公爵の代わりに口を挟んだ。確かに本気でそう思っている奴もいるだろうし、嫌がらせで言う奴もいるのだろうが、それでも貴族社会では俺とプリメラの行動は非難される面があるのは事実とのことだった。

「その者たちを物理的に黙らせることも可能ですが、それをすると国を二つ三つに割る大混乱が起こってもおかしくはありません。非とは言いませんが、貴族の世界ではおかしいと思われても仕方がない面もありますから、絶対にこちらが正しいとも言い切れないのです。そこで、プリメラがテンマ君の婚約者、もしくは愛人だということにすれば、批判をかわすことができるのです」

貴族が有力者に娘を愛人として差し出すことは珍しくないし、批判している貴族の中にもそういったことをしている者はいるので黙らせることができる。それに、変に騒いで俺とプリメラの間を裂くような真似をしようとしたと逆に非難することもできるのだとか……まあ、それに関してはやや強引な気もするが、そもそも王族や大貴族に難癖をつけたようなものなので、その結果相手がどうなろうと自業自得ではあると思う。

「そういうことですので、プリメラを愛人ということにして、そばに置いてもらえませんか？」

サンガ公爵は世間話をするかのようにさらっと言っていたが、結構大事（おおごと）になりかけている気がする。

それにしても、プリメラを婚約者にか……初めて会った時にはそんなこと考えられなかったな……とか思っていると、

「サンガ公爵の頼みを聞いてもらえるのなら、王家が責任をもってうるさいハエどもの処理をすると約束しよう」

俺が悩んでいるとアーネスト様が勘違いし、騒いでいる貴族たちを抑えると言いだした。

「いやまあ、婚約するのはいいんですけど、初めて会った時はこんなことになるとは思いもしなかったなと考えていただけです」

「そうですか、愛人として置いてもらえますか。まあ、ふりだけでいいですので、あまり気にせずに……もっとも、一緒にいるうちに結婚したくなったら、ふりだとか気にせずにしちゃっても……あれ？」

サンガ公爵は、俺の言葉に違和感を覚えたようで、途中で話をやめて周囲を見回し始めた。

「ええっと……愛人ではなくて、婚約にするの？　本当に？　冗談ではなくて？」

「はい、そう言いましたけど」

「プリメラちょっとこっちに。アルバートも来なさい」

サンガ公爵はまだ信じられないのか、プリメラとアルバートを呼び寄せた。二人も、俺の言葉が信じられないようで、驚きの声を出すことなくサンガ公爵の言うままに近寄った。そして、

「んっ！」

「いだっ！　いだだだだっ！」

サンガ公爵はプリメラの頬を優しくつまみ、アルバートの頬を思いっきりひねり上げ、

「ふむ……アルバートの反応を見る限り、幻聴というわけではないようだな……プリメラ、おめでとう」

と言って、頬に真っ赤な痕がついたアルバートを放り投げるように捨てて、プリメラに祝福の言葉を送っていた。

「あの……サンガ公爵様？」

「水臭いよ、テンマ君！　お義父さんと呼んでいいんだよ！」

テンションが高くなっているサンガ公爵は、浮かれているせいで俺やプリメラが何を言ってもまともに会話ができない状態だった。

「サンガ公爵、落ち着きなさい」

「……申し訳ありません、大公閣下。少々浮かれてしまいました」

どうやって鎮めようかと悩んでいると、アーネスト様が大きくはないが体に響くような声でサンガ公爵を止めた……アーネスト様が王国でも最上位に近いお偉いさんだと認識できる、珍しい光景だった。

「公爵様、まだ婚約をしたというわけではないのですから、少し落ち着いてください」

「「えっ？」」

そう言うと、サンガ公爵とプリメラが驚いたような顔をしたが、気にせずにプリメラの前に立ち、手を差し出して、

「プリメラ、俺と結婚を前提としたお付き合いをしてもらえませんか？」

人生で初めての告白をした。さすがに、サンガ公爵の勢いに流されるまま婚約の話を進めるのはおかしいし、何よりプリメラの気持ちを聞いていないのだ。嫌われているとは思わないが……結婚相手として見てはいないということはあり得る。それに、こういった結婚に関わることは前世を合わせても初めてのことなので、ちゃんとした手順を踏みたいとも思ったのだ。前世のハプニング映像では、このタイミングで断られるという悲しい映像を何度か見たことがあるので、プリメラの返事を聞いて初めて婚約が成立すると思った方がいいだろう。

「はい、よろしくお願いします」

まあ、先ほどまでの様子から、断られることはないとは思っていたが……もし断られでもしたら、引き籠もりになる自信があった。

「双方の同意があるし、双方の家長の許可もあるから問題なく婚約成立……といったところじゃが、これ以上進めるとマリアが拗ねるから、この後の話はマリアの前でした方がいいじゃろう」

確かにアーネスト様の言う通りで、マリア様なら自分の知らない所で俺の婚約の話が進んでいたと知れば、今後会うたびにネチネチと嫌味を言い続けられることになりかねない。

「プリメラ、すぐに王城に行くぞ。サンガ公爵も、一緒に報告をお願いします。あと、ついでにじ

いちゃんとアーネスト様も」

「『ついでかい！　まあ、いいが……』」

さすがに親友だけあって、二人の息はぴったりだった。

「そういうわけだから、少し出てくる。留守番頼むぞ」

ジャンヌたちに留守番を頼み、急いで王城に向かうことにした。ちなみに、王城まではそれぞれの馬車で移動することになった。その際、プリメラは俺の馬車に同乗することになり、何故かアルバートは俺の馬車の御者席に移動していた。アルバートに何故御者をやるのか訊くと、「父上が浮かれすぎて気持ち悪いからだ」と返ってきて、プリメラが恥ずかしそうにしていた。

◆

「概ね（おおむ）計画通り」

「何が計画通りなの？」

私の思惑通りに進んでいることが嬉しくて、ついつい心の声が漏れてしまった。しかも浮かれすぎていて、ジャンヌがすぐそばにいることにも気がつかなかった。まあ、いい。

「はっきり言うと、私がテンマと結ばれる為の計画の第一歩……第二歩か三歩かもしれない」

細かく考えていなかったから、今が第何段階なのかがわからない。

「まあ、いいや。とにかく、私がテンマと結ばれるにはプリメラが正妻の座にいる必要がある」

「何で？」

察しが悪い……いや、さすがにこれだけじゃ伝わらないか……まあ、ジャンヌは計画に必要だから、詳しく教えておこう。

「現状、私かジャンヌがテンマと結婚するのは無理……じゃないかもしれないけど、かなり難しい。何故なら、私とジャンヌはテンマと距離が近すぎる」

テンマが私を女性と見ていないということはないと思うけど、それよりも家族という感情が先にあって、しかもそれは恋愛感情よりも強いと見ていい。それはジャンヌにも当てはまり、このままだと結婚の可能性は低いだろう。

「思い当たるところがあるかも……」

「そこでプリメラが必要になる。適度にテンマと距離があって、テンマが女性と認識する相手で、何より扱い……優しい！」

「今、とても失礼な言葉が聞こえた気がするんだけど？」

「気のせい」

ジャンヌはいまいち信じていないみたいだけど、そこはちょっと間違えかけただけだから聞き流してほしい。

「それでプリメラの役割だけど、テンマの性欲の解放……もとい、私の見方を『家族』から『女性』に変えさせること。プリメラと触れ合ううちに私の認識が変われば、私にもチャンスがある！……はず。それでも難しかったら、プリメラの情に訴える」

幸いにも、テンマの女性への認識は、ククリ村のリッチのおかげ？ で、大分軟化していると、おじいちゃんが言っていた。それに、私が無理にテンマの正妻の座を狙おうとしたら、サンガ公爵と王妃様から何らかの妨害があるかもしれない。まあ、私は別に正妻でなくてもいいから、あの二人を敵に回すよりは、味方……それができなければ中立でいてもらった方がいい。正妻よりも下の側室か妾だったら文句は言わないはずだ。一応、私は有力子爵の令嬢……ということになっているる。それが下に付くのだから、プリメラの世間的な評価は上がりこそすれ、下がることはないはずだ。それは、サンガ公爵家も同じのはず。

そのことをジャンヌに話すと、

「アムール……そこまで考えて行動することができたのね」

などと、とても失礼なことを言われた。

「ジャンヌ、失礼！　これがうまくいけば、ジャンヌもテンマと男女の間柄になれるのに！」

そう言うとジャンヌは、顔を真っ赤にして慌てていた。

# 第三幕

「アレックス、マリアたちを呼んでもらえんか？　ちょっとした報告があってのう」

王城へ到着し、まっすぐに王様の仕事部屋に向かったが、その途中でも王様の仕事部屋にもマリア様はいなかった。

「叔父上（おじうえ）、何がありましたか？」

王様は、俺たちを見ながら何の報告なのか訊き出そうとしていたが、アーネスト様は「マリアが来てから話す」の一点張りだった。

「クライフ、すぐにマリアを呼んできてくれ！」

王様が廊下に向かって叫ぶと、「すでにアイナを向かわせています」という返事があった。俺やじいちゃんは何度もクライフさんに背後を取られているので驚くことはなかったが、サンガ公爵とアルバートにプリメラは、突然背後から聞こえてきた声に驚いて振り向いていた。俺は振り向いていないので想像でしかないが、多分今クライフさんは、いたずらが成功して満足げな顔をしていることだろう。

「あなた、何か報告があるとアイナに……あら？」

テーブルに移動してたわいもない話をしていると、しばらくしてマリア様とアイナがやってきた。マリア様は、俺やプリメラがいることを知らされていなかったのか、部屋に入ってくるなり驚いた顔を見せた。そしてその後でアイナを睨んでいたが、アイナは確信犯だったようでどこ吹く風といった様子だった。

「それで、テンマとマーリン様だけでなく、サンガ公爵一家が一緒ということは……とうとう、テンマも身を固める決心がついたのね！　……なわけはないわよね。テンマだし」

などと言いながら、マリア様は王様の隣に座ろうとしたが……

「今回、ここにいるプリメラ・フォン・サンガ嬢と婚約する運びとなったので、ご報告に参りました」

「へ？　あきゃっ！」

「ふぉ！　ふごっ！」

驚いたマリア様が椅子に座り損ね、王様を突き飛ばす形でこけるのを何とか回避した。その代わり王様は、椅子ごと床に転がった。

マリア様の驚き具合を見た時、今すぐ振り返って後ろを見ろという天啓を得た……気がしたので振り返ってみると、そこにはこれまで見たことがないくらい驚いた顔をしているクライフさんとアイナがいた。

「それ、そ、それは、それは……ごほんっ！　それは本当の話なのね？」

俺とプリメラが同時に頷くと、マリア様は体から力が抜けたかのように椅子に座り込んだ。それを見て再起動したクライフさんはお茶の準備を始め、アイナは……どこかに走っていった。

「ぬぐっ、腰、腰が……つぅ……」

誰も王様のことを気にかけなかったせいで、王様は自力で這い上がって椅子に座った。

「それで、テンマ。何故婚約の話になったの？　ああ、先に言っておくけど、反対する気はこれっぽっちもないから、そんなに固くならなくていいわ。ただの好奇心よ」

マリア様の言葉の前半は俺に向けたものだったが、後半はプリメラに向けたものだ。言葉の途中でガチガチに緊張したプリメラを見てのものだったが、それでも大した効果はなかったようだ。

「いやまあ、最近のやらかしもありましたし、元々プリメラのことは好ましく思っていましたから、いい機会だと思い告白しました。まあ、断られる可能性もあったので、婚約を受け入れてもらえた時はほっとしました」

少し笑い話を交ぜながら話をしていくと、次第にプリメラの緊張も解けたようで、マリア様の問いかけにも答えられるようになっていった。

「それで、婚約はわかったけど、結婚はいつにするの？　こういう言い方はよくはないけれど、プリメラの年齢のこともあるでしょう？」

プリメラの年齢は今年で二四なので、貴族としての結婚は遅いくらいだ。まあ、アルバートとエリザは二六でまだ結婚していないので、前例が全くないというほどではない。

「それに関して、サンガ公爵様とプリメラにお願いがあるのですが、結婚は来年以降で、結婚の際にプリメラには貴族籍を抜けてもらいたいのです」

「それはどういうことかね？　結婚まで期間を置きたいというのはわかるし、元々プリメラは将来的に貴族籍を抜けるとは言っていたが、結婚するとなると貴族籍を持っていた方が何かと都合がいいと思うのだが？」

サンガ公爵の疑問に、王様やマリア様、アルバートにプリメラも不思議そうにしていたが、

「まず結婚を来年以降にというのは、プリメラはサンガ公爵家の新しい仕事に就いたばかりなので、

今すぐだと任務に支障が出るということ。結婚の際に貴族籍を抜けてほしいのは、将来子供ができた時に、その子に公爵家の相続権を与えたくないからです」

「ふむ、テンマ君が公爵家のことを考えてくれているのはわかったし、結婚時期については納得できるが、子供に継承権を与えたくないというのは無理だ。たとえプリメラが貴族籍を抜けたとしても、子供に公爵家の血が流れている以上、継承権は与えられることになる」

「それでも、継承の順位はぐっと下がりますよね。確か上の二人のお姉さんには、それぞれ複数の男子がいるそうですが、公爵家の継承権の前に、父方の実家の継承権が発生していますよね？　対してオオトリ家は、貴族ではないから継承権というものはありません。最悪、血の繋がりのない養子が継いでも問題がない。そうなると、もしアルバートやアルバートの子供に何かあった場合、有力な継承者候補と見られる可能性があります」

サンガ公爵の家臣の中には、オオトリ家の力を取り込もうと考える者もいるかもしれないし、対立する貴族の中には、俺の子供を候補者に押し込んでサンガ公爵家を混乱させたり分裂させたりしようと考える者が現れるかもしれない。だが、プリメラが貴族籍を抜ければ、血はどうであれ家柄は平民ということになる。

「もしもの場合、貴族籍で継承権のある子供と、平民で継承権のある子供だと、前者の方が後継者に相応しいと言い張ることができますよね？」

できる限り自分の子供は、血生臭い世界から遠ざけたいと思うのだ。

「それは……ないとは言えませんね。それに、できないとも言えません。プリメラ、テンマ君はそう言っているが、君はどうしたい？」

「私も、テンマさんの言う通りだと思います。そもそも、私が貴族籍を抜けたいと言っていたのは、継承権を放棄する目的もありましたから」

考えようによっては、公爵家との繋がりを持ったままだが責任は負わないと言っているとも取れるので、かなり都合のいいことを言っているとは思うが……

「王国最高クラスの戦闘力を持つ者と縁を持てると考えたら、安いものですね。逆に考えれば、公爵家が乗っ取られる可能性がかなり低いとも言えますし……問題はないですね。下から何か上がってきても、黙らせることは簡単でしょうし」

サンガ公爵ならそう言うと思っていた。公爵の場合、俺による公爵家の乗っ取りよりも、プリメラの幸せの方が重要なのだろう。まあ、公爵家の経営など面倒臭そうなので、頼まれてもやらないが……俺のそういうところも想定しているのだと思われる。

「公爵がそれでいいのなら、王家が口を出すことではないな」

「そうね。テンマ、プリメラ、婚約おめでとう」

王様とマリア様も、当事者である俺とプリメラとサンガ公爵が納得しているということで口を挟むことはせずに祝福してくれた。

「それで、せっかくテンマが来たのだから、ついでに来年の大会の話もしておくか。テンマ、何かいいアイディアはないか？　かっ！」

王様がいきなり仕事の話を始め、さらに俺に丸投げした瞬間、王様が奇声を上げて椅子から転げ落ちた。転げ落ちた先で足の甲を押さえているので、隣に座っていたマリア様が踏み付けでもしたのだろう。

「それなんですけど、結婚を控えているからとかいう理由で、個人戦だけにしようかと思います。正直、全部出るのもしんどいので」

「来年に限って言えば、その方法は通用するでしょうけど……その次は無理よ?」

「再来年以降は来年に考えます。もしかしたら、気が変わって全部出たくなるかもしれませんし」

それだと、来年も気が乗ったら出るかもしれないということになるが、来年くらいまでなら何とか覚えているだろう。多分。

「まあ、こちらも来年までには何らかの案を考えるし、そもそも冒険者を出場させないということはできないからな。無理はしなくていいぞ」

と、王様は言っているが、あまり俺だけが勝ちすぎるのも問題なのだろう。人材の発掘とか賭けの収入とか。ちなみに、配当金は売上金から二割を引いた額から算出するので、俺が勝とうが負けようが国に入る金額に変わりはないが、俺が勝っても元返し(場合によってはマイナスの可能性あり)になるのなら買わないという者が増えた為、全体的な売り上げが減っているのだ。

「無理するのは俺じゃなくて、新しい売り方を考えないといけないザイン様じゃないですか?」

そう訊くと、王様はそっと俺から視線を外した。

「というか、忘れているみたいじゃが、テンマが抜けても『オラシオン』はチーム戦に参加するぞ」

俺が抜けても数は揃っているということなのだろうが……

「お主こそ忘れておるようじゃが、テンマが出場しないということは、スラリンたちは出場できないということじゃぞ」

「……あっ!」

じいちゃんはすっかり忘れていたみたいだが、スラリンたちは俺の眷属なので、テイマーである俺がいないとチーム戦に参加することができない。それは、前にサモンス侯爵がガリバーと騎士たちでチームを組み、自分は控えに回っていたことからもわかるように、テイマーが同じチームにいれば、たとえテイマーが控えに回っていても眷属は試合に出ることができるが、テイマーがチームにいなければその眷属は試合に参加するどころかチームとして登録することはできない。つまり、俺が抜けると今年出場した『オラシオン』のメンバーで残るのは、じいちゃんとアムールだけということになる。まあ、来年俺が抜けた状態で『オラシオン』を組むこともできなくもないが、その場合俺やスラリンたちの代わりに、ジャンヌとアウラとアイナを入れなければならなくなる。なおアイナは、いまだにジャンヌとアウラの指導員という形でパーティーに籍を残したままにしている。

「くっ……無念じゃ……」

残念そうにしているじいちゃんだったが、「それならアムールと組んでペアに出場してやる！」とかすぐに言っていた。この分だと、個人戦にも出場するかもしれない。

「そうなると、テンマ君とプリメラの婚約を発表した後で、さり気なく『結婚の準備などで、個人戦以外に出場しないかもしれない』と噂レベルの話として流した方がいいかもしれませんね。完全に出場しないとなると、王家から何らかの圧力がかかったのではないかという疑問を持たれるかもしれませんし、断言した話だと、テンマ君の気が変わった時に反発があるかもしれませんし』

「うむ、公爵の言う通りの形で進めるのが無難であろうな。テンマも、何か裏を取ろうと近づいてくる者がいるだろうが、別に相手にしなくていいぞ。あくまで『噂』レベルの話だからな」

知らない相手が訊きに来たら取り合わず、知り合いが訊きに来たら、「忙しくなるのは確かだけど、どうするかはまだ決めていない」とでも言えばいいだろう。手始めにジンたちに漏らしておけば、自然と広く知られることになるはずだ。まあ、情報を流すのは婚約を正式に発表した後になるので、いつになるかは未定だが……ジンたちは意外と顔が広いので、きっと満足のいく仕事をしてくれることだろう。

その後、婚約発表の時期を話し合い、ジンたちの騒ぎが収まった後ということになり、年が明けた後のサンガ公爵主催のパーティーで発表されることになった。マリア様は王家主催のパーティーで発表したがったが、さすがにサンガ公爵を差し置いて行うことはできないとなり、公爵が発表した後のパーティーに、俺とプリメラが一緒に参加するということで納得していた。

「じいちゃん、マークおじさんたちにはどう伝えた方がいいと思う？」

「早い方がいいとは思うが……色々と思惑が絡まっておるし、公爵家が発表する前に教えて、何かの拍子に広まってはまずいからのう。申し訳ないが、年を越すまで我慢してもらおう。まあ、薄々は気づくじゃろうが、はっきりと言わなければ大丈夫じゃろう」

おじさんたちに黙っているのは心が痛むけど、もし何かあった時におじさんたちが非難されるのは避けたいので、発表した後で理由を話して謝ろう。

俺とプリメラの話が一段落着いたところで、サンガ公爵がジンたちの報酬の話を始めたので、俺たちはサンガ公爵を残して帰ることにした。

「帰ったら、アムールたちを口止めしておかないとな」

「そうじゃな……ん？　あれは、ディンとアイナのようじゃな」

アイナが部屋から走り去ったのは、どうやらディンさんを呼んでくる為だったようだ。

「テンマ、プリメラ嬢と婚約したとアイナから聞いたが、本当なのか？」

本当のことだと返すと、ディンさんは俺とプリメラに祝福の言葉をくれたが、その後でまだ公表できないことだと言うと、アイナをたしなめていた。どうも、アイナはディンさんが鍛錬しているところに慌てて飛び込み、いきなりディンさんを引っ張ってきたらしい。その場には他の騎士たちもいたそうだが、理由は誰もいないところで聞いたので、婚約の話は漏れていないだろうとのことだった。ただ、あれだけアイナが慌てるのも珍しいので、慌てていた理由を訊かれた時のことを考えると面倒だとも言っていた。

「とりあえず俺たちは、陛下の所に行くとしよう」

「テンマ様、プリメラ様、お見苦しいところをお見せして申し訳ありませんでした」

アイナはディンさんと合流して落ち着いたのか、いつもと変わらないように見えた。まあ、顔が赤かったという違いはあったが……それでからかうと後が怖いので、黙ったままで別れることにした。


「それにしても、公爵邸に送らなくてよかったのか？」

「父上も一度テンマの屋敷に戻ってくるだろうし、何よりプリメラはアムールたちと話さなければならないだろうからな」

「いや、まあ……その通りなんですけど……」

プリメラは緊張気味に言っているが、悪いことにはならないだろう……という感じで軽く考えていたのだが……

「テンマ！　プリメラと婚約したというのは本当か！」

「ちょっ！　リオン、声が大きいって！」

三馬鹿の残りの二人が騒いでいた。そのせいで、ジンたちにもバレたようで、口止めをするのに苦労するのだった。なお、そんな騒ぎの中でも、クリスさんは起きなかった。


「申し訳ない」

情報を漏らしたのはアムールだったらしく、リオンがアルバートに怒られている間に、プリメラの前に行って土下座して謝っていた。

「アムールさん、怒っていませんから椅子に座ってください。そのままだと、話ができませんから」

「了解した。それと、アムールでいい」

アムールはプリメラがそう言うとわかっていたようで、すぐに土下座をやめて椅子に座った。

「ええっと……リオン兄様が騒いだのは想定外でしたが、アムールたちに口止めをするのを忘れていた私たちにも原因がありますし、婚約の情報を面白半分に広めるような人たちに知られたわけではないので、気にしなくても大丈夫です」

プリメラとアムールの和解（というほどのものではなかった）は成立したが、アルバートの怒りは収まらなかった。まあ、大事な妹の婚約がリオンの不注意で駄目になる……ことはないが、ややこしいことになりかけたのは許せなかったのだろう。

ちなみに先ほどから、「発表されていない他家の婚約話を軽々しく口に出すな！」とか、「プリメラとテンマの婚約を台なしにするつもりか！」とか、「お前の不注意が俺の責任になるのだ！」とか、「王家とハウスト辺境伯家の関係に亀裂を入れる気か！」などと、そこまで問題になることはないだろうと思えるようなことを口にしていた。

「アルバート、そのへんで許してやれ。さすがに言いすぎだし、リオンも急なことで混乱していただけで、悪気はなかったんだろう。それに、十分反省しているように見えるしな」

「まあ、テンマがそう言うなら……」

　アルバートは、不承不承といった感じでリオンを解放した。もしかすると、アルバート自身も興奮しすぎたせいで、引き際を見失っていたのかもしれない。

「テンマ、プリメラ、すまん」

「まあ、この屋敷にいた人以外に聞かれたわけじゃないんだから、皆が黙っておけば問題はないだろう。ジンたちも、それは理解しているだろうし」

「そうですね。後でリーナに念押ししておけば、心配はないと思います」

　リーナはあれでも元子爵令嬢なので、籍を外れた今でも貴族の怖さはわかっているだろう。そんなリーナの言うことなら、ジンたちも絶対に守ろうとするだろう。それにしても……

「リーナは*ちゃん*付けでプリメラを呼ぶのに、プリメラは呼び捨てなんだな」

と、少し気になった。やはり、公爵家と子爵家の身分の差が理由なのだろうか？

「いえ、リーナも普通に私のことを呼び捨てにしますよ。ただよくふざけて、子供の頃の呼び方をわざとするんです」

　子供っぽい言い方だと思っていたら、そういう理由があったのか……リーナは天然なところがあるから素だと思ったが、単にふざけていただけなのか。よくよく考えたらリーナは腹黒いところがあるし、プリメラの言う通りだろうな。何故、俺の前で本人のいない時にちゃん付けするのかは不明ではあるが。

「俺の方からも、ジンたちには念を押しておくよ。まあ、バラされたところで婚約がどうこうなるわけじゃないけど、ジンたちの評価が悪くなるからな」

正直、婚約がバレても大した問題にはならないと思うが、故意ではないとしてもバラしたジンたちは王家やサンガ公爵家の不評を買うことになるかもしれない。俺からの忠告とプリメラからのリーナ経由の忠告と合わせて、どれだけ危険なのか理解してくれるだろう。まあ、理由を知る者だけの所では俺に愚痴を言うかもしれないが、それくらいなら何とか我慢できるはずだ。もし無理だったら、訓練試合に無理やり付き合わせればいいし。

「ジンたちの方はそれでいいとして……クリスさん、大丈夫だよな？　あれだけ騒いだのに、全く起きないんだけど……」

クリスさんは、心配になるくらい起きなかった。ちゃんと寝息は聞こえるし、苦しんでいる様子もないので大丈夫だと思うが、ここまで起きないとなると、狸寝入り（たぬきねいり）でもしているんじゃないかと疑いたくなるくらいだ。

「まあ、静かなんだから、クリス先輩はそのままにしていてもいいんじゃないかな？　下手に起きて事情を知ると、リオンよりも騒ぎそうだし」

カインの一言で、俺たちはクリスさんを放っておくことに決めた。リオンの時ですらかなり不機嫌になったのに、酔いの残った状態で婚約の話を知ったら、手の付けようがないかもしれないからだ。クリスさんに俺とプリメラの婚約話を教えるのは、マリア様がいる状況か最低でもアイナがいる時でないと駄目だろう。

その後、夕飯の時間になるまで起きなかったクリスさんは、サンガ公爵と共にやってきたアイナに連れられて帰っていった。一応、夕飯に誘ってはみたが、酒が抜けなかったせいで食欲がなかったようだ。あの様子だと、明日は二日酔いで苦しむことだろう。


「それでは、今日のところはこのあたりで失礼させてもらうよ」

サンガ公爵たちは、夕食が終わると帰っていった。帰り際に、リオンがプリメラに泊まっていかないのかと訊いていたが、表向きにはまだ婚約は秘密ということになっているので、少しでもバレるような真似は避けるべきだと公爵が決めたそうだ。

「それにしても、テンマが結婚とはな……女に興味がないのかと思っていたが、杞憂だったようだな」

ジンが大笑いし、続いてガラットやメナス、じいちゃんまで同じように笑いだした。

「私はテンマさんが結婚するなら、プリメラちゃんが一番可能性の高い相手だと思っていましたから、意外ではないですけどね。まあ、いきなり婚約するとは思いませんでしたけど」

リーナは、いきなりの婚約以外は想定内だと言って胸を張っていた。そして、何故か同じようにアムールも胸を張っており、ジャンヌはアムールを見た後で俺を見て、何故か少し顔を赤くしている。

「まあ、婚約発表まではまだ時間があるし、周囲が騒がしくなるのはそれからだろうね。それよりも、婚約までの間はジンたちの方が注目されると思うぞ。王様たちに謁見した後の予定はどうなっているんだ？」

　俺がそう言うと、ジンたちは少し嫌そうな顔をしたがすぐに表情を戻し、

「そのことなんだがな、少しテンマに手伝ってもらいたいんだ」

　と言いだした。

「実は、ヒドラの魔核とダンジョン核の回収はしたが、その他の素材は置いてきたままなんだ。俺たちの持っているマジックバッグじゃ、ヒドラの素材を全て持ってくることができなくてな」

「つまり、運び屋をやってくれということか。だけど、俺は最下層から大分上の階層で止まっているぞ」

　それはジンたちもわかっているだろう。それでも頼んでくるということは、俺に最下層まで自力で下りてこさせるか、

「ジンたちが、俺を最下層に案内するということか？」

　前にエイミィをダンジョンに連れていった時のように、ジンたちの誰かが俺と手を繋いで、最下層近くのワープゾーンまで行くということだ。

「それをすると、他の冒険者から文句が出ないか？　そんなことをするよりも、ギルド職員に頼んでついていってもらって、素材を回収した方がいいと思うが？」

　それが俺もジンたちも変な恨みを買わないで済む方法だと思ったが……

「それだと確実に、そのギルド職員と懇意にしている冒険者が最下層に現れる。そして、死ぬ」

　ギルド職員は中立であるべきだろうが、それはただの理想であり、そんな職員ばかりではないのは確かだ。もしそんな職員が知り合いに頼まれたり大金を積まれたりすれば、秘密裏にその依頼人

を最下層に連れていくこともあるだろう。もしくは、最下層付近の素材目当てに、ギルドの決定という形で冒険者を送り込むかもしれない。

「その点、テンマだったら一人で何個ものマジックバッグやディメンションバッグを持っているし、最下層の魔物相手でも負けることはないだろう」

「それならやってもいいけど、たとえ俺が最下層周辺の素材を根こそぎ持っていったとしても、絶対に文句は言うなよ？」

そんなことをする気はないが、一応忠告はしておいた。何か珍しいものがあったりミスリルなどの鉱床が見つかったりした場合、根こそぎ持っていかないとは言い切れないからだ。

「別に構わんさ。テンマのことだから、変な噂を立てられるくらいなら、依頼が終わってから自力で一度潜った方がいいとか思ってそうだからな」

俺の性格まで読んだ上での頼みだったようだ。

「確かに俺のことをよく知った上での依頼みたいだな。そうなると、王様にダンジョン核を献上した直後に動くことになるから、先に言っておいた方がいいかもな。そうした方が、ジンたちがいらない部位は高値で買ってもらえるかもしれないし」

ヒドラの場合、肉や内臓といったものは毒があるので食べることはできないそうだが、毒腺は使い道があるし、皮や骨は武器や防具に使える。ジンたちによると、今回のヒドラはかなりの大物らしいので、肉がなくてもかなりの素材が取れるだろう。まあ、そのうちの何割かの素材はセイゲンの冒険者ギルドに卸す必要があるだろうが、それ以外にも王様に献上（とはいっても、褒美という形で対価はもらえる）すれば、王様たちの『暁の剣』に対する心象はさらに良くなるはずだ。

「その時は、テンマからも言ってもらえないか？　俺たちだけで言うよりも、テンマからも了承したことだと伝えた方が、話は早いだろうし」

ジンはそう言っているが、単に王様たちに色々と訊かれるのが怖いのかもしれない。悪いことをするわけではないので堂々としていればいいと思うが、俺とは違いジンたちにとって王様は雲の上の存在に近いイメージを持っているようなので、なるべく手早く確実に説明できるように、俺が必要なのだろう。

「まあ、いいけど……その代わり、荷物運びと王様たちへの説明の報酬として、ヒドラの素材の一部をくれよ。ある程度の量がもらえると嬉しいが、俺にくれる分はジンたちや王様やギルドの分を確保した後でいいから」

実際には荷物運びくらいしか手間がかからないのであまりもらえないだろうが、ヒドラの素材は珍しいので、少しでも確保しておきたい。まあ、地龍や走龍、ワイバーンといった魔物の素材もまだ残っているのでコレクションの一部ということになりそうだが、他に最下層近くのワープゾーンの情報も報酬の一部だと思えば、逆に報酬をもらいすぎだと言えなくもない。

「テンマがそれでいいなら、俺たちは構わない……んだが、もしかすると、使える皮は少ないかもしれないから、その時は勘弁してくれ」

ジンが申し訳なさそうに頭を下げたが、その言葉に俺よりもじいちゃんが驚いていた。

「ヒドラの再生力は馬鹿みたいに高いから、よほど苛烈な攻撃を与え続けたのじゃな」

俺たちの中では、じいちゃんだけがヒドラ討伐の経験があるので、それで驚いていたのかと納得した。だが、ジンたちは微妙そうな顔をしていて、

「いやまあ、苛烈と言えば苛烈なんですけど……」

言いにくそうにしているジンを、皆で見つめていると、

「何十台ものバリスタを持ち込んでヒドラに矢を撃ち込み、油をかけて燃やしたんですよ。それで弱ったところで首を切り落としていって、動かなくなったところで魔核を強引に取り出したんです」

ジンが言いにくそうにしていた理由は、邪道と言えそうなやり方でヒドラを倒したと思っているからだそうだ。

詳しく話を聞くと、一度に五～六台のバリスタを最下層の一つ上の階に運び込み、ヒドラの隙を見てバリスタの射程ギリギリの所に置いていき、十分な数が設置できたところで順次発射していく、矢は特別に作ってもらったもので、鏃と胴体が太いストローのような空洞になっており、刺さると後ろから血が噴き出すらしい。

いくらヒドラの再生力が高くとも、体の至る所から流れ出る量を上回るほどの血を作り出すことはできないらしく、血の出が弱くなったところで油をかけて燃やし、弱り切ったところで首を一本一本切り落としていったのだそうだ。そこまでダメージを与えると再生力はかなり落ち、全部の首を落とす前に首が再生されるということはなかった（ただ、切り口から肉が盛り上がって、首の基のようなものはできたそうだ）が、心臓はまだ動いていたので、強引に魔核と心臓を取り出したとのことだった。

「何というか……鬼畜な戦い方だな。まあ、ヒドラ相手ならそれくらいしないといけないということだろうが……激闘の話を期待している人は、がっかりしそうだな」

「じゃが、ヒドラの有効な攻略法を発見したとも言えるぞ。ダンジョンのような逃げ場の限られた

場所や、大量の物資を運べるだけの運搬力や資金力がないといかんが、わしの戦い方よりは安全で生きて帰れる可能性が格段に高いからのう。まあ、皮は諦めるしかないかもしれんがのう」

ちょっと期待外れと思った俺とは違い、じいちゃんの評価は高かった。これが、実際に戦ったことのある人とない人の差なのだろう。ジンたちはじいちゃんに評価されたのがよほど嬉しかったのか、色々な苦労話を始め、じいちゃんも自分の時の苦労話を始めた。そしてそのまま、宴会へと突入したのだった。


翌日の早朝、じいちゃんとジンたちはジャンヌとアウラによって、食堂で酔い潰れた状態で発見された。

俺とジャンヌとアウラとレニさんは、日付が変わる前に部屋に引き上げたので平気だったが、アムールは遅くまでじいちゃんたちに付き合っていたところを途中でレニさんに連れ戻されたそうで、俺と同じような時間に起きはしたが寝不足で少し調子が悪そうだった。レニさんの証言からすると、じいちゃんとジンたちの宴会はアムールが戻されたよりも遅く、下手すると明け方まで続いた可能性がある。

「おいジン、起きろ！」

「う……頭が痛い……静かにしてくれ……」

ジンは二日酔いがひどいようで、声を出すのもきつそうだった。

「数日後には王様に会うんだから、それまで酒はなしな」

「うい……」

ガラット、メナス、リーナはしゃべる気力すらないのか、ジンが代表して返事をした。ジンたちの相手をしている間にじいちゃんは、よろめきながら厨房へと向かっていたが、

「じいちゃん、厨房に置いてあった薬は回収しているから、そっちに行っても何もないよ」

「ぬ……ぐ、ぬぅ……」

じいちゃんは薬を諦めて、大人しく俺の前へとやってきた。

「じいちゃん、ジンたちは王様たちに会う為に来ているんだから、調子に乗って酒を飲ませない。今回のことはアーネスト様にも報告するから、嫌味の一つや二つ……一〇や二〇は覚悟しといてね」

俺がじいちゃんに嫌味を言っても大した効果はないので、じいちゃんにとって一番嫌な相手に頼むことにした。アーネスト様なら、じいちゃんに嫌味を言えるとなれば、頼まれなくても引き受けてくれることだろう。

「そ、それは……」

「我慢してね」

有無を言わさずにアーネスト様への報告は決定事項だと伝え、先にジンたちに二日酔いの薬を配った。客であるジンたちを優先した形だが……

「じいちゃん、ごめん。薬が切れた」

リーナに配ったところで薬がなくなった。ここ最近、クリスさんがやたら酒を飲むので、薬の消費が激しかったのだ。

「ちょっと、おじさんの所に行って分けてもらってくるから、それまで待ってて」

「は、早く……戻って……きて、く……うぷっ！」

何かのフラグが立った気がしないでもないが、とりあえず家と同じ薬（俺が作ったものを配っている）を分けてもらいに、マークおじさんがやっている宿屋へ急いだ。

「じいちゃん、もらってきた……よ？」

大分飛ばしたので、三〇分もせずに戻ってくることができたのだが……俺の目に映ったのは、死んだようにテーブルに突っ伏すじいちゃんだった。

「じいちゃん、どうか安らかに……」

薬と水の入ったコップをじいちゃんの近くに置き、目を閉じて手を合わせた。

「わし、生きておるぞ……」

何か聞こえた気がしたが、今日はやることもあるので静かにその場を去った。


「腹も膨れたし、さっそく取りかかるか」

今日やること、それはプリメラに渡す分のゴーレムの製作だ。ゴーレムはある意味、オオトリ家の必須アイテムとなっている。そして、婚約者を守る為のゴーレムになるので、普段使っているものよりも性能のいいものを作る必要がある。なので、完成までに日数はかかるかもしれないが、渡すまでにまだ時間があるのでじっくりと取りかかることにしよう。

「まずはどういう形にするかだけど……騎士型にしようかな？」

プリメラといえば騎士というイメージがあるので、ゴーレムの形状は騎士を模したものにすることに決めた。

「形状は決まったけど、どういった感じで作るかな……」

これまで作ったゴーレムは、木や石や土の塊を繋げたものに、それらの中でも出来の良かったゴーレムの核を再調整したもの、王族専用にジャンヌとアウラに渡したサソリ型に『巨人の守護者（ガーディアン・ギガント）』、そしてタニカゼとライデンのような馬型だ。

製作の難易度も、おおよそ今挙げた順（ただしタニカゼは王族専用の前くらい）となっている。

「ゴーレムの難易度や強さは、素材の珍しさや製作に使用した金属の量なんかも関係してくるし、ライデンに限っては、今でも何で作ることができたのかわからないけどな……」

もし、ライデンの作り方の完璧なマニュアルができれば、王国最強の軍団ができるのに……まあ、もし作り方が外に漏れたら王国が何個にも割れるような争いが起こりそうなので、できない方がいいのかもしれないが……どうしても、もったいないという気持ちは残ってしまう。

「作るとなれば、王族専用といきたいところだけど、王族専用のものはマリア様たち以外には売らないと約束したし、プリメラに持たせるのはやめた方がいいだろうな」

プリメラに売るわけではないので、別に約束を破るというわけではないが、もしかしたら『売らない』という意味の中に譲らないという意味も含まれているかもしれないので、できる限り避けた方がいいだろう。

「そうなると、新しいやり方で作るのがいいか……どうするかな……」

新しい方法などそう簡単に思いつくはずがないので、まずはゴーレムの核に使えそうな魔核を探すことにした。

「え～っと、核に使えそうな魔核は……」

バッグの中を探してみると、様々な種類の魔核が大量に見つかった。おおざっぱに数えただけだが、走龍や地龍といった価値の高い龍種のものから、オークやゴブリンといったよく見かけるものまで、万を超えるのではないかという数の魔核だ。

「走龍に地龍はサイズが大きすぎるし、オークやゴブリンじゃ強いのはできない……」

手持ちのSランクの魔物だとサイズが大きすぎるので、もう少し小さいものがいいのだが、Aランクのものがなく、それに近い魔物のものとなるとワイバーンのものしかない。

「ワイバーンの魔核なら、このまま使えそうだな」

魔核が大きいとその分だけゴーレムの核の周辺が厚くなってしまい、結果的に重量が増えることになる。そうなると動きの鈍いゴーレムができやすくなってしまうが、ワイバーンの魔核は十数センチメートルくらいなので、あまり厚くしなくて済むだろう。

「欠けているものもあるけど、これくらいなら問題ないだろうな」

ギガントやタニカゼにはドラゴンゾンビの魔核の割れたものを使用したので、ワイバーンでもできるはずだ。ただ、ドラゴンゾンビとワイバーンの魔核では格が違いすぎるので、ドラゴンゾンビでできたことがワイバーンでもできるとは限らないが、仮に失敗したとしても割れた魔核も色々な素材として使えるので、やるだけやってみればいいだろう。幸いにして、ワイバーンの魔核は十分な数を確保している。

「なかなか難しいな」

挑戦してみた結果、状態のいい魔核は問題なくゴーレムの核にすることができたのだが、欠けた魔核の方は形が歪な為、ゴーレムの情報を綺麗に刻むのが思った以上に難しかった。

「まあ、失敗もしたけど五個は綺麗にできたから、予定通りの数は作れそうだな」

数回失敗したが予定していた数は確保できたので、核を作るのはここまでにすることにした。

「核ができても、外ができてないからな……どうするかな？」

ゴーレムの核の目処は付いたが、依然としてどういったゴーレムにするのかが決まらなかった。

「とりあえず、飯にするか」

ゴーレムの核作りに集中していたので、気がつかないうちに昼を過ぎていた。一度昼食のことを考えると、それまで気にもならなかったというのに不思議と腹がすいてくるもので、何か食べようと食堂に移動した。

「いいのがないな。外に行ってみるか」

特に食べたいものが見つからなかったので、息抜きの散歩も兼ねて屋台や店を見て回ることにした。

「シロウマルたちも……行く気満々みたいだな」

俺の言葉で屋台巡りをすると理解したのか、振り返るとシロウマルとソロモンが待機していた。

二匹とも、キリっとした表情でよだれを垂らしており、スラリンが床に落ちたよだれを拭いている。

「それじゃあ、行くぞ。ただし、ソロモンはいつも通りバッグの中で移動な」

「きゅ～い～」

ソロモンは、「へいへい、わかってますよ」みたいな返事をして、いつも入っているディメンションバッグに潜り込んでいった。

「ジンたちのおかげか、まだまだ屋台が多いな」

通常は、大会後にある王家主催のパーティーの前後くらいで屋台の数は激減するのだが、今回は『暁の剣』がダンジョンを攻略したという話題が追加されたので、いつもは引き上げて地元に帰る多くの屋台が急遽(きゅうきょ)王都滞在を延長したのだ。そのおかげで、色々と食べるものを選ぶことができた。

「大分腹も膨れたな。シロウマルたちは……まだ足りないか」

何か所か屋台を回ると俺はかなり満たされたのだが、シロウマルとソロモンはまだ足りないとのことだった。この様子だと、まだまだ屋台巡りをやめることはできそうになかった。

「ようやく満足したか」

夕方近くになって、ようやくシロウマルとソロモンは満足したようで、バッグの中で寝息を立て始めた。

「腹が膨れたら眠るとか、いい身分だな」

俺の呟きに、スラリンも体を弾ませて同意した。この様子だと、夕食は……いや、この二匹なら、意地でも食べるかもしれない。そんなことを考えながら腹ごなしのつもりで、遠回りしながら家に向かっていると、何度か王都の騎士団が小隊単位で行き来する姿を見かけた。多分、見回りを兼ねた牽制行為なのだろう。毎年のことだが、この時期が一番王都の犯罪行為が増えるし、今年はジンたちの活躍でお祭り騒ぎが長引いているので、警備を強化しているのかもしれない。

「何となく、ゴーレムの方向性が見えてきたかな？」

騎士型のゴーレムにすることだけは決めていたので、実際に鎧(よろい)を着けて動く騎士たちを見て、どういう作り方にするか思いついた……が、

「俺だけだと難易度が高そうだから、ケリーにも手伝ってもらうか」

王都の中で一番信頼できる鍛冶職人に協力を要請することに決めた。

「こんちはー」

「久々だな。どうした？」

ケリーの店にやってきた俺は、さっそく思いついたアイディアを話し、実際に製作可能かを尋ねた。

「まあ、できないことはないな。ただ問題は、ゴーレム核の出力だな。こればかりはいくら改良したとしても、テンマの考えている方法だと動かすのは難しいと思う」

エイミィのゴーレムを作った時は、まず初めに骨のようなゴーレムを作り、そのゴーレムに肉体代わりの装甲を付けて、最後に全身に魔物の革を張り付けて完成させた。この方法が現状では一番汎用性が高いゴーレムなのだが、今回はさらにその上に鎧を装備させるのだ。

ケリーには、エイミィのゴーレムに鎧を装着させたものを作るとしか言っていなかったので、出力の心配をされたのだ。

「それだけど、装着させる鎧もゴーレムにする。さらに、中身と鎧のゴーレムには、ゴーレム核の数も含めてワイバーン数匹分の魔核を使うつもりだ」

エイミィのゴーレムに使った核も、数あるゴーレムの中からいい出来のものを選んだが、今回のものは素材からして厳選し（Aランク並の魔物(ワイバーン)の魔核）、さらにそれを数匹分使うのだ。

中身だけでエイミィのゴーレムを上回る出力は確実なのに、鎧のゴーレム核がうまく機能すれば、相乗効果で数倍の力を発揮できるかもしれない。イメージ的には、ゴーレムにパワードスーツを装着させるような感じだ。まあ、そんな単純に掛け算のような性能は発揮しないかもしれないが、鎧に補助的な能力が備わっていると考えれば、中身だけよりも強くなれるだろう。

「鎧もゴーレムにするってことは、二体分で一体のゴーレムを作るということかい？　全く、とんでもないことを考えつくね」

「いや、二体のゴーレムを一体にはするが、核を二個に魔核数個分を使うつもりだから、魔核で数えれば、数体分で一体を作る感じかな？」

中身と鎧で二個の核を使い、ゴーレムの強化の為にいくつかの魔核を砕いて使うつもりだ。なので、一体のゴーレムに魔核が一個必要だと考えれば、今回のゴーレムには一体に数体分の魔核を使うということになる。

「とんでもないことじゃなくて、馬鹿みたいなことを考えついたみたいだね。まあ、これまでテンマが作ったゴーレムのことを考えれば、成功率が高そうな馬鹿みたいな考えだけどね」

呆れた様子のケリーだったが、使った核の総量だけで言うのなら、ライデンやギガントの方が多いので、似たようなものはすでに成功させていたとも言える。

「それで、私が担当するのは鎧の製作ということでいいのかな？」

「ああ、頼む。俺でも作れないことはないだろうけど、中途半端なものになるくらいなら、本職に頼んだ方がいいものができるからな」

俺よりも腕の悪い鍛冶師しか知らないのならば自分で作るしかないが、幸い俺よりも腕がよくて信頼できる鍛冶師を二人知っているので、その中でもより信頼できる方に頼むのだ。ちなみにもう一人はガンツ親方だが、親方の場合は興が乗りすぎると暴走してしまうので、俺では制御不能になってしまう。しかも、ほぼ間違いなく俺も巻き込まれてしまう……その点で、ケリーよりも信頼度はかなり下がる。

「まあ、面白そうだから頼まれなくてもやらせてもらうが、ゴーレム専用の鎧となると中身に合わせて作るしかないから、テンマが中のゴーレムを作ってからになるけどな」

「まあ、その通りだけど、素材とか報酬の話とかはしないといけないしな。それで鎧だけど、フルプレートタイプで素材はミスリルかアダマンティン、もしくはオリハルコン」

「ちょっと待ちな！　ミスリルなら何とかなるかもしれないが、アダマンティンとかオリハルコンは、全身鎧にするほどの量はそう簡単に手に入らないぞ！」

アダマンティンとかオリハルコンで全身鎧を作ったら、それこそ国宝クラスの逸品だ！　……ということらしいので、ミスリルと魔鉄を大量に集めてもらうことにした。

「この時期ならミスリルは比較的集まりやすいから、一体分くらいなら簡単だろう。他にもゴーレムに使えそうなものがあったら、集めておこう」

この時期（武闘大会中）は、大会の賭けやオークションの資金を得る為に、武器や防具、宝石類に金属類といったものが大量に売り出されるそうだ。ケリーは知り合いや金属を専門に扱う業者を回れば、ミスリルは集まるだろうとのことだった。

「頼む」

「おう！　任せておけ！　鎧の材料は集めておくから、テンマはなるべく早く中身を作るんだぞ。それと、材料費は後で請求するからな」

後でいくら請求されるかわからないが、ケリーが集めると言ったら意地でも集めるだろうから、相場を超える金額になるかもしれない……が、お金はあるから大丈夫だろう。

「なら、遠慮しなくていいな」

お金のことを伝えると、ケリーは「いいことを聞いた」と不気味に笑い、あとのことを従業員に任せると言って店を飛び出していった。

ケリーの店を訪れてから数日後、

「疲れた……」

「これなら、もう一度ヒドラに挑んだ方が……」

「私はどっちも嫌だね」

ジンたちの王様への謁見が無事終了した。俺は付添人ということで、王城まではジンたちと一緒に来たが、謁見の間までは同行が許されなかったので控室で待たされることになった。まあ、そうなるように王様たちに頼んでいたので、ジンたちが苦労している間はのんびりさせてもらうつもりだったのだが……ティーダとルナが遊びに来たので、少々騒がしかった。ただ、二人は俺とプリメラの婚約のことは知らされていないらしく、控室にいる間に婚約の話題が出ることはなかった。

「それにしても、リーナは余裕そうだな？　昔の経験が生きたのか？」

「昔の経験が生きてよかったです！」

さすが元貴族ということなのだろう。お偉いさんとの面会は慣れているのかと思ったら、

「ああいう時は、こちらの代表に任せるのが一番ですからね！　ジンさんたちの少し後ろで、大人しく空気になっていました！」

ジンたちを盾にしていただけのようだ。まあ、確かに経験が生きたのだろう。薄情だが、ある意味で正しい選択だ。

「薄情だな」

「薄情だね」

「ガラットさんとメナスさんも、大人しくジンさんの後ろにいればよかったんですよ。私たちの中ではジンさんだけが名誉とはいえ爵位持ちですから、平民である私たちが後ろで控えているのはおかしなことではないのですから」

「「なるほど！」」

ガラットとメナスが納得したことで、今後同じようなことがあった場合、ジンを代表という名の生贄（いけにえ）にすると決めたみたいだ。

「絶対に、納得なんかしてやんねえからな！　次にこんなことがあった時は、お前たちにも話題が振られるようにしてやる！」

ジンもジンで、自分だけが矢面に立つのは避けたいようで、リーナたちを逃がさないと決めたようだ。

「まあ、醜い争いはそこまでにしておいて……今後もジンたちは忙しくなるだろうな」

ジンたちは俺の言ったことがよくわかっていないみたいだが、

「ジンたちは全員独身で、将来的に爵位と報酬が約束されていて、現状でも十分な名誉を得ている……独身の貴族や、宣伝目当てで名誉が欲しい貴族や商家みたいなのにしてみれば、『暁の剣』は狙い目だよな」

と言うと、ジンとメナスが慌てだした。ガラットとリーナは嫌そうな顔をしていたが、慌てた様子がなかったので訊いてみると、

「俺、故郷に約束した人がいるから」

「私の場合、貴族としての私を欲しいとなると、実家や実家の格上の貴族……うちだと、サンガ公爵家に話を通さないといけないと思うので、馬鹿は途中ではじかれるでしょうし、そもそも爵位をもらう時は私もいい年したおばさんになっているはずです。冒険者としてだと私の評価は微妙になると思うので、そこまで心配しなくてもいいでしょう」

「なら、私もあまり気にしなくてよさそうだね」

リーナの説明に、メナスは安心したような顔になったが、メナスとリーナでは条件が似ているようで似ていないので、名誉だけを欲しがる所はメナスに粉をかけてくる可能性は十分に考えられる。まあ、考えられるだけなので、指摘はしなかったが……そんなことよりも、驚きの発言がガラットから飛び出てきた。

「ガラット……婚約者がいたのか？」

「ん？　ああ、テンマには言ったことがなかったな。一応いるぞ」

何でも数年前に故郷に帰った時に、ガラットは幼馴染……というか、子供の頃に面倒を見ていた

女性に告白されたそうだ。

「昔……二〇年くらい前になるんだが、故郷を飛び出す時に、『大人になったら結婚して』と言われたんだ。その時は冗談だと思って軽く返したんだが、本気にして恋人も作らずに待っていてな。それで、婚約することになったんだが……お互いの年齢的に、そろそろ身を固めないととは思っているんだがな……」

色々な事情があって、結婚は先延ばしになっているそうだ。今回のダンジョン制覇で、セイゲンにその女性を呼ぶか迷っているらしい。

「ちっ！　もげちまえ！」

「あの子も、何でこんなのを選んだんだか」

ジンとメナスもその女性を知っているそうで、ジンは面白くなさそうに、メナスは不思議そうに呟いていた。

「子供の頃に面倒を見ていたとか言うけど、何歳差なんだ？」

「ええっと……確か、一〇歳差だったな」

「それで、ガラットが故郷を飛び出した時の年齢は？」

「一五だ」

つまりガラットは、一五の時に五歳の子供にプロポーズされて、了承したということになる。

「ジン、メナス……お前たちの故郷は、それが普通なのか？」

「そんなことあるわけないだろうが！」

「至って普通の田舎だよ！　……まあ、私たちを村の宣伝に使って客を呼び込もうとするのには困ったもんだけど、基本的には王都と同じような恋愛観や結婚観を持っている所さ」

　それを聞いて、ガラットがそんな性癖なのかと、一瞬思ったが、

「これが今の話だったら、ガラットを袋叩きにしてでも更生させるが、相手は今や二四～二五の成人女性だからな。思うところはあっても、今更文句は言えん……むしろ待たせすぎたくらいだしな」

「さすがに、今五歳の女の子に手を出そうとしているというのなら、ナニを切り取った上で袋詰めにして、ダンジョンの奥深くにでも捨ててくるんだけど、もう過去の話だからね」

　二人とも、心底残念そうに呟きながら、何かを握り潰すような手つきをしている。それを見たガラットは、顔を青くして俺の後ろに逃げてきた。

「ガラットのナニを切り落とそうが握り潰そうが焼き尽くそうが構わないが、それは外でやってくれ。街中でやると、俺まで王様たちに怒られるから」

『暁の剣』の問題には手出ししないということにして、とりあえず街中でだけはやめるように言っておいた。

「それで、いつダンジョンにヒドラを回収しに行くつもりなんだ？」

　後ろで警戒しているガラットは無視して、ジンにいつセイゲンに行くのかと訊くと、すぐにでも行きたいとのことだった。

「ほとんどの素材をほったらかしにしてきたから、さすがに心配でな。まあ、同業者が持っていくとは思えないが、上の階層にいる魔物が食い荒らす可能性があるからな」

　ヒドラの体には至る所に毒があり、普通の生き物（人間含む）が口にすれば死ぬ可能性が極めて高いが、中には毒を食らっても平気な生き物もいるし、極限まで空腹な状態であったなら、毒とわ

かっていても口にする生き物もいるかもしれない。

「肉だけ食ってくれるのなら放っておいてもいいが、皮や爪といった素材になる部位を食われてはかなわんからな」

ヒドラは解体する時も毒に気をつけなくてはならないので、一番量のある肉が減るのなら大歓迎だが、素材を駄目にされては赤字となるので、できるだけ早くということらしい。

「それじゃあ、明日にでも出発するか？　ライデンを急がせれば、三〜四日でセイゲンに到着できるぞ。まあその分、休憩時間はあまり取れないし、一日のほとんどを移動に使うことになるが」

昼間の休憩時間も移動に使えば、通常の半分ほどの時間でセイゲンには着く。疲れるのであまりやりたくはないが、素材のことを考えたら一番いい方法だろう。

「それで頼む」

「その代わり、ジンたちにも御者を手伝ってもらうからな」

ジンたちも御者を手伝うことを約束してくれたので、人手に関してはすでに十分揃ったことになる。あとは……

「私も行く！」

「お嬢様が行くのなら、私も」

「わしも興味があるのう」

「皆が行くのなら私も行きたい」

「当然、私もです！」

依頼についてこようとするアムールたちをどうするかだった。予定では、ヒドラの解体方法を知っているというじいちゃんだけについてきてもらうつもりなのだ。一応今回は、俺が個人で受けた依頼であり、ダンジョンの最下層に行くのは最低限の人数に絞った方がいいと思いその説明もしたのだが、アムールたちは納得しようとはしなかった。だが、

「安心せい。わしがついていく以上、変な虫は近寄ってこんわ！」

というじいちゃんの言葉を聞いて、アムールたちはようやく同行を諦めた。

「とにかく、明日の朝には出発するから、帰ってくるのは一〇日後くらいになると思う」

行きと帰りに八日、ヒドラの回収に一日、予備日に一日という感じの予定だが、何か予想外のことが起こったらもう少し延びるということを伝え、それぞれ明日以降の準備に取りかかることにした。

# 第四幕

「いやぁ……テンマといると、移動が楽だな。それに、こんな時でも快適に過ごせるしな」

王都を出発してから四日後、俺たちは予定通りセイゲンに到着した……まあ、ギリギリ日付が変わる前なので、到着したとはいえセイゲンの外で野宿中だ。

「セイゲンに入れなかったとはいえ、私たちだけで移動するよりも半分以下の時間で着いたわけだし、寄り道したおかげでこんなご馳走にありつけるんだから、野宿ぐらい何ともないね」

セイゲンの目の前で野宿することになった理由は、セイゲンへの最後の休憩地に川の近くを選んだのが事の発端だ。

川の近くで俺たちは、昼食とちょっとした休憩を取ってから出発する予定だったのだが、出発直前になって俺が遅れの原因となるものを発見してしまったのだ。それは、

「それにしても、このスッポン鍋おいしいですね。それに、肌にもいいと聞きますから、最高の料理です！」

スッポンの群れを捕獲したからだった。

捕獲したスッポンの大きさはまちまちだったが、最大で体長二メートル超えの推定体重二〇〇キログラム超えという、ドでかいスッポンだった。ちなみに、調理したのは捕獲した中でも小さい方のスッポンだったが、それでも一メートル近い大きさがあった。

発見時、スッポンたちは川べりに折り重なるようにして日向ぼっこしていたのだ。まあ、周囲の

警戒はしていたようで、少し近づいただけで何匹か川に逃げ込んだが、まだ一〇匹以上残っていたので、俺に注目を集めている間にスラリンに忍び寄ってもらい、まとめて一気に捕獲したのだ。

スラリンの奇襲で捕獲できたのは全部で一〇匹で、そのうち明らかに若い四匹の個体（それでも、五〇センチメートルはあった）は逃がしたが、残った六匹でも総重量が優に五〇〇キログラムは超えるという大漁だった。

「泥抜きが足りないせいで少し臭いけど、その分香辛料をたっぷり使ったから、これはこれでいけるな」

スッポン鍋の出来を自画自賛しつつ、食事を勧めたのはいいが……周辺で同じように野宿している人たちには少し悪いことをしてしまったかもしれない。泥臭さを抑える為に香辛料をたっぷり使ったせいで、かなり広範囲に食欲をそそる匂いが広まってしまったのだ。そのせいで時折、俺たちに恨めしそうな目が向けられてきている。まあ、俺たちの近くにシロウマルがいるし、馬車の目立つ所にオオトリ家の家紋が入った旗を掲げているので、近づいてくる者はいないのが救いだ。もっとも、悪意を持って近づいてきたとしても、このメンバーなら万が一のことはないだろう。

「今日は早めに寝て、明日の朝早くからダンジョンに潜るということでいいな。セイゲンのすぐそばだし、ゴーレムを立たせておけば皆が同時に寝ていても問題はないだろうな」

こんな所で襲いかかってくる奴はいないだろうし、いてもゴーレムを出しておけばすぐに対処できるだろう。それよりも、明日は最下層に行くのだから、少しでも疲れは残さない方がいいということで、今回は見張りを立てないことにした。

「スラリン、シロウマル、ソロモン、お前たちも今日はバッグの外で寝てくれ」

さらに念入りに三匹をバッグの外で寝かせておけば、ゴーレムと合わせてわかりやすい牽制になるし、近づいてくる奴がいればシロウマルが気づくだろう。

「これで万全と言っていいかな？　それじゃあ、先に寝るからな」

じいちゃんとジンたちはもう少し起きているそうなので、俺だけ早めに布団に潜り込んだ。じいちゃんたちだけでなく、周囲でも酒盛りが行われているようで少し騒がしかったが、集団での野宿の時はたいていこんな感じなので、うるさいことはうるさいが、眠れないくらい気になるというほどではなかった。


「テンマを連れてきて、本当によかったな……」

「だな……」

「私たちだけじゃ、確実に死んでたね」

「少し考えれば、簡単に想像できることでしたね」

ジンたちは俺が作業している間、四人揃って自主的に正座していた。

「こんな状態では、わしもあまり力になれんのう」

じいちゃんは申し訳なさそうなことを言いながらも、椅子とテーブルを出してお茶を飲んでいる。

何故こんなことになっているのかというと、ものすごくわかりやすく言えば、ヒドラが腐りかけていたからだ。ジンたちがヒドラを倒して半月と少しといったところだが、ヒドラの持つ何らかの酵素が腐敗を早めたようで、回収に来た時にはすでに肉は半分溶けかかっていて、ひどい悪臭を放っていたのだ。ただ、ヒドラの近くをネズミがうろついていたので、臭いと同時に毒を放っているという可能性は低いと思うが、念の為ヒドラから距離を取り、ゴーレムたちにヒドラの解体（皮を剝いで内臓を出しただけ）をやらせた。

「遠目で見た感じ、皮はそれほど傷んでないみたいだな。もっと焼け焦げていると思ったんだけど」

ジンたちの戦い方を聞いた感じでは、皮はもっとボロボロになっていると思っていたのだが、見た感じでは多少の焦げや穴、切り傷があるだけで、十分素材としての価値があると思う。それに関してはジンたちも不思議そうにしていたが、

「もしかすると、死んだ後で再生したのかもしれんのう……ヒドラは馬鹿みたいに再生力が強いから、心臓と魔核を抜かれても、ある程度の再生力は残っているのかもしれん」

というじいちゃんの推測を聞いて、皆納得した。何せ、前にライデンの基となったバイコーンを退治した時に、バイコーンが死んだ後で傷ついた皮に『ヒール』をかけて傷を消したことを知っているからだ。バイコーンですら死んだ後でも回復魔法が効いたのだから、再生力の高いヒドラなら死んだ後で傷が修復されたとしても、十分納得できる話だ。

ヒドラの再生力について話している間に、ゴーレムたちにヒドラの皮と内臓を地面に広げるようにして置かせた俺は、それらに対して水魔法で汚れや付着した毒に溶けた肉を念入りに流していった。

ヒドラの内臓は、心臓や胃袋、肺や腸に膀胱（ぼうこう）は綺麗な形で残っていたが、腎臓や肝臓といったものは溶けてほとんど残っていなかった。あとついでに、毒が入っている『毒腺』も残っており、中にはたっぷりの毒が詰まっていた。しかも、ヒドラには毒をためる場所が二つあり、一つは上あごの中にある空間で、もう一つは胃袋の近く（まあ、このヒドラは首が九つあるので、正確に言えば首の分と胃の近くの一〇か所である）だ。二つは細い管で繫がっていて、上あごの毒腺が空になっ

たら、胃袋の近くの毒腺から補充されるのだと思われる。

「かなり粘り気があるから、毒の原液なのかな？　じいちゃん、毒の原液っぽいのが一〇〇リットルは軽くあるんだけど、どうしたらいいと思う？」

少量ならそこら辺に捨てて、水で流せば問題ないと思うが、これだけの量となると、その方法ではしばらくの間この部屋が使えなくなりそうで怖かった。なので、じいちゃんに訊いてみたのだが、

「それだけの量となると、わしにもわからんのう……穴を掘って、その中に少しずつ捨てるくらいしか思いつかん」

じいちゃんもいい考えが思い浮かばないようだ。ちなみに、じいちゃんの時はどうしたのかと訊くと、何と半分燃やして危ないと感じ、残りは床に撒き散らしてほったらかしにしたとのことだった。

「あの時は毒が気化して大変じゃった。全部を一遍に燃やしておったら、気化した毒で死んでおったかもしれんのう」

じいちゃんは昔を懐かしみながら言っているが、俺は若い頃のじいちゃんはろくでもないことをしていたというアーネスト様の話は本当だったのだとしみじみと感じていた。まあ、口には出さなかったが、少量ずつなら燃やしても大丈夫なのではないかと思った時点で、俺も同類ということなのだろう。

「どう処理するかはおいおい考えるということで、とりあえずは小分けして保管しておくか。一応訊いておくけど、ジンたちはこの毒が必要だったりするのか？」

売ればそこそこの金が気にはなりそうなので一応訊いてみたが、ジンたちも売った後のリスクを考えるといらないとのことだったので、まとめて俺が保管することになった。ちなみに、売った後

のリスクとは、自分たちの手から離れた後で悪用された時のことで、売った後でどのように利用されようが責任はないと言うことはできるが、それでも自分たちの評判が下がることに繋がるので、そんな危険な橋は渡りたくないということだ。

一応、ヒドラの毒は貴重なので、売るとしても身元と使用目的がはっきりとした、信頼できる者しか相手にしない方がいいだろう。まあ、そんな相手に心当たりはないので、処分するのが一番安全な方法だ。

皮と内臓の余計な部分を洗い流した後は、本体の方も同じように毒や溶けかけの肉を強めの水流で十分に洗い流し、適当な大きさに切り分けてからマジックバッグにしまい込んだ。これが普通の獲物だったら、肉を骨から切り分けて、終わったらその肉でパーティーだ！ ……みたいに騒ぐところだけど、ヒドラの肉にも毒があるということなので、大まかに肉を切り取った後で、肉が付いたままの骨を大量の水に漬けるか土に埋めるかして、時間をかけて残りの肉を腐らせるのが一般的なヒドラの処理ということらしい。じいちゃんが言うには長時間水や土の中にほったらかしにすることで肉は腐ってなくなり、ついでに骨の中にある毒（脊髄にも毒があり、他にも骨の隙間に染みている）も抜けて、安全に加工ができるようになるそうだ。

「骨は、肉が付いたままの状態で売りに出した方がいいじゃろうな。文句を言う奴も出てくるじゃろうが、ヒドラのものじゃと証明するには、それが一番じゃからな」

一応表面に付いた毒は洗い流したし、たとえ素手で触ったとしても、短時間だったり手に傷があったりしなければ、少しかゆくなる程度で済むらしい。まあ、長時間握りしめたり、かじったりすれば死ぬこともあるそうだが、そこは扱う者の自己責任ということだ。

「それじゃあ、あとは汚れた所をどうにかすれば終わりかな？　この後、少しこのあたりを調べようと思うんだけど、じいちゃんとジンたちはどうする？」

新しいゴーレムに使うミスリルがないか探してみたいので、ジンたちも一緒に探すかと訊くと、一度軽く調べた後だし、武器の手入れもしたいので戻るということだった。じいちゃんも、腹が減ったので一度戻ると言って、ジンたちと一緒に帰っていった。

集合場所はエイミィの実家がやっているアパート（前に俺が使っていた所を、ジンたちが借りている）で、俺とじいちゃんが寝泊まりに使う馬車も、敷地内に置かせてもらえるように話しておくということだった。集合時間は決めていないが、最悪明日の出発前に揃っていたらいいので、それまでは自由時間ということになった。

「それじゃあ、張り切って探すか」

ヒドラの処理をした時にできた血だまりや毒だまりに、洗い流されてできた腐った肉のたまりの上に土をかぶせ、ゴーレムたちに踏み固めさせて処理をした。かなり適当なやり方だが、今のところ最下層には俺やじいちゃんにジンたちしか来られないので、他の冒険者が来る頃には毒は分解されてなくなっているだろう。あとは俺たちが、踏み固めた所の土を触ったりしなければいいだけなので、これで十分なはずだ。

「あわよくばミスリルでも……と思ったけど、鉄しか見つからないな」

最下層はヒドラが根城にしていただけあって、球場何個分かというくらいの広さがあった。

「それにしても、虫以外に生き物を見かけないけど、ヒドラは何を食って生きていたんだ？」

空気中に漂う魔力を食べて……とかでは、あの巨体を維持できるとは思えない。上の階から、何かしらの方法で魔物をおびき寄せているというのが一番可能性が高いように思えるが、そもそもその餌となる魔物がどうやってダンジョン内に発生するかも詳しくわかっていないのだ。

「何か、深く考えたら頭が痛くなりそうだな……そろそろ切り上げるか」

今度来る時は、今回のような裏技ではなく正規のルートを通って来ようと思い、地上に戻ろうと採掘をやめようとしたところ……何となく怪しい所を見つけてしまった。

その場所は入り口とは正反対の位置にあり、そこだけ大きな岩が積み重なっているように見えるのだ。たまたまそのように見えるのかもしれないが、もしかしたらヒドラが寝床にしていたのかもしれないので、ちょっと様子を見に行くことにした。そして、

「この下、絶対何かあるよな……」

岩の下から湿った空気と共に、肉が腐ったかのような臭いが上がってきていて、さらには何かが動くような音がしているのだった。

「岩の一個一個がでかいから、どかすのは大変そうだな……まあ、俺が自分でやるわけじゃないから、あまり関係はないけど」

とりあえず岩をどうにかしようと思い、大型のゴーレムを五体ほど出して岩をどけてみた。岩は、数体のゴーレムで何とか持ち上がるという大きさのものが一〇個重ねられていて、小さいものでも軽く一〇トンは超えていると思われる。

全ての岩をどけるとそこには縦穴があり、小石を落としてみると音が遠くまで響いていたので、地下室のような広い空間か、道のような長い空間があるみたいだった。

「さて、何があるのやら」

穴は、初めの方はほぼ垂直になっていたが、三～四メートルほど下りれば緩やかな坂道に変わった。

「下りてみたのはいいけど、何らかの生き物が歩いた形跡もあるし、一度戻って……」

地上に戻って、じいちゃんやジンたちに報告した方がいいかもしれないと思ったところで、遠くの方から何かがこちらに向かってくる音が聞こえてきた。

聞こえてくる音は二種類で、カチャ……カチャ……という感じの音と、ベタ……ベタ……という感じの音だ。どちらも足音のようだが、平均的な人の速度と比べるとかなり遅い。それに、足音と共に臭いもしてきたので、何となくその音の主の正体がわかった。

「『ファイヤーボール』……やっぱりスケルトンとゾンビ……ゾンビ？　あれは、ゾンビなのか？」

片方は思っていた通りのスケルトンだったが、もう片方は俺の知っているゾンビとは似ているようで違うものだった。

「『鑑定』」

『ファイヤーボール』の明かりで姿を現したそれを『鑑定』してみると、

『種族……ゴーレム（腐肉）』

と出た。多分、腐った肉が集まって自然発生したゴーレムなのだろう。初めて見る魔物だったが、詳しく調べようという気持ちが湧いてこない。

「もしかして、これがヒドラの餌だったのか？」

そんなことを思いながら、先頭にいた腐肉のゴーレムに『ファイヤーボール』をお見舞いすると、簡単に燃え上がり崩れ落ちた……が、燃えると同時にものすごい悪臭が漂ってきたので、二匹目からは『エアカッター』で切り刻むことにした。『エアカッター』の方は『ファイヤーボール』ほど効果的ではなかったが、足を狙えば歩けなくなっていたし、柔らかかったので貫通しやすく、一発で数体を巻き込めるので効率は良かった。

「ゴーレムの方はいらないけど、スケルトンの方は何体かサンプルが欲しいな」

スケルトンもゴーレムも、ただまっすぐに近づいてくるだけだったので、ゴーレムだけを集中して魔法で狙い、スケルトンはそのまま近寄らせた。そして、

「よっと！」

近くまで来たスケルトンの頭部を『ストーンブリット』で破壊し、崩れたところで魔核を回収した。スケルトンは魔核を骨から外せば動かなくなるので、対処の仕方を知っていればそれほどの脅威はない。もっとも、たまに一般的なスケルトンよりもかなり強いスケルトンが生まれることがあるので、油断はできない魔物ではある。現に、何年かに一回は、新人冒険者がスケルトン相手に全滅、もしくは命からがら逃げだしたという話を聞いたりするのだ。

「まあ、こいつらはそんなに強いやつではないみたいだな」

武器も持っていないし、素手でも倒せるような弱いスケルトンだったので、二体目からは素手で魔核を抜き取り、綺麗な状態で確保することにした。危険な行為ではあるが、実力差を考えると十分に可能みたいだし、何よりこのスケルトンを調べる為には、なるべく壊れていないものが必要だったからだ。

「一〇体は確保したし、あとはまとめて倒すか」

十分にサンプルが確保できたので、ゴーレムと一緒に魔法で吹き飛ばし、ここから出ることにした。

「『エアボール』」

通路ギリギリの大きさの『エアボール』を放ち、残りのスケルトンとゴーレムを通路の奥まで吹き飛ばした。かなりの数がいたので魔核がもったいない気もするが、手元にあるスケルトンの魔核を見る限りでは低品質という感じなので、放棄することにしたのだ。まあ、放っておけば復活すると思うので、どうしても必要になったらまた取りに来ればいい。

「一応、ゴーレムの方の魔核も回収しておくか……」

嫌だけど、サンプルとして何個か持って帰った方がいいので、最初の方に倒したゴーレムの肉片をスケルトンの骨でかき回して魔核を探し、同じくスケルトンの骨を箸のように使って魔核を取り出した。取り出したゴーレムの魔核は水魔法で洗った後、バッグに入っていた布で包んでスケルトンの魔核とは別にした。ちなみに、ゴーレムの魔核を探すのに使った骨と箸代わりにした骨は、汚いので捨てた。

魔核の回収の後は、スケルトンのサンプルも忘れずに回収し、『飛空』の魔法で上に戻った。

「あとは、最初の時と同じように蓋をして……」

待機させていたゴーレムたちに、もう一度岩を動かさせて穴を塞ぎ、ついでに土魔法で岩ごとドーム状の蓋で覆った。これであのスケルトンやゴーレムでは、どうあがいても外に出ることはできないだろう。

「おーい、そろそろ戻るぞ――――！」

最下層から一つ上の階に移動した俺は、このあたりで遊んでいるはずのスラリンたちを呼んだ。

スラリンたちは俺がヒドラの回収をしている間、臭いに耐え切れず上の階に逃げたのだった。まあ、臭いに耐え切れなかったのはシロウマルとソロモンで、臭いを感じないスラリンは関係なかったが、二匹を放っておくと何をしでかすかわからないので、お目付け役としてスラリンについていってもらったのだ。

スラリンたちの名前を呼びながら『探索』を使うと、三匹揃ってワープゾーンがある方へと向かっていた。多分、スラリンがそちらに向かうように指示を出しているのだろう。この様子だと、俺より先に到着しそうだ。

「スラリン、急いでじいちゃんたちに知らせないといけないこと……おわっ！」

案の定、スラリンたちの方が先に着いたので、急いで合流しようと小走りで角を曲がると……目の前に、牛の頭部をもつ人型の魔物、ミノタウロスがいた。慌てて距離を取り、魔法を放とうと身構えたが、よく見るとミノタウロスは口から血を流して死んでいた。その後ろには、申し訳なさそうに体を揺らすスラリンと、いたずらが成功したというような顔をしたシロウマルとソロモンがいた。ちなみに、ミノタウロスはオークと違い食べることができない……こともないが、筋（すじ）が多く肉が固い上に、味もよくないので食用には向かない。ただ、筋の部分は武器や防具の素材として使え（ついでに、干すと動物のおやつになる）、皮や角に骨も色々なものに使える。それに、ミノタウロスはAランクの魔物の中でも珍しい方なので、内臓なども実験用として売れたりすることもある。

「お前たち、いたずらしている場合じゃないぞ！　シロウマルとソロモンは、しばらくの間おやつ抜きにするぞ！」

ミノタウロスをマジックバッグに回収し、おやつ抜きを宣言すると、シロウマルとソロモンは大慌てで土下座のように頭を低くして、情けない声で鳴き始めた。

「スラリン、想定外のことが起こったから、すぐに上に戻るぞ。じいちゃんたちを探すのに走り回ることになるから、今のうちからバッグの中に入っていてくれ。シロウマルとソロモンも、本当におやつを抜かれたくなかったら、早くバッグに入れ！」

俺がそう言うなり、二匹は競い合うようにバッグに入り込もうとした。そして、出入り口で引っかかった。

「スラリン、悪いけど……」

スラリンは俺が言い切る前に、二匹をまとめて自分の体内に取り込んだ。そして、バッグに入ることができなかったスラリンは、俺が抱いて連れていくことにした。


「よかった！　ここにいた！」

ダンジョンから出て最初に向かったのは冒険者ギルドで、ここなら酒も飲めるし情報も手に入るし、じいちゃんのセイゲンでの飲み仲間であるアグリが高確率でいるので、まずはここからという感じでやってきたのだが、思った通りじいちゃんはここにいた。ついでに、ジンたちもここで飲んでいたので、探す手間が省けた。

「じいちゃん、ジン、少し訊きたいことがあるから、ダンジョンまでついてきてくれ」

じいちゃんたちは驚いた様子だったが、俺が急かすと黙ってついてきた。そんな俺たち……というか、ジンたちの様子を見て、面白がって声をかけて近寄ってくる冒険者もいたが、俺が睨みつけると静かになって戻っていった。

「それで、テンマ。わしらをここに連れてきた理由は何じゃ？　腹を立てているふりをしておったが、本当に怒っておったわけではないのじゃろう？」

ここまで静かにしていたじいちゃんが、連れてこられた理由を思い出そうとしているジンたちの代わりに、最下層に来た意味を訊いてきた。

「その前に訊きたいんだけど、複数のダンジョンが存在することってあるの？」

「何を言っておる……まさかとは思うが、このダンジョンがそうだと言うのか！」

俺の言っていることに一瞬呆れ顔を見せたじいちゃんだったが、すぐに俺が何を言いたいのか理解したようで、興奮して俺の両肩を摑んで乱暴に揺すり始めた。

「ちょっとじいちゃん、落ち着いて！　それで、ダンジョンの中にダンジョンができることはあるの？」

「少なくとも、わしは聞いたことがないのう。ダンジョンのすぐそばや中で条件が揃えばできるかもしれぬが、その場合はどちらかに吸収されそうじゃしのう……」

じいちゃんはそう言いながら少し考え、最後は「アレックスにでも調べさせれば、何かわかるかもしれん」と王様に任せることに決めたようだ。そして、ジンたちにも訊いてみたが、じいちゃんがわからないのに、俺たちが知るわけがないと言われた。

その後、封鎖した縦穴をもう一度開放し、じいちゃんたちと一緒に最初の時よりも先に進んでみたが、出てくるのはスケルトンと腐肉のゴーレムばかりで、他は虫やネズミといった魔物ではない普通の生き物ばかりだった。

「ふむ……やはりここは、上のとは違うダンジョンで間違いないようじゃな」

三〇分ほど歩き回ってみると、下に続く穴が見つかった。その穴からもスケルトンや腐肉のゴーレムが這い上がって来ていたので、穴の下もこの階層と同じようになっている可能性が高いし、上の階層でダンジョン核が見つかっていたことから、この穴は違うダンジョンだとじいちゃんは判断していた。

「このまま探索してみたいところじゃが、今日のところはやめた方がいいじゃろうな。するにしても、十分に準備と体調を整えて、覚悟を決めてからじゃな」

全くと言っていいほど情報がないし、そういうつもりで来ていたわけではないので、今日は下に続く穴を確かめたところで引き上げることにした。

「これって、王都に帰ったら王様に報告しないといけないね。それから他に前例がないか調べて、もろもろの準備を整えてから潜ることになるのかな？　ジン、俺は自力で最下層まで来てから調べるつもりだけど、『暁の剣』は気にせずに調べていいぞ」

冒険者の礼儀として、俺は中断している階層から最下層を目指し、踏破してから潜ることにした。しかし、それまでジンたちを待たせるつもりはないので、俺に遠慮せずに潜っていいぞという感じで言ったのだが、

「俺たちとしても、探索したいのはやまやまなんだが……テンマの見つけた新しいダンジョンを先に探索するのは気が引けるし、そもそも封鎖の為に置いている岩を自力でどかすことができないかもらな……」

調べた場所までは、最下層あたりの魔物と比べると比較的弱いスケルトンと腐肉のゴーレムしか

出てこなかったとはいえ、その先も同じ魔物しかいないとは言えないし、下に行くほど魔物が強くなるというダンジョンの性質を考えると、ヒドラよりも強い魔物がいてもおかしくはない。

そんな魔物がいる可能性を考えれば、入り口となっている縦穴は次に来る時まで封鎖したままの方がいいとジンは考えているようだ。では、このダンジョンをどうするかという話し合いがその場で行われた結果、

「じゃあ、『オラシオン』が最下層に到着してから、『暁の剣』と合同で探索を始めるということでいいな」

ということに決まった。普通なら、俺が中断した階層からだと数年はかかる計算だが、ジンたちが攻略中に作った地図を貸してくれるということで、長くても一年はかからないだろうということになり、それまでジンたちは待つと言った。

これは別に俺に遠慮しているというわけではなく、ダンジョンを攻略したことでしばらくの間は周りが騒がしくなるだろうし、元々長年の疲れを癒すという目的で長期休養を取る予定だったということだ。まあ、俺だったら休養よりも新しいダンジョン探索を優先させると思うし、それはジンたちも一緒だと思うので、なんだかんだ理由を付けて遠慮しているのだろう。

「俺も四か月後には婚約発表があるし、それまでには最下層に到着できるように頑張るか」

「いくら地図や情報があっても、普通は四か月そこらで最下層までの数十階層を踏破できるわけはないんだが……まあ、テンマだからな。それにマーリン様もいるし」

俺とじいちゃんがいれば、周りも納得するだろうということらしい。さらにジンは、「何か言われたら、少しのアドバイスで最下層まで到着した化け物だと言っておく」とふざけていた。

「じゃあ、王都に戻るか」

「そのことだがな、テンマ……陛下への報告はお前の方でやってくれ。そもそも、新しいダンジョンを発見したのはテンマ一人だし、俺たちは一回目の探索に加えてもらえるだけで十分だ」

とジンが言うと、ガラットたちも頷いていた……が、

「本音は、短期間で二度も王様たちに囲まれるのはきついというところか？」

そう指摘すると、ジンたちは揃って頷いた。

新しいダンジョンの報告となると王様たちだけでなく、王城にいる多くの貴族たちの前に立つことになるだろうし、貴族に慣れていないジンたちがきついと言うのはわかるので、俺とじいちゃんで報告することにした。俺もできることなら面倒臭いことはしたくはないが、サンガ公爵やサモンス侯爵のような明確な味方がいる分だけ気は楽だろう。

「まあ、そっちは引き受けるけど、王都までは来てもらうぞ。もしかすると、ジンたちにも話を聞きたいとか言い出すかもしれないからな」

「それは……まあ、わかっているけど、できるだけそうならないようにしてくれよ」

ジンは目の前で手を合わせて懇願し、ガラットたちもそれぞれ頭を下げていた。

「できる限りはやってみるけど、王様は思い立ったらすぐに行動するから、非公式で会うくらいは覚悟しておけよ」

うちで寝泊まりする以上、王様たちの突撃は諦めなければならない。そのことを言うと、ジンとガラットは王都に着いたら宿屋を探そうとか言い出したが、リーナが「それだと、陛下たちに会いたくないから宿屋に移ったと思われます」と言ったので引き続きうちに留まることになった。まあ、

リーナの言う通り逃げる為に宿屋を探すというのは間違っていないし、それくらいで怒るとは思えないが、他の貴族から不敬であると責められそうだ。

「それはそうとテンマ、新しいダンジョン以外で何か収穫はあったのかのう?」

一番近いワープゾーンに移動していると、じいちゃんがそんなことを訊いてきた。なので、最下層には特に珍しいものは見つけられなかったと言うと、

「ふむ……ヒドラくらいの強力な魔物がいたのなら、ミスリルくらいはあってもおかしくないような気もするがのう……」

「その代わりというわけじゃないけど、シロウマルたちがミノタウロスを仕留めてた。あんなでかいのがダンジョンにいるのは不自然極まりない気もするけど、そこのところはどうなっているんだろうね?」

じいちゃんはミスリルがないのは腑に落ちないという感じだったが、ミノタウロスの話を聞いてすぐに頭の隅に追いやったようだった。

「久々に聞く名前じゃな。肉は固いが素材の使い勝手はいいし、何よりあれの筋には何度か命を救われたのう」

何でも昔の冒険者の中には、ミノタウロスのような大型の魔物の筋を干したものをいくつか冒険に持って行き、いざという時の非常食にしていたそうだ。そのままではあまり味もしないし噛み切れもしないが、ガムのように何度も噛むことでいくらか空腹が紛れるらしい。他にも、長時間煮込むことで柔らかくなり料理に使うこともできるそうだが、何時間も煮込まないといけないらしく、冒険中はお勧めしないとのことだった。ちなみに、柔らかくなっても味はいまいちなので、平時で

あってもお勧めできないらしい。

「どこから現れるかは知らんが、ダンジョンの中だと厄介な相手だよな。狭い通路に陣取られると、そのでかい図体のせいで背後が取れないからな」

ジンたちの連携ならミノタウロスなど敵ではないはずだが、通路に陣取られて正面からの戦いとなると、その頑丈さと剛腕に苦戦を強いられてしまうだろう。

「何にせよ、使える素材が手に入ってよかったじゃないか」

ジンの言う通り、ミスリルが手に入らかったのは残念だが、ミノタウロスの素材が手に入ったのは嬉しい誤算だ。これはシロウマルとソロモンのいらずらを許して、なおかつおやつを腹いっぱい食べさせてもいいくらいのお手柄だろう……まあ、許しておやつを食べさせるのは、もう少し反省させてからにするけど。

「それにしても、テンマ。新しいダンジョンを見せるのに、何で怒ったふりをして私たちを連れ出したんだい？」

メナスは俺がギルドで怒ったふりをしていたことを思い出して、腑に落ちないといった感じで訊いてきた。

「あんな感じで怒っているふりをしておけば、他の冒険者はジンかガラット、もしくは『暁の剣』が揃って何かやらかしたと思うだろ？　そうなれば、誰もダンジョンの最下層の下に、もう一つダンジョンがあるとは思わないだろうし」

もしあそこで新しいダンジョンのことを話してしまったら、大発見ということで大騒ぎになるだろうし、ギルド職員が確認の為に最下層に連れていけと言い出す可能性があった。他にも、手付かずのダンジョンに夢を追い求めて、無理に最下層を目指そうとする馬鹿が現れるかもしれない。
ギルド職員を最下層に連れていきたくないというのと、冒険者を無駄に死なせたくないというのが、ジンたちが俺に依頼してきた最初の理由なのだ。それを考えると、新しいダンジョンの発見は、最初に王様に報告して、何か対策を立ててもらうのが一番いいと思う。もっとも、ギルド職員のことはともかく、冒険者が死ぬのは完全に自己責任だとは思うが、少しでも面倒臭いことを減らすつもりならば、情報は与えないのが一番だ。

「それはそうだけど……なんか納得がいかないねぇ……」

自分たちが俺に怒られるのはいつものことだと、他の冒険者に思われるのは癪に障るみたいだが、思い当たる節があるみたいでそれ以上は言わなかった。まあ、メナスとリーナを怒った回数はそれほどないが、ジンとガラットは正座させたり地面に埋めたりと、目立つような怒り方を何度もしてきたので、俺が腹を立てながら『暁の剣』を連れていったとなれば、間違いなく見ていた冒険者たちは勘違いしてくれるだろうと考えたのだ。

「恨むなら、ジンとガラットの日頃の行いを恨んでくれ。それじゃあ、地上に戻って帰る準備をするぞ。予定通り明日の朝には出発したいからな」

急ぐのなら今すぐに……とも考えたが、今から出発してもあと数時間で日が暮れるし、新しいダンジョンの情報は早く王様たちに伝えた方がいいのは間違いないが、緊急性がある報告というわけでもないので、予定通りの行動にするのだ。

その説明でじいちゃんもジンたちも納得し、今日はどこで食べるとするかなどと話していた。まあ、深酒はしないとは思うが、食事の前に一言言っておいた方がいいだろう。

「ところでテンマ、ヒドラのどこの部分が欲しいんだ？」

ワープゾーンに向かう途中で、ジンが思い出したように訊いてきた。

最初、ヒドラの皮が欲しかったが俺にまで回すほどの十分な量はなさそうだったので、次点の骨にしようかとも思ったが、途中で考えが変わって筋を選ぶことにした。筋なら他の素材に比べて使い道が少ないので、ヒドラの大きさを考えれば、俺が必要な分以上に譲ってもらえるかもしれない。

「そんなんでいいのか？　俺たちは弓を使わないから必要ないし、陛下も筋のことは言わなかったから、陛下がいらないというのなら好きなだけ持っていっていいぞ」

さすがに全部もらっていくのは気が引けるので、いくらか代金は支払うつもりだが、王様たちとの交渉次第では十分な量が手に入るかもしれない。

「テンマ……一応訊いておくが、ヒドラの筋を食べるつもりではないのじゃな？」

などと、じいちゃんが心配そうに訊いてきた。そしてジンたちも、気になったのか心配そうな顔をしている。

ヒドラの筋に毒があるかはわからないが、ほぼ全身にあるので食べない方が無難だろう。まあフグのように、「毒はあるが適切な処理をすればおいしい！」という可能性も捨てきれないが……それは、こっそりと一人で試してみよう。俺は毒には強いし、これは生物学的に価値のある実験なのだ！　……と、やってみてバレたら説明しよう。

「するわけないじゃん」

「テンマ……正直、信用できん。自分で試すくらいならいいが、間違っても他人……わしで実験をするんじゃないぞ」

俺が嘘をついているとじいちゃんはすぐに見破り、実験に関して条件を付けてきた。その様子を見ていたジンたちは、じいちゃんの後ろに移動して何度も頷いていた。

「そんなことしないって。でも、牛すじの煮込みとか、牛すじの出汁を使ったスープとかおいしいよね……いや、他意はないけどさ」

その言葉を聞いたじいちゃんたちは、俺を警戒しながら一歩二歩と下がった。ジンたちがいるうちに、一度は牛すじの煮込みやスープを出してみよう。きっと、面白い反応をしてくれるはずだ。

ジンたちの反応を思い浮かべていると、つい顔がニヤついてしまったようで、気づいたらじいちゃんとジンたちが、先ほどよりもさらに離れていた。

「ふざけるのはここまでにして、さっさと上に戻ろうか。腹も減ったし」

そう言ってワープゾーンへ向かうと、じいちゃんたちは俺から少し距離を取りながらついてきた。

本当に腹も減ってきたし、筋の話をしていたら何となくおでんのようなものが食べたくなったので、今日食べに行く所に煮込み料理があれば必ず頼もうと、後ろを振り返った時に何となく決めた。

# 第五幕

「報告ご苦労だった」

王様に新しいダンジョンのことを報告しに行くとすぐに謁見の間に通されて、王城に勤めていた貴族たちの前で説明をすることになった。

説明は短時間で終わったのでさっさと帰りたかったのだが、すぐに王様が何か考え始め、貴族たちは南部自治区のような好景気がやってくると喜び始めた為、誰も帰る許可を出してくれなかった。

いっそのこと、黙って帰るかと思っていると、

「一つ訊きたいのだが、そのダンジョンは南部のように、王都の経済を潤すことができると思うか？」

と、ザイン様がどこか冷めた感じで訊いてきた。

「私見になりますが、その可能性は低いかと。むしろ、出費の方がかさむ可能性があるように思われます」

俺が南部で発見したダンジョンは、山がダンジョン化した為なのか元が鉱山だったのかはわからないが、魔鉄やミスリル、鉄や銅に銀といった価値のある鉱石がごろごろと見つかった。しかも、発見された場所が南部子爵家の管理している場所だったので、早期に子爵家がダンジョンを管理することができた。その為、資源の外部への流出が阻止されたのでダンジョンの利益は丸々子爵家に入り、その影響でナナオを中心とした好景気が南部を潤した。おまけに、ハナさんはダンジョンの

五階層から下を封鎖し、なおかつ冒険者によるダンジョン内の資源の持ち出しに制限をかけたので、南部は今後も長期にわたる好景気が期待できるのだ。ちなみに、四階層まで開放したのは、危険度の低いダンジョンということで新人冒険者を呼び込み、南部に人の流れを作る目的があったからだ。なお、資源の持ち出しに制限をかけることで、ベテランの冒険者には旨味のないダンジョンとなり、許可なく資源を持ち出すと犯罪者として裁かれることになる。ついでに言うと、冒険者はダンジョンに入る前に入場料を取られるが、その分採掘のやり方やダンジョン内での注意点といった講習が行われ、実際に採掘したものの一部を得ることができるという、完全に新人冒険者をターゲットにした、王国でも珍しいダンジョンになっているのだ。

ダンジョンの封鎖に関しては、王家からその意味を問われる（独立やクーデターを疑う）書状が届けられたが、ハナさんはダンジョンのある場所は子爵家が直接管理する土地であり、人里離れていることと周辺の環境を保護する為であること、それとダンジョンの規模が小さい為、完全に開放するとすぐに資源が尽きてしまう恐れがあるからと返した。理屈としては特におかしなところがなく、さらに王都の方にまで好景気の波が届いていた為ハナさんの主張は認められたが、貴族の中には南部子爵家の一人勝ちのような状況を面白く思っていない者もいる。この場で騒いでいる者のほとんどが、そんな感じで子爵家を面白く思っていない貴族だ。

「南部とセイゲンの新しいダンジョンの大きな違いは、危険度の違いです。南部のダンジョンは浅く危険度が低い為、初心者でもある程度の資源を持ち帰ることができますが、セイゲンの新しいダンジョンに行けるのは、現状で『暁の剣』と俺にじいちゃんだけ。たとえ何か有用な資源があったとしても、持ち帰るには限度があります」

なので、こういう風に言うと、

「なら、お前たちの誰かが私たちを連れていけばいいだろうが！」

一部の貴族から、このように返ってくるのが簡単に予想できた……が、

「それ、本気で言ってますか？　命令でそれをやろうとすれば、最悪国が亡びますよ」

というように、こちらもあらかじめ返す言葉を考えておくことができた。

セイゲンのような大規模なダンジョンの最下層は、金を積めば行けるというようなものではないし、何より冒険者にとって金に換えることのできない財産である。だからこそ、ジンたちが俺を最下層に連れていったのは、普通では考えられないことなのだ。そこまでわかっていて、お前は好き勝手をやっていたのかと言われそうだが……あれも報酬の一部だ（ということにしている）し、次に最下層に行くのは自力で潜った時だと決めている。あれは一種のボーナスタイムだったのだ……と、後でジンたちに言って納得してもらったので、ギリギリセーフなはずだ。

まあ、俺のことはさておき、貴族が権力を使って最下層に潜るということは、冒険者の財産を貴族が奪ったともとれる行為であり、それがこの国最大級のダンジョンの最下層となると、今後多くの冒険者が王国に従わなくなる可能性がある。そうなった場合、俺は今までと同じように王様たちに協力することはない……かもしれない。少なくとも知り合い以外の貴族は、敵の可能性が高い人物として接するだろう。

それにもしかすると、俺と同じような考えの冒険者が国外に出ていくかもしれないし、それが帝国にでも流れたら、国力の低下に繋がるだろう。現にハウスト辺境伯家では、ククリ村の事件で大勢の冒険者が辺境伯領を出ていったせいで、辺境伯家の経営が危険な傾き方をしたのだ。国が亡び

るは大げさだが、冒険者が非協力的になれば国力の低下の可能性は高いし、その国力の低下に目を付けた帝国あたりの侵略を受けて滅亡する可能性もなきにしもあらずだ。

もっとも、それら全ては俺の勝手な想像ではあるが……実際に辺境伯領の低迷の原因（の一部、もしくは代表）である俺の発言は、それなりに説得力があったみたいで、騒がしくなっていた謁見の間は大分静かになっていた。まあ、俺の言っている可能性を理解した王様やシーザー様といった王族や、サンガ公爵にサモンス侯爵といった上位貴族が、騒いでいた貴族を睨みつけたことが静かになった一番の原因だろうけどな。

「確かに、その恐れがあるな。これまで王家は、セイゲンのダンジョンに制限を設けてこなかった。それはセイゲンのダンジョンが発見された時に、その規模の大きさからダンジョンが制覇されるとは思っていなかったからだ。だからこそ資源の流出による損失よりも、多くの冒険者を集めることで金を落とさせることを重要視したのだ。なのに今になって、新しいダンジョンが発見されたからといって制限を設け、冒険者から利権を奪い取る行為は悪手でしかないだろう」

ザイン様の言葉に、それまで騒いでいた貴族たちは大人しくなった。

「だが、逆に言えば貴殿たちがセイゲンのダンジョンを制覇すれば、その新しいダンジョンから資源を得たとしても、王家は文句を言えないということだ」

貴族の持つ権力を使ってダンジョンを制覇して、そのまま新しいダンジョンから資源を持ち出せば王家も黙ってはいないだろうが、その間に冒険者のような第三者を挟めば、王家は口が出せないということなのだろう。ただし、

「貴殿らにダンジョンを攻略するだけの力か、それだけの冒険者を用意できればの話だがな……」

ざわつく貴族たちに聞こえないくらいの声で呟いたザイン様の言う通り、最下層まで到達できればの話だろう。ダンジョンの攻略者である『暁の剣』は、俺を通して王家と繋がっているし、同じく最下層に行くことのできる俺とじいちゃんも、王家と直接繋がっている王族派だ。現状で、他の貴族が最下層に行く方法は皆無である。そして、他の貴族が最下層への切符を手にする前に、俺は自力で最下層に到達するだろうし、そうなったら他が到達する前に新しいダンジョンの大まかな情報を手にする自信はある。

「陛下、そろそろテンマ殿を下がらせた方がよろしいかと……さすがの彼も、ダンジョンを発見してから王都までの強行軍で疲れているでしょうし」

「その通りだな。テンマよ、此度(こたび)はご苦労だった。『暁の剣』共々、追って褒美を取らす。下がってよい」

「はっ！」

ようやく退出の許可が出たので、さっさと帰ろうと謁見の間を出ると、

「テンマ様、こちらへどうぞ。マリア様がお待ちです」

ドアを開けた先に控えていたアイナに、俺はマリア様の所へと連れていかれることとなった。

「あっ！　テンマさん、お久しぶりです……って、僕はどこに連れていかれるんですか？」

マリア様の所へ行く途中で、俺はお供になりそうなイケメンを見つけた。なので逃げないように腕を掴み、強引に連れていくことにした。そして、嫌なことに気がついてしまった。それは、

「ティーダ……いつの間にか大きくなったな……」

身長が並ばれてしまったこと……いや、もしかしたら抜かされたかもしれない。一年前までは、まだはっきりとわかるくらいの差があったというのに……

「お兄様が連行されてる！　ついにエイミィちゃんへのセクハラが問題に……嘘です、ごめんなさい」

ティーダの成長にショックを受けていると、全く成長した様子のないルナが現れてティーダをからかい、怒られる前に謝りながらアイナの後ろに逃げていた。ちょっと安心する光景だった。

「それでテンマさん、どこに向かっているんですか？」

「マリア様にちょっと呼ばれていてな。その途中でティーダを見つけたから、連れていこうかと思って」

マリア様の名前を出すと、ティーダは「理由になってません」と言いながらも同じ方向に歩き出そうとしたが、ルナは一瞬焦ったような顔をして、踵を返して逃げ出そうとした。だが、

「ルナ、せっかくテンマさんに誘ってもらったんだし、僕らも挨拶をしに行こうか？　アイナ、ルナをおばあ様の所まで連れていってくれ。くれぐれも逃がさないように」

ティーダが素早い動きでルナを捕まえて、アイナに逃がさないようにと釘を刺してからマリア様の所まで連れていくように命令した。

「マリア様。テンマ様とティーダ様、それとルナ様をお連れしました」

「ティーダとルナも？　とりあえず、入ってちょうだい」

マリア様はティーダとルナが一緒ということで驚いたようだが、すぐに中に入る許可を出した。

「お邪魔します、マリア様」

「呼び出して悪かったわね、テンマ。そこに座って。ティーダとルナも」

俺とティーダは勧められた席に座ったが、ルナは一つ空けて座った。その様子を見たマリア様はアイナに耳打ちして、どこかに向かわせた。

それからしばらくの間、マリア様はとりとめのない話を続けた。内容は最近の王様の失敗談やライル様の夜遊び、アーネスト様の認知症疑惑といったもので、聞いていて面白いものではあったが、何故俺が呼ばれたのかわからないような話ばかりだった。

こういった話の為に呼ばれたのではないような気がしたので、そろそろ本題について訊こうかと思っていたところ、

「来たようね。入りなさい」

ノックの音が響き、アイナが入ってきた。そしてもう一人、

「勉強を放り出して、一体何をしていたのかしら？」

イザベラ様が立っていた。ルナの挙動不審さから何かあるとは思っていたが……いつも通りすぎて驚きはなかった。

その後、ルナは色々と言い訳を並べたが、その全てをイザベラ様に論破され、失意のうちに連行されていった。

「これで静かになるわね。さて、ここにテンマを呼んだ理由だけど……その前に、あの話はティーダには何も教えていないのだけど、聞かせても大丈夫かしら？」

ティーダに教えていない話とは、おそらくプリメラのことだと思う。プリメラと婚約した後でティーダとルナに会ったが、その時に婚約の話が出なかったのは知らされていなかったからだろう。

「ティーダなら大丈夫だと思います。ただ、ルナは……」

「絶対に、どこかで漏らすわね。本人にそのつもりがなくても、ついポロリと……ティーダ、これから教える話は、王家にとっても重要な機密と言っていいくらいの話だから、そのつもりで聞きなさい。もしできないと言うのなら、今すぐにこの部屋から出ていきなさい」

マリア様の真顔に驚いた顔をしたティーダだったが、すぐに椅子に座り直して聞く姿勢を取った。

マリア様はその様子を見て満足そうに頷き、

「ティーダ。テンマが先頃、サンガ公爵家三女のプリメラと婚約しました。この話は新年の公爵家主催のパーティーまで秘匿せねばなりません。もし、王家でその話を知っている者が漏らすようなことがあれば、サンガ公爵家とオオトリ家からの信頼を損ねることになります。わかりましたね」

「は、はい！」

ティーダは、俺の婚約に驚きながら、マリア様の言葉に頷いていた。これで王家の中で、俺の婚約を知らないのはルナだけになった……と思うが、一応訊いてみることにした。

「ええ、知らないのはルナだけ……ライルはどうだったかしら？」

マリア様は、途中でライル様がどうなのかわからなくなったようで、アイナに呼びに行かせた。もしこれで知らなかったとしたら、マリア様の中でライル様はルナと同格の扱いをされているということになる。

「母上……さすがに聞かされているぞ」

アイナに連れてこられたライル様は、部屋に入ってきた当初は目が泳いでいたが、俺のことで秘密にしていることは何かと訊かれると落ち着き、マリア様に耳打ちして正解をもらっていた。

「そうね、さすがに教えているわよね。悪かったわライル、戻っていいわよ。それと、何を隠しているのかわからないけど、あまり私を心配させないように……ね？」

マリア様に微笑みかけられたライル様は、苦笑いを浮かべながらそそくさと部屋を出ていった。

「それで、テンマさん。何故いきなり婚約をしたのですか？」

ドアが完全に閉まったことを確認したティーダは、驚きながら婚約までの経緯を訊いてきた。俺は何度目かの説明をすることになったが、味方が増えたと思えば手間ではない。そう、ルナを抑える為の味方だと思えば。

「まあ、テンマさんとサンガ公爵家との仲を考えれば、いきなりな感じはしても不思議なことではありませんね。おめでとうございます」

ティーダは、それ以上は訊かない方がいいと思ったのか、何も言わなかった。その代わり、

「それで、新しいダンジョンはどんな感じでしたか！」

ダンジョンのことは遠慮なく訊いてきた。マリア様もダンジョンの話が聞きたいようで、ティーダのテンションの高さには少し眉をひそめていたが、何も言わずに黙っていた。

「貴族の皆さんが期待していたような、膨大な資源は見つかりませんでしたね。少なくとも、ヒドラのいた最下層と新しいダンジョンの入り口付近には」

ティーダに聞かせるというよりもマリア様に報告するように、ダンジョンの感想を伝えていった。

マリア様は、最初に言った資源についての質問が多かったが、ティーダはスケルトンや腐肉のゴーレムについての質問ばかりだった。

「最下層の下にあるダンジョンなのに、弱い魔物ばかりというのは腑に落ちませんね」

「それでも、ティーダが挑戦したら入り口付近で詰むぞ。いくら弱いといっても、死を恐れない集団というのは怖いからな。そういった敵が現れたり現れそうだったり、自分たちに不利な場所だと感じたら、すぐに撤退することも視野に入れて行動しないといけないぞ。特にティーダは戦闘が起こった場合、その多くで指揮する立場に立つ人間だろ？」

「そうですね、気をつけます。ところで、撤退できない状況で遭遇した時は、どう戦えばいいのですか？」

変に意地を張らないところはいいが、やはりルナの兄だけあって負けん気は強いようだ。俺はそういった経験は覚えている範囲では二度しかないので、参考になりそうな方……ククリ村での例を出して答えた。ちなみに、もう一つはリッチとの戦いで、あの時は魔法で押し切る戦い方をしたので、ティーダにとって参考になるところがないのだ。

「つまり、即席の防御壁を築くか、相手の届かない所から攻撃する……ですか、単純ですけど難しいですね」

「まあ、それができればスケルトンや腐肉のゴーレムどころか、もっと格上の魔物を相手にしても戦えるからな。それ以外にも、各々の役割をしっかり果たさせ、時には臨機応変に動けるように訓練しないといけないけどな」

学生同士でパーティーを組むとなれば、ティーダの所にはエイミィをはじめとした学年でもトップクラスの生徒が集まるだろうが、学園がそんな危険なことをさせるはずがないので在学中に経験することはないだろう。

「マリア様、そろそろお暇させていただきます。ジンたちも待っていると思うので」

「そうね。報告が終わったのに、長々と引き留めてごめんなさい。アイナ、テンマを送ってきてちょうだい。ついでに、そのまま休日を楽しんできなさい」

「了解しました」

マリア様は休日を楽しめと言ったが、アイナの返事は固いものだった。まあ、この後でアイナを待っているのは、休日という名の指導だからな。ジャンヌとアウラの……

「ひぃっ！　テンマ様、何で連れてきたんですか！　え、あ、ちょっと、お姉ちゃん！」

アイナと共に屋敷に戻ると、出迎えに来たアウラがアイナを見て悲鳴を上げた。それを見たアイナは、ため息をつきながらアウラを食堂へと引っ張っていった。

「お〜う、テンマ。面倒事を任せちまってすまんな〜」

アイナに続いて食堂に入ると、そこでは宴会が行われていた。多分、新しいダンジョンの発見祝いのつもりなんだろう。

宴会にはじいちゃんやジンたちだけでなく、アムールやレニさんも参加していた。そして、

「お邪魔させていただいています」

プリメラに三馬鹿も参加していた。三馬鹿たちはいつも通り飲み食いしているが、プリメラは俺がいない状況で騒ぐのはどうなのかといった感じで、あまり楽しめていないようだ。

「じいちゃんが許可を出したんだろうし、気にすることはないさ。あいつらはいつものことだし、ああいった遠慮のないところを見せることで、俺が次代の王族派の中心と懇意だと知らしめる意味

合いもあるからな……多分」

リオンはわからないが、アルバートとカインは十分理解した上であのように騒いでいるはずだ。まあ、それでもピンとこない連中はいるだろうが、俺とプリメラの婚約が発表されれば嫌でも理解するだろう。そうなると、三馬鹿のあの様子は婚約発表までということになるが……あの三人なら、婚約発表後もああやって遊びに来ては、勝手に騒ぐのだろう。

「プリメラ、今後ちょっと忙しくなりそうで、婚約発表のギリギリまで慌ただしくなるかもしれない。もちろん、全く会えないというわけでもないし、婚約発表のことを任せっきりにするわけじゃないけど、かなり迷惑をかけると思う」

これからの四か月で、ダンジョンの制覇にゴーレムの製作をするのだ。婚約発表の準備は、ほぼプリメラに……というか、サンガ公爵家に丸投げ状態になるはずだ。

「それに関しては理解していますし、多分その……私の方も公爵家に丸投げになってしまうと思うので、何とも言えないのです……」

どうやら、サンガ公爵が今から張り切っているようで、プリメラとしても特にすることがないそうだ。それに、プリメラとは婚約から一年もたたないうちに結婚する予定なので、それまでに騎士団の連絡隊を機能するように仕上げ、さらに引継ぎを行わないといけないのでかなり忙しいとのことだった。

「俺の方も、俺やじいちゃんよりも、マリア様が張り切っているみたいだからな……今日、ティーダには婚約のことを話したんだけど、ルナには秘密にすることになったんだ」

「ルナ様には秘密ですか……確かに、口を滑らせそうではありますけど、別に情報が漏れたからといって、他の貴族がどうのこうのと口を挟むことではないと思いますけどね？」

俺もそう思うが、それだけ細心の注意を払いたいということなのだろう。

「ルナには申し訳ないけど、マリア様の決定だからどうしようもないしな」

王家最高権力者の決定には、俺やプリメラ、それどころかサンガ公爵すらも口を出せないだろう。

それに、口を出しても出さなくても結果に大差がないのなら、マリア様の機嫌を損ねない方を選ぶのが吉だ。

「俺は先に風呂に入ってくるから、アルバートたち……までは無理でも、気兼ねなく宴会を楽しんでくれ」

プリメラと別れて、一人静かに風呂を楽し……む予定だったのに、

「ほれ、テンマも飲まんかい！」

「つまみもちゃんと持ってきているからな！」

風呂に入って早々に酔っぱらい二人（じいちゃんとジン）が乱入してきて、続いてなだれ込むような形で残りの男性陣が入ってきた。それぞれの腕に、大量の酒とつまみを抱えて。

「宴会の会場が、風呂場に移っただけか……」

風呂場での酒盛りは体に良くないが、そう簡単に死ぬような面子（メンツ）ではないので、アルバートとカインに気をつけておけばいいだろう。あと、念の為年寄り（じいちゃん）も。

「そら、もう一杯」

「アルバート、そろそろやめた方がいいぞ。ほら、酒の代わりに水を飲め、水」

顔を赤くしたアルバートがもう一杯飲もうとしていたので、代わりに水の入ったコップを握らせ

た。アルバート自身そろそろ限界だと理解していたのか、大人しく水を受け取って飲み始めた。

「こうしてみると、面白い感じでばらけているな」

俺とアルバート、カインとガラット、じいちゃんとジンとリオンといった具合に、皆の酔いが回るにつれて、このようにグループが分かれていった。俺とアルバートは義兄弟というより余り者同士といった感じで、じいちゃんたちは思考が近い者同士といった感じだが、カインとガラットは意外だった。しかも、かなり意気投合している。どんな話で盛り上がっているのか気になったので、少し近づいて耳を澄ましてみると、

「だから、血を抜く時は半殺しにして、逆さ吊りにするのが基本なんだよ。心臓が動いていないと、血の抜け方が悪いしな」

「吊り上げることができない時は？」

「その時は、獲物のすぐ横に穴を掘って、そこに流すのさ。穴が掘れないのなら、下半分を捨てる覚悟で垂れ流しだな。まあ、全部が生臭くなるよりも、半分で済んだ方がましって感じだな」

「人間にも使えますかね？」

「基本的な構造が同じ生き物なら、色々と応用が利くぞ。まあ、知識だけにとどめないと戻ってこられなくなる奴もいるから、気をつけることだな」

などと、血生臭い話をしていた。ガラットの知識に、カインの好奇心がうまいこと噛み合ったようだ。

「気分が悪くなりそうだから、もう上がるか」

カインとガラットの血生臭い話で気持ち悪くなりそうだったので、アルバートを連れて風呂から

上がることにした。

俺とアルバートが風呂を出たことに気がついたカインとガラットは、後を追いかけてくるように風呂を上がったが……

「そんで、俺はヒドラが弱ったところを見逃さずに、ズバンっと首を切り落としたってわけだ！」

「わしの時は、魔法で切り飛ばして、魔法で押し潰して、魔法で燃やし尽くしたのじゃ！」

「すごいっすね！　俺も、一度でいいからヒドラを仕留めてみたいっす！」

体育会系という名の脳筋組は、俺たちに気がつかないまま盛り上がっていた。

「テンマ、話がループしてない？」

俺の記憶が確かなら、カインの言う通り、同じ話が三回か四回くらい聞こえていた気がする。

「大分前からしているみたいだな。強制的に連れ出した方がいいみたいだな」

あの三人は、俺たちと比べてかなり酔っているみたいなので、強引にでも連れ出すことにした。

俺がじいちゃんを、ガラットがジンを、アルバートとカインがリオンを担当することになった……が、さすがに裸の男を強引に連れ出そうとすれば、触りたくないものが体に当たって精神的なダメージを受けるのは間違いないので、風呂場の掃除などを手伝わせている木製のゴーレムを連れてきて、三人を運ばせることにした。俺たちはゴーレムの補助をする感じだ。


「テンマ、リオンたちを置いてきて大丈夫かな？」

「酒も取り上げたし水も大量に飲ませたから、大丈夫だと思うぞ。念の為、ゴーレムたちには風呂掃除をさせてお湯を抜かせているし、入ってきても追い出すようにも命令しているから、食堂に戻ってくるしかないはずだ」

　俺たちはじいちゃんたちを風呂から上がらせて服を着させ、水を飲ませてから置いてきた。じいちゃんの持っているマジックバッグも没収してきたので、酒が飲みたければ食堂に戻ってくるはずだ。もし戻ってこなければ、その時に様子を見に行けばいい。

　そんな感じで三人を残して食堂に戻ってきたら、

「こっちはこっちで、すごい匂いだな」

　むせかえるような甘い匂いが俺たちを出迎えた。まあ風呂場のように、酒の匂いが充満しているよりは、何倍も健全ではあると思うが。


「それじゃあ、そろそろ始めてもらおうかな？」

　俺の前には、バツの悪そうな女性陣が並んでいた。何故並んでいるかというと、

「少し前に量産したばかりというのに、何でこんなに食べる……いや、食べられるのかなぁ……」

　かなりの量を作ったはずのお菓子が、昨日の女子会でほぼ壊滅といった状態になったからだ。確かに、食べていいと言って預けてはいたが、まさか一か月は持つと思っていたお菓子が数時間でなくなるとは思ってもいなかった。

「今後、ダンジョンに潜る時にも、客が来た時のお茶菓子としても必要だ。この間と同じ量……だと心もとないから、それよりも多めに。確実に超えたと判断……レニさんが判断すれば、それ以降のお菓子は、それぞれで分け合っていい。それじゃあ、頼んだ」

　余分なお菓子は好きにしていいと言うと、明らかに雰囲気が変わった。特に、アムールとアウラの。

お菓子の量産は、アイナを除いた昨日の女性陣（プリメラは非番だったので、アルバートに連れてこられた）と、アルバート、カイン、ガラットの三人（この三人は、暇とのことなので試食を条件にしたところ、女性陣の手伝いを申し出てきた）にやってもらい、じいちゃんとジンとリオンは、女性陣がお菓子を作っている間、アイナの監督の下で風呂の掃除をすることになっている。アイナは、皆に交じってお菓子を食べすぎたのを後悔しているのか、俺がじいちゃんたちの監督を頼んだところ、すぐに了承してくれた。しかも、かなり張り切っている。一応、お菓子を食べすぎたのはアイナだけではないし、アイナが食べすぎた原因の半分は、ご機嫌を取る為にお菓子を貢ぎまくったアウラにもあるので、気にするなとは言ってある。まあ、そうはいっても、性格的に気にしないのは無理なのだろう。

「……尊い犠牲に、敬礼でもした方がいいのかな？」

ぼそっと呟いてみたが……その直後に皿が割れる音が聞こえてきたので敬礼を後回しにしたところ、いつの間にか忘れてしまっていた。

「皿を割るくらいならまだいいけど、怪我はするなよ」

「すみません……」

「申し訳ない……」

アムールとアウラを注意して反省したのを見てから、俺は自分の部屋に戻った。これから、ゴーレムの製作を始めるのだ。

「新しい素材と面白い素材が手に入ったから、最初から作り直すか」

元々そんなに進んでいなかったので、作り直しても手間はあまり変わらない。むしろ、いいお手本のようなものが手に入ったので、作業速度は上がるだろう。

「まさか、ダンジョンで手に入れたスケルトンに出番があるとは思わなかったな」

プリメラに渡すゴーレムには、人間の骨と同じ役割を持つ芯を作ってから、その周りに装甲を付けるタイプにするので、人と同じ形（人の骨なのかは、まだわかっていない）のスケルトンは、お手本と言っていいくらいなのだ。

「そして、ジンたちから報酬としてもらった、この『ヒドラの筋』！」

帰ってくる途中でヒドラを解体し、ゴーレムに使えそうな筋を確保したのだ。

「まずは太い筋を細くして、ゴーレムの芯の中を通すようにして……」

なかなか難しい作業だったが、ヒドラの筋は細くしてもかなりの強度があった為、多少乱暴に扱っても切れることがなかったので何とかなった。

骨格標本のようなゴーレムの全身を筋で繋げた後は、肉の境目にある薄い筋（いわゆる、引きスジ）をテーピングで固定するように芯に巻き付けていった。

「それにしても、このままだとスケルトンか、ミイラの魔物と思われそうだな」

包帯で全身を巻いているように見えるので、このままだとゴーレムとは思われないだろう。

「これで、仮の装甲を付ければ……形にはなったかな？」

土魔法で作った装甲を付けてみると魔物っぽさがなくなり、一目でゴーレムとわかるようになった。土を固めて作った装甲なので石くらいの強度はあるが、戦闘は無理だろう。おそらく、ゴーレムの出力に負けて、途中で壊れてしまう。

「同じ装甲をもう一つ作って……このゴーレムはケリーの所に持っていくか。この装甲に合うように鎧を作ってもらって、その間にちゃんとした装甲を作ろう」

ゴーレムに装着した土を固めた装甲と同じものをもう一組作り、それを見本にミスリルや魔鉄で装甲を作るのだ。

今日はここまでにして、あとはケリーと相談した上で進めるかと食堂に戻ると、

「こいつはまた……すごいな……」

作業に没頭していた数時間の間に、食堂はお菓子の生産工場と化していた。その指揮を執っているのはアイナだ。風呂掃除が終わって、こっちにやってきたのだろう。

「アイナが全体の指揮を執って、プリメラが焼き菓子を焼き、ジャンヌとアウラがパンケーキと焼き菓子の生地を作り、アルバートとカインがパンケーキを焼いて、アムールとレニさんがお菓子を焼いている三人の補助とトッピング作り、出来上がったお菓子の移動や仕分けはガラットとメナスにリーナ、掃除係の三人は、正座しながら洗い物が出るのを待つ……か、効率的だな」

温度や焼き色に気を配らなければいけない焼き菓子は、真面目なプリメラ。分量を細かく量る生地作りには、料理に慣れているジャンヌとアウラ。量産しやすいパンケーキには、連携に慣れたアルバートとカイン。飽きっぽいアムールは、（なくても特に困らない）トッピング作り。そのアムールを操作しつつ、細かいところを補うことができるレニさんが焼きの補助。お菓子を作ったことがないガラットとメナスに経験者のリーナが指示を出しながら、出来上がったお菓子を邪魔にならない所に移動させたり小分けにしたりする。そんな皆を、全体に指示を出しながら補助もできるアイナが監督する。そして完全に戦力外の三人は、洗い物が出るまで大人しく正座をして待つ。

「アイナが振り分けたんだろうけど、本当に効率的だな。特に、掃除係の三人を大人しく待機させせ

るところが」

じいちゃん、ジン、リオンの三人が、細かい作業が多いお菓子作りで役に立つとは思えないし、かといって仕分けを大人しくできるとは思えない（ガラットたちは、つまみ食いはするだろうが仕事をなせるだけの器用さと、空気を読むスキルがある）。よって、洗い物くらいしかできることがないのだが、あの三人は暇な時間で色々とやらかすだろう。だからこその待機なのだ。掃除でアイナの怖さを知った（と思われる）今の三人だからこそ、文句を言わずに従っているのだろう。

「テンマ様、昨日消費した量の倍のお菓子ができましたので、今は各自が必要とするお菓子を作っている最中です。そして、こちらがテンマ様の分となります。お納めください」

「あ、どうも」

「そろそろやめないか？」と、言おうとした俺だったが……アイナはまだやる気のようで気迫がみなぎっており、気圧（けお）された俺はアイナを止めることができなかった。それに、他の女性陣もまだ続けるつもりのようで、俺に気がつきながらも手を休めていなかった。その代わりというか、男性陣は俺をちらちらと見ていたが……

「アイナ、ちょっとケリーの所に行ってくる！」

気がつかなかったことにした。まあ、ここにいても俺の入る隙間はないみたいだし、元々ケリーの所に行くのは予定に入っていたので、それが少し早まっただけのことだ。

「それで、私の所に逃げてきたのか……うん？　まあ、ここに遊びに来るのは大歓迎だね！」

呆れた様子のケリーにそっとお菓子の詰め合わせを差し出すと、態度がころりと変わって歓迎された。

「まあ、逃げてきただけじゃなくて、これが形になったから持ってきた……と、いうことにしているんだけど」

仮の装甲を付けたゴーレムを見たケリーは無言で菓子折りを従業員の女性ドワーフに渡し、ゴーレムを色々な角度から眺め始めた。

「このサイズだと、作ることのできる全身鎧は三つだ」

「ああ、このタイプのゴーレムはそれでいい。ただ、追加でもう一体作ってほしい。そいつは違う形にするし、大型になると思うから、三体分ができてから頼みたい」

「了解した。それで、三体分の鎧のイメージは？」

「騎士のような鎧で、装飾は少なめで頼む」

そう注文すると、ケリーは鎧の絵が描かれた紙を何枚か持ってきたので、その中からベースとなる形を決めてから、細かなところを話し合った。

「よし、まずはこれで進めていくか」

「頼んだ。ゴーレムは置いていくから、マネキン代わりに使ってくれ」

ゴーレムを置いていくのは実物があった方がやりやすいだろうと思ってのことだが、ケリーに持って帰るように強く言われた。

「こんなのがあるとかバレたら、強盗が押し寄せてくるに決まっている。サイズは頭に叩き込んだから、ちょくちょく持ってきてくれればいいさ。まあ、まずは一つ作ってみて、様子を見るとするか」

大げさだなと思ったが、ケリーに言わせれば未完成であっても俺のゴーレムというだけで危険を冒す価値があるという奴はごろごろいるとのことだった。

「それじゃあ、代わりを用意するから、ちょっと待っていてくれ」

確かにケリーの言う通りになるかもしれないので、ゴーレムの代わりに等身大のゴーレム人形を、土魔法を使って即席で作ってみた。置いていこうとしたゴーレムとほぼ同じサイズの土人形だが、今作ったのは人形であってゴーレムではないので動くことはない。

「これなら大丈夫だな。強度もそこそこあるみたいだし、サイズもほぼ一緒だから、作業がややすくなるだろう。ところで、この人形は鎧作りが全部終わったら、私がもらってもいいかな?」

やはり、動かない人形でも同じものがあった方が細かな所がやりやすいらしい。ケリーは作業の為だけでなく、見本の鎧をわかりやすく飾っておくのに便利だと思ったらしく、鎧作りが終わったら工房に置いておきたいとのことだった。まあ俺としても、土魔法で簡単に作ったものだし、持って帰っても邪魔になるので、壊してゴミにするくらいならということで、処分を任せるという形でケリーに譲る約束をした。

「それじゃあ、鎧は二週間くらい見といてくれ」

ケリーは土人形が手に入るからか、上機嫌で準備を始めた……が、その後ろの方では、女性ドワーフたちが顔を青くしていた。中には、注文書の束のようなものを掲げてケリーに見せている者もいるが、ケリーはそれを笑いながら無視していた。

こうなった以上、ケリーは止まらないと諦めたのか、女性ドワーフたちは肩を落としながら鍛冶場に戻り始めた。さすがに気の毒に思えたが、俺としても完成形が気になるし、俺がケリーに鎧の製作を後回しにするように言ったとしても聞き入れてもらえないのはわかっているので、女性ドワーフたちには謝罪の意味も込めて、お手製のポーションと栄養ドリンク、それと最初に渡したのとは別のお菓子の詰め合わせを進呈することにした。

「受け取ってはもらえたけど……いつもみたいに喜んではいなかったな」

工房からの帰り道、俺はケリーと女性ドワーフたちのことが気になっていた。

「ケリー、いつか後ろから刺されないよな？」

ケリーが暴走するのは珍しいことではないだろうが、その負担をもろに被っている女性ドワーフたちが、いつか爆発するのではないかと心配になったのだ。

「まあ、刺すくらいなら、その前に出ていくような人たちばかりだろうから、大丈夫だよな……きっと……多分……」

もしも揉め事になったらそれは俺にも原因があるはずなので、両者の間に入ってできることはやろうと決めて、屋敷に急ぎ足で戻る俺だった。


「テンマ様、こちらが追加のお菓子になります」

屋敷に戻った俺を待っていたのは……食堂から漂ってくる甘い匂いと、食堂で追加のお菓子を積み上げて待っていたアイナだった。ちなみに、お菓子の量産はまだ続いていた。

「アイナ……今日の夕食の準備はどうなっているんだ？」

もうすぐ夕食時という時間なので、まさかお菓子が今日の夕飯ではないよなと思いながら訊くと……アイナはさっと目をそらした。そしてアイナだけでなく、俺の方を気にかけながらお菓子作りを続けていた女性陣も、同じように目をそらしていた。ただ、男性陣からは「よく言ってくれた！」……みたいな目を向けられた。

「食事の方は簡単なのを俺が作るから、今作っているのが出来上がったら換気と片付けを頼んだぞ」

今作っているのを今すぐにやめろというのは無理なので、出来上がり次第終了ということを告げると、女性陣はどこかばつの悪そうな顔をして、男性陣はようやく解放されるという感じの顔をした。

「手伝います」

「私も手伝います」

「それじゃあレニさん。お米をといで、少し固めに炊いてください」

アイナとレニさんが手伝いを申し出たが、レニさんに手伝いを頼んだ。アイナに頼まなかったのは、お菓子作りの監督をしてもらわないと、誰かと誰かが大ポカをやらかしそうだったからだ。

「ご飯ものなら、何か私もおかずを作りますね」

「でしたら、味噌汁をお願いします」

レニさんに手伝いを頼んだのは日本の料理……こちらの世界で言うところの南部料理に近いものを作るので、作り慣れたレニさんが適任だったからだ。

「量が必要だけど簡単なものだから、片付けが終わるよりも先にできるかもな」

そう呟きながら、俺は大鍋に醤油、酒、砂糖を入れて火にかけた。ひと煮立ちしたところで、具材を入れて煮込む。

「テンマさん、味噌汁はこんな感じですかね？　ちょっと薄い気もしますけど？」

俺も味見してみたが、これくらいがちょうどいいだろうといった感じだった。

「こっちもあと少し煮込めば完成なので、器の準備をしておきましょうか」

そう言うと、レニさんは人数分のお茶碗とお椀、それと数枚の深皿を用意しようとしたが、お茶碗と深皿は使わないので、その代わりにどんぶりを出してもらうことにした。

「もう少しでできるけど、そっちはどうなってるんだ？」

ほぼ夕食の準備が終わったので、お菓子作りの方はどうなっているのかとアイナに訊くと、あとはテーブルを拭くだけだと返ってきた。

「それじゃあ、ご飯……は蒸らし終わったみたいですね。じゃあ、どんぶりに盛ってください」

レニさんにご飯を任せ、俺は盛られたどんぶりに鍋の中身をのせていった。

「これに味噌汁を付ければ完成、っと……お～い、できたから取りに来てくれ」

完成したそれは、前世では『早い・安い・うまい』で人気のあった牛丼だ。まあ、その代名詞のものとは名前が一緒というだけだが、割と簡単にできるし量も作れるので、こういった時間のない時にありがたく、今の我が家のように、腹ペコだらけの時に最適な料理だ。

「「「お代わり！」」」

「自分で入れに行け」

このように、アムール、ジン、ガラットの大食らいに、

「負けるか！　俺もお代わりだ！」

リオンのように無駄に張り合う奴がいる時には、それぞれでご飯をよそっておかずをのせれば完成する丼ものは、最初に用意すればあとはほったらかしにできるので楽なのだ。ただし、

「僕の分も残しといてよね！」

「私のもお願いします！」

カインの言う通り、いつの間にか自分がお代わりする分がなくなっていることがあるので、気をつけなければならない。

「それではテンマ様、私は戻ります」

夕食後、アイナは自分の分のお菓子を持って王城に戻っていった。

「さて、作業に入るとするか。風呂は……後でいいか」

じいちゃんたちが風呂でまた騒がないか心配だが、リオンたちは風呂に入らずに家に帰るということだし、ジンたちには時間をずらして入るように言っているので、昨日のようなことにはならない……と思う。女性陣も、アイナというお目付け役はいなくなったが、プリメラも帰るのでいつもの状態となり、特に騒ぐようなことにはならないはずだ。

「二体目三体目の前に、最初のやつの微調整をした方がいいか」

仮の装甲が合わなくならないように気をつけながら一体目の調整をしてから、それを基に二体目三体目を作っていった。

「さすがに二体目三体目になると慣れてくるな。まあ、それでも夜が明けたけど……」

調子がいいからと作業を続けていたら、完成する頃にはいつの間にか外が明るくなっていた。

「あとはミスリルで装甲を作るだけだけど、それはさすがに屋敷じゃ無理だな」

魔鉄や普通の鉄ならば屋敷でも加工は可能だが、ミスリルになるとちゃんとした工房じゃないと難しい。唯一作業ができそうなケリーの工房は、俺の依頼で忙しいだろうから使うことはできない。

「ん～……まずは一体分の装甲を作ればいいだけだし、王様に頼んで王城の作業場を使わせてもらうか。さすがに本職の工房よりは使い勝手が悪いかもしれないけど、うちでやるよりはいいはずだし」

　王城の作業場は一から武具を製作するような場所ではなく、武具や備品の応急処置やちょっとした修繕、手入れなどをする所だと聞いているが、前に見させてもらった時に本格的な窯があったのは確認しているので、もしかするとミスリルを加工できるかもしれない。訊いてみて駄目なら他を探すしかないが、その時はその時でまた考えるとしよう。

「近々お菓子につられてクリスさんかルナが来るだろうから、その時に王様に伝言を頼めばいいか。許可が出るまで、追加の一体の中身を作るとするか。まあ、その前に寝ないといけないけど……」

　今決めたことを忘れないようにメモに残し、ドアの外に『起こさないで』と書いた紙を張り付け、まずはひと眠りすることにした。

　布団に潜り込むとすぐに眠りについたようで、次に気がついたのは昼を大きく過ぎた時間帯だった。少し寝すぎたかもしれないが、寝すぎによるだるさなどは感じないので、すぐにでも作業を再開することができそうだ。だが、

「その前に、伝言を頼んでおくか」

　窓から外を見ると王家の馬車が見えたので、多分ルナが来たのだろう。そう思って食堂へ行くと、予想通りルナとクリスさんがお菓子を食べていた。ただ、予想と少し違ったのは、

「ようやく起きてきたのね」

「テンマ、最近生活態度が乱れているとのことですから、気をつけるのですよ」

　マリア様とイザベラ様がいたことだ。しかも、アイナやジャンヌから聞いたのか、マリア様は少

し咎めるような感じで注意をしてきた。

「今後、なるべく気をつけるようにします。マリア様、少し頼みたいことがあるのですが……」

注意されたばかりで注意される原因関連のことで頼み事をするのは少し気が引けたが、許可はあっさりと頂くことができた。ただ、帰ってから予定を調べないらしく、作業場を貸してもらえるのは早くても明日か明後日になるとのことだった。

「ありがとうございます。それでは、まだ作業が残っているので失礼させていただきます」

正確な日はわからないが、マリア様の許可が出たので作業場自体は近々借りることが確定したので、できればそれまでに最後の一体の中身を完成させておきたい。なので、失礼だとは思うが作業に戻らせてもらうと言ったところ、マリア様は呆れた声で、「体にだけは気をつけるのよ」とだけ言っていた。

「最後のゴーレムの装甲も作れればいいけど……ちょっと無理かもしれないな」

などと呟きながら、部屋に戻った俺は最後の一体を作り始めるのだった。

# 第六幕

「ようやく一体目ができたか……」

まあ、できたといっても『中身のゴーレムが』という意味だが、あとはケリーとの共同作業になるので、一段落付いたのは間違いない。もっとも、これが完成したとしても、同じものをあと二体と違う形のものを一体作らないといけないので、まだ完全に終わったわけではない。

「一体につき一週間……いや、同じ形なら五日でいけそうだな」

一つ完成させたことで大体の手順は頭に入ったし、同じ物を作るのなら一回目よりも速度を上げることができるだろう。ただ、最後に作るゴーレムは今作ったものとは形が違うし大きさも違うので、一週間では作り上げることができないかもしれない。

「まあ、四体目のゴーレムは元々想定していなかったものだから、確実に三体のゴーレムを作ることを第一に考えないとな」

合間合間の息抜き代わりに四体目のゴーレムの芯を作ってはいたが、三分の一も進んでいないといった感じだ。ちなみに、装甲を装着するまではなく、芯ができるまでの進み具合だ。

「それに、この四体目までケリーの所に持っていって、変に恨まれるのは避けたいしな」

恨まれるとは、もちろん『ケリーに』ではなく、『従業員の女性ドワーフたちに』だ。ゴーレムの鎧を依頼に行った時はどうなるかと思ったが、ケリーが無理に注文を引き受けるのはいつものことだとでもいうように、不満は口にしていてもケリーとの間に険悪さは感じなかった。ただ、ここで追加のゴーレムを持っていくと、その分の不満まで俺に向けられる可能性がある（と感じた）ので、ケリーたちには四体目のことはまだ言っていないのだ。

今日の分の作業を終えた俺は、作業場の責任者に挨拶に向かった。そして運の悪いことに、明日から数日の間は騎士団の装備を修復する作業があるとのことで、俺は作業場を使用することができないことを知った。

帰る前に王様たちにも挨拶しておこうと思ったが、探しに行く前にクライフさんがやってきて無理だと教えてくれた。何でも、王様たちはそれぞれ仕事が立て込んでいて忙しいらしく、俺が行くとそれを理由にさぼろうとするだろうとのことだ。ちなみに、ルナは学園の宿題がたまっており、マリア様とイザベラ様とティーダに囲まれているそうだ。

王様たち……というか、王様とライル様はちょくちょくうちに遊びに来てはだらけているので、部下に仕事の多くを任せているのだと思っていたが、予想に反してちゃんと仕事はしているそうだ。そんな真面目に仕事をしている姿を見た時に、俺は思わず「そっくりさんか？」などと漏らしてしまい、周囲にいた人たちを驚かせ（一部は大爆笑させて）しまったのだ。俺の呟きは本人たちにとっては面白くないもののようだったが、その代わりマリア様やシーザー様、それにザイン様からは、「もっと言ってやってくれ！」と支持されたりもした。

そんな感じで王様たちは忙しい身なので、俺は作業が終わるとそのまま帰ることもあるのだ。まあ、たまにマリア様とルナが待ち構えていたりするので、その時は屋敷に帰るのが遅くなったりもするが、今日は予定通りに帰ることができた。

「俺たちは明日にはセイゲンに向かおうと思っているが、テンマはどうする？」

屋敷に戻ると、玄関付近で待っていたジンがそう切り出してきた。王様たちへの報告も終わり、王都でのんびりするのも飽きてきたとのことで、ダンジョンの最下層に潜ってその周辺を調べるのだそうだ。

「そういうわけで、この間の肉を煮たやつと米を大量にくれ！」

少し前に作った牛丼は、ジンたちの好物になったようだ。あれから何度か頼まれて作っているが、そのたびに大食い大会のようになっている。

「作るのは構わないが、牛肉の在庫が減ってきているからな。イノシシの肉でよかったら作るけど、どうしても牛でないとダメか？」

王都周辺に生息している牛は狩りが基本的に禁止となっているので、牛肉はなかなか手に入らなくなってきている。その為、俺としても牛肉はなるべく置いておきたいのだ。何かのパーティーや会食があった時、牛肉は色々と使い勝手がいいからな。

そんな規制のかかっている牛に対し、イノシシにはそういったものはなく（王都から少し離れた森などに生息しているし、森に近い村などからするとイノシシは畑を荒らす害獣なので、ギルドに討伐依頼がよく出ている）、さらに群れで行動することも多いので、比較的簡単に手に入れることができるのだ。

「うまいなら、別に牛でも豚でも構わん」

ということなので、イノシシを使った豚丼（イノシシも豚も同様だから、間違いではないだろう）の量産に入った。まあ、牛丼と同じく基本的に煮込む作業ばかりなので、イノシシ肉と玉ねぎを切った後は、沸騰させた鍋のつゆにぶち込んで煮込めばいいだけだ。ただ、油の量が牛肉より多いので、一度冷気で冷ましてから、表面の固まった油を取り除いた方がいいけれど……取りすぎるとジンが文句を言いそうなので、おおざっぱに取り除く感じでいいだろう。冷やした具はもう一度温めて、お米の方は炊けた端から大鍋に入れてマジックバッグに保存すればいい。あとは食べる時にジンたちが自分たちで盛れば、熱々の豚丼をダンジョンでも作ることができる。

「これだけあれば、半月は持つだろう。ついでに、今日の晩飯も豚丼だ」

ジンたちに渡す分と一緒に、今日の夕飯も作った。煮込む時はジンたちの分とは別々にしたが、材料を揃えるのなら一緒にした方が楽だからだ。

「それじゃあ、俺は部屋で食べるから、後片付けは頼むな」

大盛りの豚丼を作った俺は、少しでも作業を進める為に自室に引き籠もることにした。

「今できているのは腕だけか……次は足だな。だけどまあ……でかいな」

四体目のゴーレム、その素体となっているのはミノタウロスだ。完成すると三メートルを超えるゴーレムになるので、他の三体の騎士型ゴーレムのように動けないかもしれないが、重量兵器としての一撃と壁としての防御力は、様々な場面で強みになると考えたのだ。

ゴーレムの核には、複数のワイバーンの魔核とミノタウロスの魔核を使っているので、単純な出力だけなら俺が作ったゴーレムの中でも、『巨人の守護者(ガーディアン・ギガント)』、『ライデン』に次いで三番目になるかもしれない。まあ、魔核の量からの予測なので、出力はあってもまともに動けないかもしれない。なので、強さが三番目になるとは限らない。

「まあ、失敗作になったとしても普通のゴーレムよりは使えるだろうし、壁という意味では存在するだけで役に立つかもしれないしな。それでも駄目なら使わないか、ばらせばいいだけだし」

ばらすのはもったいないが、実験をして経験を積んだと思えばいいだろう。豚丼を頬張りながら、簡単な図面（人に見せられるほど、画に自信があるものではない）を見続け、イメージが固まったところで作業の準備を始めた。本当は夜も騎士型ゴーレムの装甲を作りたいが、屋敷ではミスリルの加工ができない以上、他にできることを進める方が得策だろう。まあ、たまには体を休める為に休息日にするという選択肢もあるが、今後の予定のことを考えると早めにゴーレムの目途は付けておきたいので、最低でもケリーに頼んだ鎧が出来上がるまでは、多少の無理は承知で作業を進めておきたい。

「それにこういうのは、興が乗っている時に進めるに限るしな……っと、その前に、図面に修正を加えとかないとな」

そう呟いて、図面のゴーレムの下半身に修正を加えた。めちゃくちゃ厄介な修正になりそうだが、これをやらないと壁にすらなりそうにないので、やらないわけにはいかない。

「それじゃあ、下半身から作っていくか」

修正を加えた図面を基に、俺はミノタウロスの下半身の骨を並べていった……傍から見ると猟奇的な場面に見えるかもしれないが、ミノタウロスの骨が大きいので、逆に怪しい雰囲気は出ていない……かもしれない。

それから王城の作業場が使えるまで、俺は屋敷に籠もって四体目のゴーレムを作り続けた。まあ、色々と工夫しながら作っていたので、三日かけても脚ができていない状況ではあるが、その分満足できそうな仕上がりになりそうだ。

　王城の作業場がまた使えるようになってからは、五日かけて二体目のゴーレムの中身を作り上げた。そして、俺が中身を作り上げた日にケリーの方も鎧が出来上がったらしく、その日の夜に従業員の女性ドワーフが知らせに来たが……かわいそうなくらい目に濃い隈を作っていた。いやまあ、俺のせいでもあるのだけど……

　ケリーが今すぐにでも来てほしいとのことで呼びに来たそうだが、さすがにこの状態で作業を手伝わせるのは心が痛むので、明日の昼過ぎに向かうと言うと、女性ドワーフはあからさまにほっとした表情を浮かべ、軽い足取りで帰っていった。

　そして次の日、昼過ぎにケリーの工房を訪ねると、

「遅いぞテンマ！　さっそく鎧を見てもらおうか！」

　工房に着いて早々に、ドアの前で待ち構えていたケリーが俺の手を掴み、工房の奥へと引っ張っていった。

「これが頼まれていた鎧だ！」

　工房の奥には俺の渡した土人形と思われるものに布が被せられていて、ケリーはその前まで進むと力いっぱい布を取り払った。

「おぉ……これはいい出来だな！」

　布の下から現れたのは白を基調とした騎士風の鎧で、その大きさと土人形に着せていることもあり、動かないのにかなりの迫力があった。

　これはケリーがドヤ顔になるのもわかる。最終的には俺が決めたデザインなので、デザイン通り

の完成形を想像しながらここまで来たが、その想像をいい意味で大きく裏切るような出来栄えだった。もっとも、ただ一点だけ不満……というか、想定外のものが付いていたのが気になった。それは、

「ケリー……何で兜にポニーテールが付いているんだ？」

「ポニーテールと違うわっ！　羽飾りだよ！」

兜の頭頂部のやや後ろあたりから、ポニーテールのようなもの（ケリー曰く、羽飾り）が生えているのだ。ケリーは羽飾りだと言って譲らないが、どう見ても材質が『羽』ではないし、例えとしてはポニーテールの方がしっくりくる。もしくは、長い髪をちょんまげのように束ねたという感じ（まあ、この世界だとその説明で理解するのはナミタロウくらいだろうが）だ。

「こういうのは付けなくていいって言ったよな？　戦っている最中に掴まれたらどうするんだ？」

「こんなのが暴れている時に、羽飾りを掴めるような奴はそうはいない！　それに、強く引っ張りすぎると、根元から外れるように作ってあるし……」

試しに強めにポニーテールを引っ張ってみると、『スポンッ！』という感じで抜けた。

「ほら、こんな感じで掴まれても大丈夫だろ？　それに、ここまで立派な鎧なんだから、ちょっとくらい装飾を付けておいた方が強く見えるって！」

確かに、ケリーの言うことも一理あるように思うが、ここまで必死になっているのは何故だろうと思っていると、

「ん？　あれは……」

「何で持ってきてるんだよ！　倉庫の奥に隠しておいたのに！」

ケリーの後ろで女性ドワーフたちが、目の前の鎧のものと同じ形の兜を二個と、それに装着でき

るであろうポニーテール（羽飾り）を数本、俺に見えるように掲げていた。

「つまり、調子に乗って兜だけ先に作ったから、今更違う形にするのは嫌だというわけか」

「いやまあ……嫌だというよりは、想像よりも出来のいいものが作れたから、これ以上のものは作れないかもしれない気がして……その……」

これ以上のものは作れる気がしないというのも本当なのだろうけど、多分それ以上にあの形が気に入ったのだろう。気に入ったからこそ先に兜だけ作ったのかもしれないし、残り二つ分の鎧や武具のことを考えたら、作り直すにはミスリルの残量が心もとないのだと思う。それに、出来が良すぎるからこそ、あの兜を鋳潰したくはないと思っているのだろう。

「それにしても、替えのポニーテールが六色……すでに付けてある分も合わせて七色か。何というか、カラフルだな……」

完成した鎧についているポニーテールの色は黒で、女性ドワーフたちが持っているものは、赤、白、青、茶、緑、黄色（オレンジ）と、とてもカラフルだ。

「だから、ポニーテールじゃ……」

「材料は馬のしっぽの毛です」

ケリーがまた反論しようとした瞬間、後ろで替えの飾りを持っていた女性ドワーフの一人が飾りの材料をばらした。

「やっぱりポニーテールか。まあ、ここまで来たら材料は何でもいいけどな。そんなことより、中身のゴーレムに鎧を着せるか」

材料がわかったところでポニーテールという印象は変わらないし、むしろ本物のポニー（材料の馬の大きさは知らないけど）テールだと裏付けされただけだ。そんなことに時間を無駄に使うよりも、さっさとここに来た目的を果たして、ミノタウロスゴーレムの続きをやりたい。まあ、鎧を着せて調整した後で、その次は鎧をゴーレム化する作業があるので、屋敷に帰るのはかなり遅い時間、もしくは日付が変わってからになるだろう。

「ああ、そうしようか……ポニーテールじゃなくて羽飾りだけどな……とりあえずテンマは、作業をサポートするゴーレムを出してくれ。力はそんなに強くなくていいから、なるべく細身で背の高いやつを頼む」

工房の中にはいろいろな道具や材料、出来上がった武具や作りかけの武具が転がっているので、動かしやすい細身のゴーレムが必要ということなのだろう。

「それじゃあ、テストもかねて二体目の中身ゴーレムに手伝わせようか」

一応、簡単なテストはしてあるので、一体目も二体目も問題なく動くことは確認しているが、鎧を装着させる、もしくはその手伝いをするような細かい動きができるかを試してみることにした。

「一号はそのまま、二号はもう少し上げて……そこでストップ」

ケリーの指示通りに、一体目と二体目のゴーレムが動いている。細かな作業は不得意かもしれないと思ったが、芯の全体に使った筋のおかげで、これまで作ってきたゴーレム以上の滑らかな動きができるようになったらしく、慣れていない人間が手伝っているというレベルの動きを見せていた。

「細かい作業でこの動きなら、思った以上に色々な作業ができそうだな。ところでテンマ……」

「このタイプのゴーレムはやれんぞ」

ケリーが何を言い出すのか予想できていたので、最後まで言う前に断った。さすがに結婚相手に渡すものと同じものを、結婚する前に他の誰か……他の女性にあげる約束をするのは外道すぎるだろう。

「問題はないみたいだな。軽く動いてみろ」

一体目のゴーレムに命令を出すと、ゴーレムは工房の中で一番広さがある所に移動して動き始めた。

「なあテンマ……これは何の運動なんだい？」

「怪我をしない為の運動だが、体の色々な所を動かすから、動作確認にはもってこいなんだ」

簡単に言うと、ラジオ体操第一のようなものをやらせているのだ。何故『ようなもの』かというと、ただ単に俺がラジオ体操の細かいところまで覚えていないからで、忘れているところはそれっぽいものになっている可能性が高いからだった。

「ふ～ん、まあいいや。運動のことは置いておくとして、ゴーレムの動きに問題はないみたいだな。あとは、鎧をゴーレム化した時にどうなるかだけど……そればかりはやってみないとわからないな。まあ、鎧のゴーレム化に失敗したとしても、中身のゴーレムだけで十分な戦力になりそうだな」

ケリーはこの状態でも十分と言いたいみたいだが、俺からすると鎧型のゴーレムと一体になってこそ成功と言えるので、ここからが本番だった。

「それじゃあ、やるか。二号、一号の鎧を脱がせるのを手伝え」

二号（仮称）に命令して一号（仮称）の鎧を脱がし、ゴーレム核を付ける場所を確認した。

「それで、どうやって中身と鎧を一つにするんだい？　下手に鎧をゴーレム化すると、中身と鎧が別々の動きをして、使いものにならないんじゃないのかい？」

「それについては考えがある」

二体のゴーレムを一つにすれば、当然ケリーの言ったような心配がある。なので、

「例えばこの鎧の胸に付けるゴーレム核は、中身のゴーレムの胸に付けているゴーレム核のかけらを埋め込んである。これで、中身のゴーレム核と鎧のゴーレム核が連動するはずだ」

一応、土で作った小さなゴーレムでの実験は成功しているので、一号と鎧でも成功する確率は高い。ちなみに、実験に使った土のゴーレムは、手のひらサイズで簡易的に作ったものだったこともあり、強度の問題から何度目かの実験で壊れてしまった。

「まずは胴体部分から手を付けるか。中身の胴体部分の核と重なるのは……ここだな。ここに印を付けて……っと」

あとはケリーに頼んで、核を乗せた状態でその上からコーティングをしてもらった。ちなみに、コーティングに使ったのは銀と銅を使った合金だ。ミスリルより柔らかいが合金なので強度もあり、銀を使っているのでミスリルとの相性もいいといわれている。

「コーティングを冷まして、中身のゴーレムに着させるんだけど……やっぱり、微妙に合わなくなったたな」

「まあ、コーティングを薄くしたといっても、それなりに厚みが増したからね。でも、これくらいなら装甲の方を軽く削るくらいで済むさ。そっちはうちの連中にやらせよう。その間に、テンマは他の核を付ける場所を決めて、私はコーティングをしていくとしよう」

核の場所を決める作業とコーティングの作業はさほど時間がかからなかったが、装甲を削る作業は微調整をしながらなので、俺とケリーの作業が終わっても、女性ドワーフたちの作業はまだ続い

ていた。

「それじゃあ私たちも、装甲を削る作業に入ろうか。複雑な工程じゃないから、交代で休憩を取りながらやればいいだろう」

細かな作業だが複雑ではないので、途中で作業を代わっても問題なく続けることができると言うケリーの判断で交代しながら作業を続けることになった。その結果、

「予定よりも早く終わったな。あとは、実際に動かして様子を見ないといけないけど……さすがにそれは工房ではできそうにないな」

始めた時は日付が変わることも覚悟したが、終了は予想よりもかなり早く、夕食時くらいの時間に終わることができた。

「それじゃあ、今日はここまでにして、明日王都の外で動かしてみるか」

「そうだね。今日くらいは早めに寝るとするかね」

予想より早く終わったことを一番喜んでいたのは、間違いなく女性ドワーフたちだろう。しかも、このまま終わるという言葉がケリーの口から出たのだ。ケリーの気が変わらないうちに、一刻も早く片付けようと動いている。

「予定より早く終わったとはいっても、それでも前世で言えばブラックなんだけどな……」

「ん？　何か言ったかい？」

「いいや、何も」

夕食時に終わって早いと喜ぶのは、前世で言えば確実にブラックだと言われても仕方のないことだと思うのだが、それでも女性ドワーフたちにとっては喜ばしいことみたいだ。それだけで、いか

にケリーの暴走に精神がマヒさせられているのかがわかる。

ケリーの工房がブラック企業というのは今はどこかに置いておいて、明日の集合場所と集合時間を決めて解散した。集合時間は昼過ぎにしたので、多少は女性ドワーフたちも休むことができるだろう……ケリーが暴走しなければ、多分。

「よし、このへんで動かしてみるか」

王都から少し離れた草原のど真ん中で、俺たちは騎士型ゴーレムの起動実験をすることにした。ちなみに、俺たちとは俺とケリーだけでなく、屋敷にいた全員のことだ。なお、ケリーは予定時間よりかなり早くうちの屋敷（集合場所は王都の門の外）にやってきて俺を急かした為、興味をひかれた皆がついてきた形だ。

「全く、人手がいるっているのにうちの奴らを帰して……」

皆がついてくると言ったので馬車の空きが足りなくなった為、その代わりに手伝いとして連れてこられていた女性ドワーフたちに帰ってもらったのだ。ケリーは手伝いがいないと何かあった時に仕事ができないと言っていたが、あとは様子を見ながらの微調整だけだし、そもそも人手がいるような修正をしなければいけない状況になったとしたら工房に戻った方がいいということで、女性ドワーフたちに遠慮してもらったというわけだが……女性ドワーフたちは俺が休息時間を作ってくれたと思っているようで、とても感謝されたのだった。正直言って、そんなつもりはなかったのだが……喜んでいるみたいなので余計なことは言わなかった。

「別にいいじゃないか。ここでできる修正くらいだったら、俺やじいちゃんの魔法でできると思うから。それよりも、ゴーレムを出すぞ」

ゴーレムは立った状態で草原に姿を現したが、地面が工房と違って柔らかいのでバランスを崩しそうになっていた。

「おっと、ゴーレム起動」

慌ててゴーレムを起動させると、ゴーレムは自分でバランスを取って大地に立った。

「セーフ！」

「危ないところでした！」

アムールはいつかのように両手を横に広げ、アウラはゴーレムがバランスを崩しかけた瞬間に距離を取っていたが、ゴーレムがバランスを立て直したら何事もなかったかのように戻ってきた。

「何ともまあ、規格外のゴーレムがまた一体できたようじゃな」

じいちゃんがそう呟くと、皆揃ってライデンの方を見た。

「マーリン様、何がそんなにすごいのですか？」

ライデンを見ながら首をかしげていたアウラが、不思議そうにじいちゃんに尋ねていた。

「そこはテンマに訊いた方が早いと思うが……まあ、一言で言うと、ゴーレムが人間に近いことをしているからじゃな。人間には簡単にできることでも、人工物であるゴーレムには難しいことが多々あるのじゃ」

じいちゃんの言う通り、ゴーレムに人間と同じ動きをさせるのは色々と難しいのだ。じいちゃんが驚いたように、体重移動でバランスを取るのは普通のゴーレムには無理だ。特に、草原のように地面が柔らかい所だとゴーレム自身の重みで足が沈むし所々で固さが違うので、それら一つ一つに対応できるゴーレムはそれだけで高性能と言えるだろう。

「まあ、それくらいはできると思っていたから驚かないけどね。それより大事なのは、ゴーレムの強さだし」

そう言うと、何故か皆から呆れたような視線を向けられたが、それくらいならタニカゼの時点でできていたし、最近だとエイミィや王族用のゴーレムでもできている。

「武器は何でも使えるようにできているけど……とりあえずはこれで様子を見るか。相手は……ゴーレム五体くらいでいいかな？」

取り出した武器は二メートルほどの鉄の棒……うちで使っている物干し竿の予備だ。騎士型ゴーレムの体格に合う武器だと、俺の持っているものの中ではハルバードがギリギリといったところだが、あれだと武器の性能が良すぎてテストにならないのだ。そして相手のゴーレムは、普段屋敷を警備しているのと同じタイプのもので、一体で王城の騎士二～三人は相手にできるくらいの強さを持っている。つまり、単純計算でゴーレム五体は騎士一〇～一五人に相当するわけだ。ちょっとした分隊クラスの戦力だな。

そして、そんな五体のゴーレムを相手に騎士型ゴーレムは、

「相手にならなかったな、次はジンとやらせてみるか」

「おい待て！　俺を生贄にしようとしてないか、それ！」

無双した。普通のゴーレムが相手にならなかったので代わりに指名したジンが指差した先には、騎士型ゴーレムに一蹴された五体のゴーレムの残骸が散らばっている。

「ほら、やっぱり人を相手にしているところが見たいし、俺が相手をするとどんな風に戦っているのかわかりにくいからな。まあ、これまで家で飲み食いした代金とでも思って、頑張ってくれ！」

「よし、逝け！　ジン！」

「命がけでやるんだよ！」

「骨は拾いますから、あとのことは任せてください！」

お金の話になると、ガラットたちが一斉に俺の味方に付いた。そんな仲間に売られたジンはというと、

「なあ、テンマ……俺の他に戦闘の記録が欲しいと思わないか？　具体的に言うと、獣人で身軽な戦いをする奴と、前衛をこなす女と、後衛で魔法を使う女なんだが」

「それもいいな。じゃあ、ジンの次は三人一組でやってもらおうか？」

ジンからの推薦があったので、ガラットたちにもゴーレムの相手をしてもらうことにした。

「それじゃあジン、やってくれ」

「こうなりゃ自棄だ！　やってやるぜ！」

離れた所でガラットたちが何か言っていたが、ジンの気合の入った声でかき消されて何を言っているのかよく聞こえなかった。

「よし……始め！」

「おらぁ！」

開始の合図とほぼ同時に仕掛けたジンの攻撃は……

「「「「あ……」」」」

ゴーレムに防がれた……というより、ジンの狙いが外れて肩に当たった。そして、ジンの剣が大きく欠けた。

「ちょ、ちょっとタンマぁあああ――――！」

ジンも周囲も固まってしまう出来事だったが、ゴーレムはそんなことはお構いなしに、棒をジンの脳天に振り下ろした。

「ゴーレム、一旦停止！」

脳天への一撃を横っ飛びで回避したジンは、転がりながらその場から距離を取ろうとした。しかし、ゴーレムの反応が予想以上に良く、ジンが体勢を立て直す前にゴーレムは追撃の構えを見せたので、俺は慌てて止まるように命令を出した。

「やべぇ……ジンが秒殺されたぞ」

「ジンの自爆気味だったとはいえ、腐ってもSランクなのに……」

「不用意に突っ込んで、武器を壊していいとこなしだけど、一応『暁の剣』のリーダーなのに……」

「「「かっこ悪ぅ……」」」

そんなジンを見ていたガラットたちは、ジンを凍りつかせる気かというほどの冷たい視線を向けていた。そして、口には出さなかったが俺も同じ思いだった。多分、じいちゃんたちも。

「テンマ、もう一回！　もう一回チャンスをくれ！　今度はちゃんとやるから！」

そう言いながらジンは、今欠けた訓練用の武器をマジックバッグに戻し、代わりにミスリルでできた大剣を取り出した。

「初めからそれを使えよ」と呟いた俺だったが、ジンは「きっとあの剣は寿命だったんだ」とか、「練習用の剣でも、手入れはちゃんとしないとだめだな」とか言って、俺の呟きは聞こえないふり

をしていた。しかしガラットたちはそんなジンを見ながら、「あの剣、最近打ち直しに出してなかったか?」、「綺麗になったとか言って、ニヤついていたね」、「昨日、油を塗って磨いていましたよね?」などと話していた。

「それじゃあ、始め」

「うぉらっ!」

今度も先手はジンが取ったが先ほどとは違い、大剣が欠けることはなかった。

「結構いい勝負だな」

「じゃが、総合的に見ればゴーレムの方に分があるようじゃな。長引かせると、ジンが不利になるだけじゃろうな」

ゴーレムの強さはなかなかのもので、ジンを相手に一歩も引かなかった。それどころか、この状態が続いたらジンが不利になっていくのが簡単に予想できた。

「武器の差もあるけど、攻撃力はジンの方がやや上で技術も上。だけど、防御力はゴーレムの方が圧倒的に上で、スタミナも圧倒的に上……ってところか」

一撃の重さでいったらゴーレムの方が上だけど、ゴーレムが持っているのは鉄の物干し竿なので、ミスリルの大剣を使っているジンとは比べものにならない。だけど、その一撃の重さのおかげで威力の差はあまりない。技術に関してはゴーレムに蓄積された経験(パターン)が少ないので、こちらも比べものにならない差がある。だが、ミスリルの大剣を使うジンに対して、ゴーレムはミスリルの全身鎧を身に着けている。さらには元々の重量が違いすぎるので、ゴーレムは防げなかったジンの攻撃を鎧で跳ね返していた。そしてとどめがスタミナの差だ。人間であるジンには、疲れと共に攻撃のパフォーマンスが落ちていくのに対し、ゴーレムは魔力が尽きるまで動きが止まることはない。

「しかも、魔力が尽きるまで長引かせようにも、あの騎士型ゴーレムに使っている核の量からすれば、ジンの方が先に体力切れになるのは間違いないしな……となれば、ジンが取る行動は」

「しっ！　はっ！　せいっ！」

防御力が比較的低い関節への集中攻撃。中でもジンは、体重を支えている膝の裏側を重点的に狙い始めた。

「大分ジンが盛り返してきたけど、まだどうなるかわからないね」

「ゴーレムの防御力を無効化したわけではないからのう。それに、いまだに攻撃力は健在じゃしの」

「これが終わったら、関節への攻撃も考えて調整しないとだめだね。まあ、あのゴーレム相手に、一体どれだけの数があそこに攻撃を集中できるかは不明だけど」

ジンの関節への集中攻撃で、ゴーレムの動きが徐々に鈍ってきてはいるが一撃の重さは失われておらず、時折ジンが大きく飛びのいて攻撃をかわした時は、ゴーレムの攻撃で地面に穴が開いていた。

「いよぉしっ！」

「そこまで！　ゴーレム、待機！」

十数回の攻防の最中にジンの渾身の一撃が膝裏に決まり、ゴーレムが地面に四つん這いになったところで試合をやめた。

「予想に反してジンが勝った……」

「くっ……お小遣いが……」

「言い方は悪いですが、意外な結果になりましたね。割と余裕を残されていますし」

「ちっ！　さっきのは何だったんだ！」

「わざとだね。ボロ負けからの大逆転とかやりたかったんだろうよ！」

「俺、カッコイ～～～！　……とかやりたかったんですね」

いつの間にかジン対ゴーレムで賭けが始まっていたようだ。そして、

「なんか、儲かっちゃった……」

「ジャンヌの一人勝ちか……大方、誰もジンに賭けないからかわいそうになって賭けたんだろうけど……期せずして大穴が的中した形か」

掛け金は一律五〇〇Gだったみたいだ。騎士型ゴーレムに賭けたアムールたちは、たとえ当たっていたとしても一人一〇〇Gも儲からない計算だが、最初の対戦（ジンの大剣が欠けたやつ）を見た後だと、堅実で賢い賭け方だったと言えるだろう。もっとも、外れたら意味がないが。

「それにしても、ジャンヌは意外とギャンブル運が強いな。前にハウスト辺境伯領で賭けをした時も、確か勝ってたよな？」

「まあ、あまり考えずに欲をかかぬ賭け方で勝つのじゃから、運が強いと言って間違いないじゃろうな」

そんなジャンヌに対して、穴に賭けても本命に賭けても負けるアウラは、よっぽど運が悪いのだろう。まあ、それを言ったらアムールもだけど。

「それじゃあ、次はガラットたち……と言いたいところだけど、ゴーレムがあれじゃあ無理だな」

ジンに倒されて四つん這いになったゴーレムは、立ち上がれないことはないが無理はさせない方がいいとのケリーの判断で、今は横になって処置を受けている。

「ちっ！　ガラットたちの無様な姿が拝めると思ったのによ！」

ジンは不満そうだったが、ゴーレムの鍛治師ストップは自分との闘いの結果ということで、無理は言わなかった。そして、戦わなくてよくなったガラットたちは、明らかにホッとした顔をしていた。

「騎士型ゴーレムはかなりいい出来だと思うけど、現状では一撃の重さと防御力の高さに任せた戦い方って感じか……ジンみたいに実力と経験がある相手だと、能力を活かしきれないところがあるな」

「そうなると、実戦を積ませて戦うことに慣れさせないといけないのかのう？」

じいちゃんの言う通り、あの騎士型ゴーレムは赤子同然なので、今後は戦闘の仕方を覚えてもらわないといけないのだ。

「なあ、テンマ……そのぉ……あの騎士型ゴーレムが戦うことに慣れていないってことは、今の状態が一番弱い状態だったりするのか？」

ジンが、あまり訊きたくはないが……といった感じで訊いてきた。

「最近作ったゴーレム……王族専用やエイミィ専用のゴーレムは、これまで何度も使ってきたゴーレムの核の中から出来のいいものを選んで、それらを改良して作ったゴーレムだから最初からでもそれなりの戦い方を知っていたけど、あの騎士ゴーレムは一から核を作ったからな。能力は高くても、まだまだ赤ん坊みたいな感じだな」

ライデンの自我に関しても、バイコーンの魔核が大きな役割を果たしているのは間違いないだろうが、それでもタニカゼの経験と引き継いだ魔核があってこその話だと思っている。

「つまり俺は、赤ん坊相手に勝って喜んでいたというのか……」

「いやまあ、赤ん坊というのは例えだし、魔物の中には子供の状態でも人を大きく上回る強さを持っている奴もいるから、そこまで気にする必要はないと思うぞ」

赤ん坊といっても、騎士型ゴーレムは魔核を使っているので人工的な魔物のようなものと言えるし、魔物なら生まれてすぐに人を殺す奴もいる。なので、ジンのその考えは当てはまらないと思うのだが……苦戦した騎士型ゴーレムは一番弱い状態で、まだ何段階かの成長を残しているという事実にショックを受けているようだ。

「お〜い、テンマ！　ゴーレムの応急処置は終わったけど、一度工房に戻して関節の歪(ゆが)みを直した方がよさそうだ。あと、関節の裏側をカバーする素材を別のものに変えたい。今のままじゃあ、同じことをやられたらまた同じ修理をしないといけないことになる。いくつか案はあるが、テンマにも手伝ってもらわないといけない。さっさと戻るぞ！」

騎士型ゴーレムの鎧に変更を加えるつもりらしく、ケリーはすでに戻る準備を終えていた。

「それじゃあ、俺はケリーと一緒に工房に行ってくるから」

「うむ、了解じゃ」

「行くのはいいが、俺たちは明日出発するんだから、昼までには戻ってこいよ」

ジンたちの出発が明日の昼なので、それまでには屋敷に戻らないといけないが……もしかしたら忘れてしまうかもしれないので、今日の夜に戻らなかったら明日の朝誰かに迎えに来てもらうことにした。

「それで改良案だけど、形を大きく変更することは考えていない。少しばかり、鎧が人用ではなく、ゴ・ー・レ・ム・用という色を前面に出す」

ケリー曰く、今の騎士型ゴーレムが着ている鎧は、人間でも問題なく使える形だった為、騎士型ゴーレムは鎧を着た人間を相手にする方法を使ったジンに負けたのだ。

「まず、関節の裏側に動きの邪魔にならない程度の太さのガードを付ける」

ガードといっても、金属製の棒を湾曲させたようなものをくっつけるだけだが、これだけでも斬撃や打撃のダメージを軽減させることができる。

「次に、関節部分を覆うものを魔物の革単体から、一種類の革と鎖帷子(かたびら)を合わせたものに変更する」

内から、弾力性のある皮、極小の鎖で作った鎖帷子、伸縮性のある革の順番で合わせたもので覆うらしい。これらを使うとなるとそれなりの厚みが出るので、人によっては重量や違和感などで使いづらいものになるだろうが、ゴーレムならその問題は起こらないはずだ。まあ、動きを妨げない程度の厚さを探りながらの調整になるだろうが、ゴーレムに屈伸でもやらせながら調べればいいので、そこまで時間はかからないだろう。

「股関節の部分は下手に厚みを持たせると動きが悪くなるだろうから変更はなしで、首と肘と膝と脇を完全に変更。足首部分は革だけ変更。それと、今は指の部分を五本独立して動かせるようにしているけど、人差し指と中指、薬指と小指をまとめるような形に変更。これでやってみよう」

最終的に変更する箇所がほぼ全部の関節部分となったが、現状で関節部分が騎士型ゴーレムの弱点と判明したので、改良して動きに問題が出ない所は全て手を入れることにした。なお、指の部分の変更は、関節の中で一番強度が弱く相手に一番近い所ということで、少しでも指先に厚みを持たせる為というのが変更の理由とのことだった。形としては剣道の小手に近い感じだ。

「それで、鎖帷子の製作や鎧の改良はケリーがやるだろうし、革の準備は従業員たちでやるんだろ？　俺は何をしたらいいんだ？」

　細かい作業や専門的な作業ばかりになりそうなので、俺が手伝えることはなさそうなのだ。

「まあ、テンマを連れてきたのは変更の説明と承認を得ること、あとは使えそうな素材と作業中に必要な食料を提供してもらう為だ。そういうわけで、使えそうな素材を出してもらおうか！」

　連れてこられた理由もわかったし、素材を俺が出すのも筋が通っている。作業中の食料の提供も、作業効率を上げる為に必要と言うのなら出そう。だが、

「お菓子くらいなら持っているが、素材も料理も屋敷に置いているぞ」

　今日は遠出する予定ではなかったので、必要なもの以外は屋敷に置いてきたのだ。工房に向かう前に言ってくれたら、屋敷でそれなりの準備をしてからこっちに来たのだが……

「完全に二度手間だな。屋敷に戻って、準備してからもう一度来る」

　俺の仕事はそれだけみたいなので、さっさと済ませることにしよう。それさえ終われば、明日のジンたちの見送りは問題なく参加できるだろう。

　それにその数日後には、俺もセイゲンに向かう予定なのだ。もしかするとセイゲンに到着するのがほぼ同時になるかもしれないので、俺と一緒に行けばいいと思うのだが……ジンたちはその数日が待てないくらい、急いでセイゲンに戻りたいのだそうだ。まあ今の王都だと、ジンたちは少し外に出ただけで視線を集めてしまうので、少しでもましな（と思われる）慣れた住処（すみか）に早く戻りたいのだろう。

「頼む……」

　先走ってしまったケリーは恥ずかしいのをごまかす為なのか、顔を隠すように下を向いた状態で

設計図に修正箇所を書き加えていた。

そして、大急ぎで屋敷に戻ると、

「ケリーは馬鹿ね！　少し冷静になればわかるはずなのに！」

遊びに来ていたクリスさんに戻ってきた理由を訊かれ、その結果屋敷にクリスさんの笑い声が響いた。

「クリス、その笑い方は女性としてどうかと思いますが？」

一緒に来ていたアイナはクリスさんの笑い方を注意していたが、本気でしているわけではないようで、すぐに掃除をしているジャンヌたちの監督に戻っていった。

「こほんっ……それでテンマ君、何で掃除組にプリメラが交じっているの？　本人も周りもあまり気にしてないみたいだけど、一応公爵家に籍を置いている令嬢でしょ？　後々問題にならない？」

アイナやジャンヌたちは俺とプリメラが婚約していることを知っているので気にしていないが、クリスさんは知らないので気になったようだ。もっとも、俺とサンガ公爵家との関係は知っている為、念の為という感じの言い方だったので、自分でも問題はないだろうと思っているみたいだ。それに、

「本人が騎士団の任務で遠方に行った時に、何もできないでは困るとか言ってアイナに頼んでいたからね。アルバート経由でサンガ公爵も知っているから、問題はないよ」

という設定が考えられているのだ。ちなみに、これはクリスさん用の設定ではなく、サンガ公爵家やオオトリ家をよく思っていない貴族に対しての設定であり、本人が望み公爵が許可したので何も問題はないということになっている。

「ふ〜ん……花嫁修業の一環という感じかしらね」

「クリスさんも参加してみたら？　近衛騎士団の遠方任務とかの時に役立つと思うよ？」

「何か違う意味が含まれているように聞こえたんだけど？」

「花嫁修業になるよ」とは言わずに、任務の時に役立つからということにして参加を促したが、クリスさんに隠していた部分を感づかれてしまった。

「それじゃあ、俺はケリーたちに差し入れる料理を作るから邪魔しないでね。アイナ、すまないけど少しの間こっちの手伝いを頼む」

「わかりました。アウラ、少しの間料理を手伝ってくるけど、さぼらないようにね」

「何で私だけ！」

クリスさんの防壁になりそうなアイナに手伝ってもらうことにした。まあ、作るのは最近我が家で定番となりつつある牛丼なので、手伝いはいらないといえばいらないのだが……いないとクリスさんが怖いので呼んだのだ。まあ、クリスさんもアイナも俺の意図を理解しているようだが、アイナが俺の思惑通りに動いてくれたので、クリスさんは近寄ってこなかった。

「あとはもう少し煮込んでご飯が炊けるのを待つだけだから、出来上がるまで見ていてくれ」

アイナに後のことを頼み、俺はゴーレムに使えそうな素材を見繕うことにした。まあ、伸縮性と弾力性を持つ革という条件を満たすのは、『ワイバーン』のような爬虫類系の素材か、『マッドポイズンフロッグ』のような両生類系の素材ということになるので、そのあたりをまとめて持っていけばいいだろう。

「というわけで、ちょっと素材と料理を届けに行ってくる」

革素材を選ぶのは一〇分ほどで終わり、厨房に戻ると牛丼セットも出来上がっていたので、すぐにケリーの所に向かうことにした。詰め込んだ素材の中からどれを使うか選び、牛丼の作り方を教えるだけなので、時間はかからない……はずだったのだが、

「これだけいい素材が揃っていると、どれを選ぶか迷っちまうね～」

素材がありすぎたせいでケリーの職人魂に火がついてしまい、屋敷に戻ったのは日付が変わってからだった。


「ジンが苦労したのもわかるな」

ジンが模擬戦をした二日後。ケリーによる改良が施された騎士型ゴーレムと模擬戦をやってみたが、想像以上の性能を持っていた。

「いやぁ～思った以上の化け物に……なりかけているね。これは先が楽しみだ！」

ケリーは俺の相手をしている騎士型ゴーレムを見て、楽しそうに笑っていた。よっぽど自分の関わったゴーレムが強くなるのが嬉しいのだろう。

「それじゃあケリー、残り二体分の鎧を頼む。まあ、中身ができるのは二～三か月後くらいになると思うから、無理せずにゆっくりやってくれ」

「了解した！　それじゃあ、さっそく工房で頑張るとするか！」

絶対にわかっていないと思うが……時間がある分だけ、ケリーも急いで作ったりはしないだろう、多分。

嬉しそうに工房に向かうケリーを見ていると、また女性ドワーフたちに無理をさせるんじゃないかと心配になってしまうのだった。

「それで、誰か模擬戦やってみるか？　一応、ゴーレムに経験を積ませるのが目的だから、力は抑えさせているけど」

「うむ！」

「私が！」

模擬戦の立候補者を募集してみると、アムールとクリスさんが同時に手を挙げた。

「クリス、私の方が早かった」

「アムール、目と耳が悪くなったのかしら？」

ゴーレムの次の相手を張り合い始めた二人だが……いつものことなので誰も気に留めることはなかった。

「それじゃあ、二人で相手してみる？　ゴーレムは二人を相手にした経験が積めるし、二人は連携の練習になるだろ？　ただし、訓練だから手加減はしてもらうけどね」

二人とも、相手より先にゴーレムと戦ってみたいといった感じだったから、妥協案としてペアを組んで戦うことを提案した。

「むぅ……仕方がない。クリス、足は引っ張らないように」

「アムール……普通に考えて、あなたの方が人と連携を取るのが苦手でしょ？　私の指示に従って戦うのが当然の戦法よ」

方向性の違いで睨み合いを始めた二人だったが……

「それじゃあ、始め」

それを無視して俺は開始の合図を出した。すると、

「テンマの鬼！　クリス、左に回る！」

「この鬼畜！　アムール、あなたは足元を狙って、できるなら転がしなさい！」

即座に連携を取り始めた。クリスさんが牽制をしながら注意を引き、アムールがその一撃の重さを生かして動きを止める作戦のようだ。ジンの戦い方を参考にするのなら、有効的な戦い方だけど
……

「クリス！　ちゃんと注意を引き付ける！」

「わかっているわよ！　だけどゴーレムが乗ってこないのよ！　仕方がないじゃない！」

ゴーレムはクリスさんの攻撃よりもアムールの方が危険と判断したらしく、クリスさんに背を向けてアムールを優先するようだ。

「なら、私が転がすまでよ！」

クリスさんが、騎士型ゴーレムの膝関節を狙って突きを放ったが、

「痛っ！」

正確すぎて、膝の裏に追加されたガードに阻まれてしまった。

「クリス！」

クリスさんの動きが止まった瞬間、ゴーレムは振り向きざまに武器である物干し竿（てつのぼう）を振りぬいた。

「ああ、もう！　厄介なゴーレムね！」

ゴーレムが無理な体勢から攻撃を放ったこともあって、クリスさんは余裕をもって回避したが距

離が開いてしまい、ゴーレムは改めてアムールに向き合ったが、

「隙あり！」

アムールに強烈な一撃をもらってしまった。

「むぅ……硬い……」

愛用のバルディッシュをゴーレムの胴体に叩きつけたアムールだったが、あまりの硬さに顔をしかめていた。だが、そのおかげでゴーレムは尻餅をついた状態になり、

「取った！」

ゴーレムの首に、クリスさんの剣が突き付けられていた。

「そこまで！」

クリスさんの剣は寸止めされていたので、たとえそのまま突き刺したとしてもゴーレムが止まることはないはずだが、模擬戦なら勝負ありだと判断して終了の合図を出した。

「クリスがいいところを持っていった！　泥棒！」

「戦場で役割が変わるのはよくあることよ。運が悪かったと思って諦めなさい」

「それにしても、割とあっさり負けたのう」

「まあ、初めて複数を相手にした模擬戦だったからね。多分だけど、ジンにやられた膝関節を攻撃してきた方を脅威と認識したんだと思う」

二人の言い争いはいつものことなので無視して、じいちゃんと騎士型ゴーレムの戦い方を分析した。

「なるほどのう……それで目の前にアムールがいたのに、簡単に背を向けたというわけか。前回の

敗北の要因に対応するという意味では間違いではないが、同時に対応する必要がある場面では間違った選択じゃったというわけじゃな」

今回の模擬戦で経験を積んだから、次は違う方法で対処しようとするだろうが、もしかしたら三人を相手にした時に同じ間違いをするかもしれない。これは単純な動きしかできないゴーレムを相手にしていては経験できないことだ。

「じいちゃん……俺、明日セイゲンのダンジョンに向かうことにする。そして、ダンジョンの攻略にゴーレムを連れていくよ。あそこなら、普通の模擬戦じゃ積めない戦いを経験できるからね」

ダンジョン攻略は俺一人で行う予定だったが、そこに騎士型ゴーレムを連れていくことにした。騎士型ゴーレムの防御力なら、最下層付近の魔物の攻撃にも耐えられるだろうし、危なくなったらマジックバッグに戻せばいい。それに、魔力を補充すれば動き続けることができるので、俺の強行軍にもついてこられるはずだ。

「わしも一緒に行きたいところじゃが……テンマの本気についていくのは難しいじゃろうな。どうせアムールたちがダンジョンに行きたいと言うじゃろうから、わしはそっちについていくとするかのう」

じいちゃんはアムールがごねるのを見越して、そちらの面倒を見るつもりらしい。それは俺にとってもありがたいし、いずれじいちゃんやアムールたちも最下層の下にある新発見のダンジョンに潜ることを考えれば、俺に遅れてでも攻略を進めた方がいいに決まっている。それに、俺がダンジョンの攻略に成功してからじいちゃんたちと合流すれば、じいちゃんたちのサポートに回ることもできる。

「テンマに手伝ってもらってダンジョンを攻略するのがいいことかどうかはわからんが、新発見のダンジョンの探索を考えれば、戦力は多いに越したことはないしのう……まあ、いずれもう一度潜らせて、攻略に足る能力を身に付けさせるとするか」

功績の前借りということにするらしく、最低でももう一度、できれば二度三度と、アムールたちにダンジョンを攻略させるつもりらしい。

「ライデンを連れていくけど、じいちゃんたちはどうやって来る？」

「こっちは人数が多いから、ライデンを使いたいところじゃが……どうするかのう？　やはり、テンマと一緒に行くのがいいんじゃないかのう？」

ダンジョンでは別行動になるにしても、セイゲンまでは一緒に行った方がいいというのはわかるが……

「俺やじいちゃんはよくても、ジャンヌやアムールたちの準備があるし、屋敷の管理のこともあるからね。いつも通りアイナやマークおじさんたちに頼めばいいだろうけど、向こうにも予定があるだろうし……」

今すぐにでも両方と連絡を取り、今日中に打ち合わせと準備を終えることができるのなら、一緒に行けないこともないが……

「確か、レニさんはもうそろそろ南部に帰る予定だし、ジャンヌとアウラはアイナの指導の予定が入っているよね？」

レニさんは王都から去る前にお土産や情報を仕入れておきたいだろうし、ジャンヌとアウラの指導はアイナが自分の休みを削ってまで入れている予定なので、今更キャンセルするのは申し訳ない。

アムールは予定が入ってはいないが、レニさんが残る以上連れていくことはできないし、そもそも婚約した身で未婚女性を連れて、ダンジョンのような場所で男女二人っきりになるのはよくないだろう。それがたとえ、同じパーティーのメンバーだとしても。

「確かに、急に予定を変えるわけにもいかんのう……なら、わしとテンマでセイゲンまで行き、テンマを残してわしだけ帰るというのはどうじゃろうか？　それなら、わしたちもライデンの馬車が使えるし、王都に戻るまでに準備はできておるじゃろう」

確かにじいちゃんの言う通り、ライデンはセイゲンに着けば使うことがないので、連れて帰られても問題はない。それに、セイゲンまでライデンなら三～四日（ただし、御者の負担は考えない）で、往復なら一週間ほどだろう。それだけの時間があったら、屋敷やジャンヌたちの準備も終わっているはずだ。

「なら、じいちゃんの案で行こうか。じいちゃんも、準備の必要はほとんどないでしょ？」

「うむ、今からでもダンジョンに潜ろうと思えば潜れるのう」

俺とじいちゃんは普段からマジックバッグに必要なものをぶち込んでいるので、いつでも出発できる状態になっているのだ。なので、

「それじゃあ、さっさと屋敷に戻って、食事の準備だけしようかな？」

旅やダンジョン攻略の前にすることといえば、移動中や休憩中に食べるお菓子や食事を準備するだけだ。まあ、お菓子はすでに準備しているし、食事も屋台などで買い揃えればいいので、あまり時間はかからない。

「今回は、牛丼とかも準備しようかな？」

最近のマイブーム（オオトリ家のブーム）が牛丼なので、ジンたちに渡したように、具を入れた寸胴とご飯を入れた寸胴を複数用意すればいいだろう。

「牛丼を用意するのなら、わしたちの分も頼むぞ」

もしかすると、牛丼の量産のせいで明日出発することはできないかもしれない……

「とにかく、早く戻って料理をしないと」

ゴーレムを回収し、ジャンヌとアウラとレニさんに説明すると、すぐに帰る準備を始めた。

「それじゃあ、帰ろうか。道すがら屋台や店に寄っていくから、途中で俺だけ降りるな。先に戻って、料理の準備を頼む」

帰り道で別行動することを伝え、俺たちは馬車に乗り込んだ。

「よし、出発！」

「はい！　行きます！」

全員が乗り込んだことを確認した……ような気がした俺は、御者のアウラにライデンに合図を出させた。

「あ〜〜〜！　待って、テンマ〜〜〜！」

「ちょ、ちょっと、ま、ぶっ！」

走り出してすぐにアムールの声が聞こえたので屋根に上って様子を見ると、ちょうどアムールがクリスさんの両脇腹に抜き手を入れてこちらに走ってくるところだった。

「アムール！　待っていてやるから、クリスさんを回収！」

よほどいい一撃が入ったのか、クリスさんは地面に寝そべって身もだえていた。そんなクリスさ

んをアムールは、

「むぅ……面倒。んっと、重い……」

ベルトを摑んで持ち上げ、半ば引きずる感じで持ってきた。

「いたっ！　いたたたたぁ――――！　じ、自分で動けるわよ！」

まあ、途中でクリスさんは自力で立ち上がってこちらに向かってきたが……脇のダメージと新たに受けた両足のダメージのせいで、時間をかけながらの歩みだったけど。

「それじゃあ、帰るよ」

クリスさんが乗り込んだのを確認して、アウラに再度ライデンを進ませた。ところが、

「テ、テンマ君！　もっとゆっくりお願い――――！」

馬車の振動が脇に響くのか、一度馬車を停めて回復魔法を使う羽目になってしまった。

# 第七幕

改良ゴーレムの模擬戦から五日後、俺はセイゲンに到着した。セイゲンの手前でじいちゃんと別れた俺は、そのまま一直線にダンジョンを目指し、キリのいい六〇階層までワープゾーンを使って潜った。

「それじゃあ、このあたりから始めるとするか」

ガラットにもらった地図を見て数階層下までの道筋を頭に叩き込み、騎士型ゴーレムを起動させた。

「走りながら攻略を進めるぞ！　近寄って来る敵は排除しろ！」

騎士型ゴーレムには模擬戦で使わせていたような棒ではなく、厚みのある刀身を持つ両手剣を持たせている。普通なら両手で使うような重さを持つ大剣だが、騎士型ゴーレムは片手で楽々と振り回していた。

「いい具合に魔物が寄ってくるな。ゴーレムの訓練にはもってこいだ」

走っていると騎士型ゴーレムの鎧が盛大に音を立てるので、多くの魔物が俺たちに気がついて襲いかかってきた。俺だけなら逃げ切ることもできるが、騎士型ゴーレムを置いていかないように速度を落としているので、足の速い魔物に追いつかれ交戦となり、その間に足の遅い魔物にも追いつかれた。他に進路を塞ぐように前方から現れるものもいるので、自然と囲まれた状態での戦闘を余儀なくされたが……これこそ騎士型ゴーレムの為に求めていた状況なので俺は積極的に魔物を倒さず、敵のほとんどを騎士型ゴーレムに相手させていた。

「これがもっと上の階層だったら問題になっただろうけど、ここなら俺以外にはジンたちかじいちゃんたちしか潜ってこられないから、安心して闘えるな」

チラリと横目で騎士型ゴーレムを見ると、飛びかかってきていたゴブリン数匹をまとめて斬り飛ばしているところだった。

「とはいえ、これじゃあ普通のゴーレムをまとめて相手していた時とさほど変わりないな。ここが落ち着いたら、ある程度強い敵が現れるまでは逃げるか」

まとめて斬り飛ばしたり殴り飛ばしたりするだけなら、俺の持つゴーレムを相手にさせればいいだけなので、次からはある程度強くて群れている敵が現れた時だけ、騎士型ゴーレムを戦わせることにした。

「それに、無駄な時間がかかりそうだからな」

魔物をおびき寄せて倒すということは、倒した分だけ死体ができるというわけで、そのままほったらかしにしていくのも衛生的によくない。限られた空間で疫病でも流行ったら目も当てられないし、責任問題にもなってくる。

なので、回収か焼却処理をしないといけないのだが、ダンジョン内での手間を考えたら回収した方が早い。だが、このペースでいけばどれだけ回収することになるのかわからないし、考えたくもない。だったら、せめて後から活用できる魔物の時に活躍してもらった方が、後々の処理が楽なのだ。

想定していた攻略法に修正を加えた俺は、周囲の魔物がいなくなったところで死体の回収を始め、ほぼほぼ回収が終わったところで騎士型ゴーレムをマジックバッグに戻して走り出した。

「ガラットにもらった地図と『探索』を組み合わせれば、魔物に遭遇しないで進めるな」

たまに遠回りしてしまうこともあったが、突破できそうな時は魔物がいてもその横を通り抜け、追撃を振り切ったり奇襲で倒したりして下の階層を目指した。

「一日目は六五階層まで来れたか。この調子でいくことができれば、一週間ほどで最下層まで行けるんだけど……七〇を超えたあたりから一気に難易度が上がるとか言っていたから、一日一階層突破できたら上出来と思った方がいいかな？」

多少強引に進んだかいもあって、日付が変わる前に五階層も突破することができた。無理をすればもう少し進めそうだが、ちょうど休憩に使えそうな場所を見つけたので今日の攻略は終了だ。

ここまではかなり調子がいいが、この先はそう簡単にはいかないだろう。今俺がいるあたりは下層の中では楽な方らしく、ジンたちも地図があれば問題なく進めると言っていたが、七〇階層を過ぎたあたりからは地形の起伏が目立ってきて、魔物も強くて一癖二癖ある奴が増えるのだそうだ。

ただ、逆に九〇階層あたりからは上に続く通路と下に続く通路が比較的近くにあるそうで、一日もかからずに突破できるだろうと言っていた。もっとも、その情報をくれたジンたちは、まさか下りてきた通路のすぐ近くに下に続く通路があるとは思わず、無駄に時間をかけてしまったこともあったそうだ。

「無事に最下層に到達できたら、改めてジンたちに礼をしないとな」

ジンたちが数年かけて得た情報のおかげで、俺は数か月（この調子だと、一か月ちょっと）で最下層に到達できるかもしれないのだ。どれだけの礼をすればいいのか見当がつかないが、追々考えていこうと思う。

「何にせよ、まずは最下層に到達しないと。その為にも、明日は七〇階層まで行きたいところだな」

目標を立てた俺は手早く牛丼を作って頬張り、食べ終えたどんぶりを洗わずにマジックバッグの中に入れた。マジックバッグに入れておけばどんぶりに付いた食べかすなど洗わなくてもいいので、次の時に使っても汚くない（雑菌が繁殖することがない）し、水や時間の節約になるのだ。普段はやらないが、割と知られている冒険者の知恵である。まあ、洗うのが面倒臭いという理由もあったりもするのだが、普段の俺はこの方法を使用していない。だが、今回はちょっとした理由があってこの方法を使っているのだ。その理由とは、

「スラリンがいない野営は、何気に初めてだな」

今回、後発でやってくるじいちゃんたちの為に、スラリン・シロウマル・ソロモンは連れてきていないのだ（なお、残りの二匹（ゴルとジル）は、屋敷に残って好きに過ごしている（糸を量産））。これは、じいちゃんだけでジャンヌたちのフォローは難しいということで、ある意味一番頼りになるスラリンにじいちゃんの手伝いをお願いしたのだ。

普段のダンジョン攻略ではスラリンに汚れ物を綺麗にしてもらうことが多いのだが、そういった理由で同行していない為、冒険者の知恵を使っているのである。

野営に関しては、幼い頃からスラリンとはずっと一緒だった。『大老の森』で父さんに初めて夜の狩りに連れていってもらった時も一緒で、俺の冒険者としての多くの場面にスラリンが登場するのだ。俺の冒険はスラリンの冒険だと言っても過言ではない。

「そう考えると、少し寂しく感じるな……まあ、ジャンヌたちの安全を考えたら、これがベストな

形だから仕方がないけど」

そんな感じで、俺の初めての夜は更けていった。

ちなみに、今回時間を知るのに使ったのはロウソクで、あらかじめ無風状態でどれだけロウが減るのかを計測し、実験に使ったものと同じ種類のロウソクに一時間単位で印を付けて使っているのだ。

このロウソクを何本も用意して連続で使用し続けることで、多少の誤差はあれど、大まかな時間と日付を知ることができるようになるのだ。

基本的にディメンションバッグの中に置きっぱなしで、交換の時以外は外に出しはしないが、このやり方で大きな問題がなかったら今後も使うつもりだし、サンガ公爵の伝手を使って商品化してもいいと思っている。まあ、使用する前提条件として、ディメンションバッグか最低でも風を遮断するランタンのようなものが必要だし、無酸素状態にならないように気をつける必要はあるが、それらさえクリアできればなかなか面白く有用な品物だと思っている。

「寝る前に、ロウソクの交換をしとかないとな。あとは、護衛にゴーレムたちを出しておくか」

いつものように、ダンジョンで休憩する時と同じく魔物や虫が入ってこられないようにはしているが、何か不測の事態が起こった時の為に、時間稼ぎ用のゴーレムと護衛代わりの騎士型ゴーレムを出して待機させ、この世界に生まれてから一番静かで寂しい夜を過ごしたのだった。

「それで、頑張ったら一か月でここまで来れた……と？」

「正確には、『一か月と一〇日ほどで』……だけどな」

「大差ねぇよ！」

「それにしても、俺たちが数年かかったところを一か月くらいで攻略されたら、気持ち的に……こう、あれだ。あれ！」

「『不甲斐（ふがい）ない』かい？」

「『情けない』ですかね？」

「そんな感じだ。まあ、覚悟していたことだし、テンマが化け物だと改めて証明されたようなもんだから、気にしても仕方がないのかもしれないけどな」

「まあ、ガラットの地図があったからな。あれがなかったら、俺も年単位で攻略に時間がかかっていただろうし」

　男性側と女性側で感じ方が違うみたいだが、俺が地図のことを言うとガラットは大分気持ちが上向きになったようだった。

　ダンジョンに潜って一か月とちょっとで、俺はようやく最下層に到達することができた。そして、ちょうど最下層付近で素材を集めていた『暁の剣』と遭遇し、先ほどのような会話になったのだ。まあ、その会話の中でガラットたちに呆れられた上に、ジンが少々落ち込んでしまったのだった。

「全く、テンマが二～三か月で追いつくのはわかっていたことだろうに。まあ、予想よりも早かったのは少し驚いたけど、それこそ『大差ねぇよ』だよ」

「ですね。久々の優位性が失われたのは悲しいですけど、わかっていたことを悔やんでも仕方がないですよね。それよりもテンマさん、一度地上に戻ってプリメラちゃんに手紙でも出した方がいいですよ」

「それと、マーリン様たちにも声をかけた方がいいかもな。上で会うたびに、「テンマとはまだ会えていないのか？」って訊かれるしな。まあ、数日前に見かけた時は潜る準備をしていたから、今はダンジョンの中にいるかもしれないけどな」

拗ねるジンをほったらかしにして、ここ最近の地上の情報を仕入れた俺は一度地上に戻り、プリメラに手紙を書いてからじいちゃんたちとの合流を目指すことにした。

そんな感じでギルドまで来たのだが、

「そもそも、どんなことを書けばいいんだろう？」

生まれてこの方（前世を含む）女性に手紙など送ったことがないので、悩みに悩んだ結果……

「普通に、『無事にダンジョン攻略しました。俺は怪我一つありません。また会える日を楽しみにしています』……でいいか」

「いや、あまりよくないと思いますけど……」

考えた文章を呟きながら書き上げると、すぐ後ろからリーナの呆れたような声が聞こえてきた。

「リーナが心配した通り、これじゃあただの状況報告だね。まあ、最後の一文はテンマにしては頑張った方かもしれないけど、そもそもが短すぎるしね」

メナスも手紙の内容が気に入らないのか、否定的な意見を述べていた。

「そう言われても、何を書いていいかわからないからな。とりあえず無事とわかればいいんじゃないか？」

「いやまあ、テンマがいいならそれでいいけどな」

「まあ、テンマさんですし、仕方がないですね」

これなら万が一手紙の内容が外に漏れたとしても、色々と誤魔化すことができるのだが……多分それを言ったとしても、二人は納得しないだろう。だが、

「二人も納得する文章みたいだし、これを出すことにしよう。お～い、テッド！　これを王都の屋敷まで頼む。代金はこれだ」

俺には肯定するような言葉に聞こえたので、何か言われたら二人にも責任を取ってもらうことにしよう。

「はいよ。ちょっくら行ってくる」

聞き耳を立てていたらしいテッドは、素早く近寄ってきて依頼料の金貨を掴むと、そのまま外に走っていった。

「これであの手紙に関して何か言われたとしたら、からかわれるのは俺たち三人だな」

「この外道め！　テッド、待ちな！」

「ああ、もう！　街中じゃなかったら撃ち落としているのに！」

別にあの手紙に三人で考えたとか書いてはいないので、メナスとリーナがからかわれることはないのだが、二人はそのことに気がつかないでテッドを追いかけてギルドから出ていった。まあ、テッドは俺が二人をからかっているのに気がついていたみたいだし、ギルドを出てすぐにサンダーバードで飛び立つだろうから、追いつかれることはないだろう。

「さてと……俺は二人が戻ってくる前に、もう一度ダンジョンに潜ってじいちゃんたちを探すとするか」

休憩も取りたいところだが、それはダンジョンの中でもできるので、今は二人から逃げることを

第一にした。

「長くても数日で戻ってこいよ。マーリン様を見かけたら、テンマは数日で戻るから地上で待った方がいいと言っておくからよ」

ガラットがそう言うので、二～三日で会えなかったら地上に戻ってくると言って、酒代の一部をおごることにした。金貨を置くとガラットは嬉しそうにしていたがジンはすでに出来上がっており、金貨に気がつかなかったようだ。

「ジンが気がついていないからって、ネコババするなよ？」

「さすがにしないって。それをやってバレたら、ジンに追いかけ回されてしまう」

バレなきゃするのかと思ったが、俺が金貨を置いたのは他の冒険者も見ているので、誰かから情報が漏れるのは確実だろう。

「それと、これはメナスたちが戻ってきたら使ってくれ」

もう一枚金貨を渡すと、ガラットは苦笑しながら受け取った。

「ご機嫌取りに金貨を使うくらいなら、最初からからかわなければいいのに」

「いやぁ、話の流れというものには逆らえなくてな」

おごりとご機嫌取りに金貨二枚（二万G）は出しすぎかもしれないが、これはダンジョンの情報の恩返しの一部と思えば決して高くはない。まあ、少々照れくさいので口には出さないが。

「なら仕方がない。適当に飲み食いさせたところで、テンマのおごりだとバラしておくよ。そうすれば、賄賂を受け取った後ということになるから、ごちゃごちゃ言うことはないだろう……多分。ああそれと、俺とジンも何か食べるけど、文句は言うなよ？」

ガラットも情報の礼だとわかっているようで、軽い口調で返してきた。

「それじゃあ、メナスとリーナのことは頼むな」

二人のご機嫌取りを念押しし、周囲に二人がいないことを確かめてからダンジョンに向かった。

もしかしたら、ダンジョンの手前あたりで待ち伏せされているかもと思ったがそういったことはなく、問題なくダンジョンの六〇階層まで移動することができた。

「それじゃあ、ここから探してみるか」

一緒に潜った時の到達地点が六〇階層あたりだったので、一人で潜った時と同じ所から進んで後を追う方が出会える可能性は高いだろうと思ったのだ。

「ゴーレムを出してもいいけどそれだと時間がかかるし、もしも近くにじいちゃんたちがいた場合、ジャンヌとアウラが危ないから、一人で進んだ方が安全だろうな」

ゴーレムの動きもだいぶ良くなってきているが、数が集まってきた時にじいちゃんたちが近くにいたら危ないので、最初と同じく雑魚(ざこ)は無視して進むことにした。

「オークが五匹か……ゴーレムにやらせるか」

六五階層の休憩ポイントまで行く途中、ちょうどいい感じの群れを見つけたので、条件を付けてゴーレムに相手をさせたが、

「あれくらいじゃ、もう相手にならないな」

ハンデとして、ゴーレムにはオークの頭部しか狙ってはいけないという条件を付けたのだが、目の前に並ぶ死体の頭部は、三つが斬り飛ばされ二つが殴り潰されていた。

「これなら解体がしやすそうだな」

シロウマルたちにいいお土産ができたところで、ゴーレムを一度戻して休憩場所に向かった。

「ん？　俺のとは違う使用跡があるな……じいちゃんたちか？」

じいちゃんたちだとすれば、下の階層でも俺が休憩に使った場所を探して使用している可能性が高い。

「まあ、ガラットの地図を基に行動したら、休憩場所も自然と同じになるか」

だがそれを念頭に置いて探せば、じいちゃんたちも探しやすくなるだろう。

「なら、ここで朝まで野営するよりも、休憩にとどめて先を進んだ方がいいかもな」

このあたりなら一度攻略しているので、大体の魔物の強さは頭に入っている。さすがに七〇階層より下だと油断できないので休憩は必要になるが、その手前なら強行軍でも問題なくいけるはずだ。

「食事をとって軽く体を休めて、それから出発だな。見張りと目覚まし代わりは任せたぞ」

一人でダンジョンに潜っているせいか、独り言が多くなったりゴーレムに話しかけたりする癖が付いた気がする。

独り言の癖は今後気をつけるようにして、まずは食事をしないといけない。幸い、あと一～二食分くらいは牛丼が残っているし、先ほど地上に戻った時に果物をいくつか購入もした。それに、元々マジックバッグに入れてあった食べ物もあるので、栄養価的にも問題はないが……

「一人で食べるのは味気ないな」

これまでは、常に誰かがそばにいたと言っていいくらいの状況だったので、一人というのがこれほどまでに退屈だとは思わなかった。

「こんなことなら、ゴルとジルでも連れてくればよかったかな」

基本引き籠もりの二匹だが、故郷であるはずのセイゲンのダンジョンなら、休憩の時くらいは外に出てくるくらいはするだろうし、多少の相手はしてくれるかもしれない。

そんなことを思いながら、休憩用の短いロウソク（交換する時に、中途半端な長さで残ったもの）に火をつけて、もう一度ゴーレムに燃え尽きる頃に起こせと命令して、軽く睡眠をとることにした。


「まだ先か……」

七〇階層まで下りてみたが、じいちゃんたちと会うことはできなかった。

「ひと眠りしてから、もう一度探しに行くか」

ロウソクを見てみると、今は昼の手前くらいの時間帯だった。どの階層にいるかわからないが、ガラットの地図通りに進んでいるのならいずれ追いつけるだろうし、追いつけなくても地上で待っていればいずれ会える。

「会えたらよし、会えなくてもよしみたいな感じで行くか。それにしても、ジンたちにじいちゃんたちがどの階層を進んでいるか訊いておけばよかった」

そうすれば、その階層の手前くらいから進めたのに……まあ、今更言っても仕方がないことだが。

「飯食って寝よ……ん？　何か近くにいるな」

何となく変な感じがしたので、周囲を『探索』で調べてみると、

「アナコンダとムカデに囲まれているな」
・・・・・
周辺の岩陰や隙間に、『ダークラバーアナコンダ』と『ギガントデスムカデ』が複数潜んでいた。

数はちょうど三匹ずつで、獲物（エサ）である俺を狙っているようだ。先ほどまで結構隙を見せていた気がするが、襲いかかってこなかったのはそれぞれが牽制し合っていたからだろう。

「アナコンダは俺がやるとして、ムカデはゴーレムに任せるか」

ゴーレムに任せたらおそらくムカデの素材は駄目になると思うが、俺の中ではムカデよりアナコンダの方が素材的に価値が高いので、ゴーレムに任せて使えなくなってしまったら困る。

「ゴーレム、あのへんに隠れているムカデを倒せ！　俺の援護はしなくていい！」

マジックバッグから出した騎士型ゴーレムにすかさず命令を出し、ムカデを強襲させた。姿を隠していたムカデだったが俺が指差した岩をゴーレムが破壊すると、その衝撃に驚いてゴーレムの目の前に姿を現した。

「こっちも、衝撃に驚いて出てきたな……よっと！」

岩陰や岩の隙間から這い出てきたアナコンダは、想定外のことに驚いたのか動きが鈍かった。

さっきまで俺の隙を窺（うかが）っていたはずのアナコンダが、逆に俺の目の前で隙をさらしているのだ。三匹の中でも一番後ろにいたアナコンダに向かってナイフを投げると、うまいこと目に突き刺さった。

「あれは後回しにしていいな。よい、しょっと！」

目にナイフが刺さったアナコンダは、前にいる二匹を巻き込む形で暴れていた。そのせいで前の方の二匹はさらに隙を見せていたので、一気に詰め寄って一匹目の首を一太刀で斬り飛ばし、二匹目は返す刀で頭部を縦に斬り裂いた。

「あれはもう少し大人しくなるまで待つか。それにしても、相変わらず斬りにくいな」

一匹目は勢いがついていたこともあり、綺麗な斬り口をしていたが、二匹目は勢いが止まっていたことと頭骨を正面から斬ったこともあり、斬り口が乱れていた。まあ、頭部は特に必要というような部分ではないので、斬り口が乱れていようが関係ない。それよりも、小烏丸の性能が上がったこともあるが、初めての時よりも楽に斬れたことが昔より成長していると感じることができて嬉しかった。ちなみに、今しがた斬られた二匹のアナコンダはまだ神経が生きているらしく、グネグネグネグネと動き回っていた。

「トカゲの尻尾みたいな感じなんだろうけど……このサイズだと不気味すぎるな。まあ、そんなことは置いといて、そろそろあいつも大人しくなったみたいだな」

斬った二匹はほぼ死んでいるようなものなので後回しにして、次はナイフが目に刺さって暴れていた奴を処理することにした。目にナイフが刺さったアナコンダはナイフが脳まで到達していたようで、ほぼほぼ死んだような状態だった。そのおかげで楽に首を落とすことができ、首を落とした後も暴れることはなかった。

「さて、ゴーレムの方はどうなった……おおぅ……」

思っていたよりもアナコンダの方は早く終わったので、ムカデの方はどうなっているのかと思いながら振り向くと……ちょうどゴーレムが踏みつけていたムカデの上半分を引き千切るところだった。

ゴーレムの近くには、すでに引き千切られた上に頭を潰されて絶命したムカデと、大剣で地面に縫い付けられて暴れているムカデがいた。

「あいつはもしかして、悪鬼羅刹の魂に憑依されたんじゃないだろうな?」

そんなわけはないとはわかっていても、そう思ってしまうような光景が目の前にあった。そんな中ゴーレムは、俺の期待？　に応えるかのように引き千切ったムカデの頭部を地面に叩きつけて潰すと、次は暴れていたムカデの頭部をかかとで踏み抜いた。

かなり凄惨な倒し方だが、命令を忠実にこなしたと思えば気には……ならないこともないが、Bランクの魔物三体相手に完勝したのだから、些細な問題だろう……多分。

「やっぱり、ムカデの素材は大半が駄目になったな」

ムカデの上半分（特に頭部）は三匹ともズタボロにされているので、ムカデの素材の中で価値の高い薬にも使える毒や頭部の硬い殻は使いものにならない。その為、半分以下の長さになった下半分だけを回収することになった。なお、俺の倒したアナコンダは三匹とも綺麗な状態なので、肉も素材も高値が付くだろう。まあ、売らないけど。

「これで今日の飯は確保できたけど……アナコンダをさばく前に、ゴーレムを綺麗にしないとな」

今の騎士型ゴーレムはとても汚い。何故なら、ムカデの体液と毒液にまみれ、そこに土や埃が泥のようにこびりついているのだ。これはかなり綺麗にしないと、動きに支障が出るかもしれないし、ちゃんと毒液を落としておかないと、誰かが触った時に毒に侵されてしまうかもしれない。

「水をぶっかけて汚れを落として、乾かした後で油を差せばいいか」

毒液や土が残らないように気をつけながらゴーレムを洗い、乾かした後で油を差すと、汚れていた時よりも動きがよくなった。やはり、鎧などと同じで定期的な手入れは必須のようだ。

ゴーレムは油をなじませる為に軽く動かしてから待機させ、アナコンダの肉を適当に切り分け焼いて食べた。肉はなかなかうまかったので、次は皆で焼肉パーティーだな。幸いなことに、三匹のアナコンダは六メートル後半から八メートル、重さは一〇〇～二〇〇キログラムはありそうなので、

知り合い皆で食べても十分な量があるだろう。

「腹も膨れたし、今度こそ……眠れないみたいだな」

眠ろうと思いベッドを出したところ、遠くから狼……シロウマルの遠吠えが聞こえてきた。おそらく、この階層のすぐ下あたりにいてゴーレムの戦闘音に気がつき、そこから俺に気がついたのだろうが……

「魔物が集まる音が聞こえるな」

俺の所まで聞こえるということは、同じ範囲にいる魔物にも聞こえるということで、俺がゴーレムを引き連れて魔物を集めていた時と同じようなことが起こるのだ。

「じいちゃんがいるから大丈夫だとは思うけど、数によっては危ないか……ついてこい！　急ぐぞ！」

本当に危険になれば、足手まといになりそうなジャンヌとアウラはスラリンの中に逃げ込むだろうが、狭い場所で数に押されたら万が一のことも考えられる。

「大丈夫そうだけど、結構集まっているな……じいちゃん！　助太刀するから、間違って攻撃しないで！」

「テンマか！　頼むぞ！」

下の階層に下りて音のする方向へ向かうと、一〇〇を優に超えるオークの群れにじいちゃんたちは囲まれていた。オークの中には上位種も交じっているので、どこかにオークキングでもいるのかもしれない。

「まずは数を減らすか……ゴーレム、突撃！」

見たところ、総合的な戦力で言えばじいちゃんたちの方が大きく上回っているが、天井が崩れる恐れがあるのでじいちゃんは大きな魔法が使えず、アムールはダンジョンが狭いせいで得意のバルディッシュを振り回すことができず、シロウマルも周囲が密集しているので機動力を活かせておらず、ソロモンは空中を飛び回ることができないので優位性を失っている。いつもと変わらずに動けそうなのはスラリンくらいだが、体の中にジャンヌとアウラがいるようで、前には出ずに後方で援護に回っている。

「そこそこの強さの魔物がこれだけいたら、手こずっても仕方がないか」

実力を発揮できていないとはいえ、地力が違うので負けはしないが、数が多いせいで時間がかかっているといった感じだった。だけど、そこに力任せに手足を振るうだけで悪鬼羅刹に変身する騎士型ゴーレムが背後から襲いかかったことで、一気に形勢が傾いた。

「オークたちが混乱している間に俺は……いた」

混乱しているオークの群れに『探索』と『鑑定』を使うと、俺とは反対側……アムールが戦っている少し先にオークキングがいた。

「手下を捨て駒にして逃げる気か……まあ、キングだけあって、オークにしては賢いな」

自分たちが有利な場所では一気に攻めて、不利になったら自分だけでも逃げる。ただ、

「もう少し早く逃げ出していれば、もしかしたら逃げ切れたかもしれないのに」

ゴーレムが乱入する前から数は徐々に減っていたのだから、早々に見切りをつけるべきだったのに、数の多さから負けていると認識できなかったのか、いずれは押し切ることができるだろうと考

えたのかはわからないが、どちらにしろその判断ミスのせいで、群れでの地位も栄光も、その命も失うことになるのだから、賢いとはいえ所詮はオークだったということだろう。

「アムール！　後ろの方で逃げ出そうとしているデカいのがボスだ！　そいつを狙え！」

「了解した！」

キングの存在をアムールに伝えると、アムールは周囲にいるオークを踏み台にして走り出した。

そして、

「敵将、討ち取ったり――――！」

オークキングの首にバルディッシュを突き立てた。

ボスが死んだことで手下のオークたちは、それまでの集団行動が嘘だったかのように慌てふためき、仲間を押しのけながらこの場から逃走を始めた。

「スラリン！　もう大丈夫だからジャンヌとアウラは外に出して、スラリンも追撃に向かうんだ！」

少しでも手数が必要なので、他にもゴーレムを数体出してオークの残党狩りを開始した。狩りの最中に何度かオークの反撃があったが、流れが完全に俺たちに来ているのとオークの士気が下がりまくっている中での抵抗だったので、オークの反撃など鎧袖一触で蹴散らした。

「お肉が大量！」

「ええ、本当に大量すぎて……」

「気持ち悪くなってきましたね……」

かなりの数のオークを逃がしてしまったが、それでも数十のオークの死体が転がっている光景は、血の匂いのせいもあって気持ちが悪くなりそうなものだった。

「よし！　まずは肉の回収だ！」

数が多いのでゴーレムが中心の作業になるが、細かい指示などはその都度行った方が確実なので、全員で手分けして回収に回った。

「それにしても、来るのが早かったのう？」

「ガラットの地図が正確だったし、思った以上に騎士型ゴーレムの性能もよかったからね」

Bランクの魔物数匹程度なら苦にもしないゴーレムの存在は、かなり大きかった。何せ、疲れることを知らないので寝ている間ずっと待機させることが可能だったし、盾としての役目も十分にこなしていた。

「特に、背後を任せられるのが一番よかったね」

囲まれた時に一番困るのが背後を取られることなので、それを気にしなくてよかったのが一番ありがたかった。

「このゴーレムが一般に出回れば、パーティーの概念が変わるかもしれないのう」

冒険者の行動を大まかに言うと、『人と組む』『ソロで動く』『魔物と組む』の三つがある。人や魔物と組んだ時は意思疎通の問題が、ソロの場合は難易度的な問題がある。それに対してゴーレムは、文句も言わずにどんな命令にも従うのでそういった煩わしさがない。

「まあ、確実にソロの冒険者は飛びつくだろうね。あと、コミュニケーションが得意じゃない冒険者も。だけど、この性能のゴーレムはそうそうできないし、冒険者が連れて歩くことができるまで、何年かかるかわからないね」

何年どころか、何十年何百年かかるかもしれないけど、王族や貴族ならもっと早くに手に入れることができるかもしれない。まあ、量産は難しいと思うけど。

「それで、オークに襲われる原因を作ったシロウマルは……」

シロウマルにお仕置きしておこうと思って探すと、すでにこちらを見ながら仰向けになっていた。

「シロウマル……疲れない、その格好？」

ジャンヌが言ったように、シロウマルはただお腹を見せて寝そべっているだけでなく、手足をピンっと伸ばした状態で反省しているのだ。

「何だか、怒る気が失せるな……」

シロウマルの格好がおかしいせいで、怒る気が失せてきたが……

「気のせいだな。シロウマル、ちょっと来い」

一瞬だけシロウマルが笑った気がしたので、予定通りシロウマルを怒ることにした。

「テンマ、そのへんでいいじゃろ。シロウマルも、久々にテンマと会えると思ってはしゃいだだけなのじゃから」

じいちゃんが許しているのならと、途中でシロウマルを解放したが……その後でスラリンに捕まっていた。俺やじいちゃんが許しても、それはそれという感じで、スラリンからもお説教をされるようだ。

「それでじいちゃん、どこまで潜った？」

「うむ、潜るだけなら七一階層までじゃな。じゃが、そのあたりじゃとジャンヌとアウラを守りながらというのが難しくてのう。それで上の階層で慣れさせようと上がっている途中で、シロウマルが走り出したのじゃ」

やはり、戦闘音と匂いで気がついたみたいだが……走り出すだけにしておけばオークに囲まれることもなかったので、シロウマルの失態には違いない。まあ、それだけ感情が高ぶってしまったのだと思えば、飼い主としては嬉しいけどな。

「それで、これからどうするのじゃ？　このままわしたちと合流して最下層を目指すのか、それとも一度王都に戻るのか……どちらにしろ、わしたちの食料が少なくなっておるから、一度地上に戻った方がいいとは思うがのう」

じいちゃんの話を聞いて、もしかしたらシロウマルの感情の高ぶりは、食料に対するものではないかという疑惑が生まれてしまった。

「テンマ、お腹すいた」

「それなら戻るか。俺も少し寝ようと思っていたからここで切り上げて、上で今後の話し合いをしようか」

俺の方は食料がまだ残っているけど、ちょうどいいタイミングなので地上に戻り、馬車の中で食事をすることになった。馬車を出す場所はいつも通りエイミィの実家の敷地内を借りているそうなので、そこで食事と話し合いをすることになった。

「それと、オークの肉なんかのことも話し合わないとな」

「全部食べるから、大丈夫！」

大量にあるオーク肉のことを話題に出すと、アムールが全て我が家の食料にするというようなことを言いだしたが、それだと何年分（うちだと、一年持たない可能性もあるが）になるかわからないので、今後手に入ることも考えて、いい部位だけを残して大半を売ることになった。その決定は多数決（俺、じいちゃん、ジャンヌ、アウラが賛成に回った）で決まったのだが、アムールとシロウマル、ソロモンはそれでも不満だったようだ。まあ、ちょっと変わった肉（アナコンダの肉）を夕飯に出すと言うとすぐに納得していたので、説得は楽だった。もっとも、地上で話し合っている間に焼肉の噂を聞きつけたジンたちやテイマーズギルドの面々まで集まってきて、ほぼ一匹分がなくなるのは計算外だった。

「じいちゃん、こっち」

焼肉の後で話し合った結果、一か月で行ける所まで行こうという話になり、三日ほど休んでから再度ダンジョンに潜った。

「うむ……それにしても、うまいこと魔物と遭遇しない道を通っておるのう」

時間短縮の為、『探索』と『鑑定』を使って魔物の少ない道を通っているのだが、説明が面倒臭いので前に通った時に安全だった道を進んでいるということにしてある。

「ちょっと待って。少し先に、ゴブリンが三匹いる」

「まだこちらに気がついていないみたいじゃな。ジャンヌ、アウラ、お主たちでやってみるといい」

「「はい」」

ジャンヌとアウラはじいちゃんと一緒に近くの岩陰に隠れ、ゴブリンが近づいてくるのを待ち構えることにした。俺とアムールとスラリンたちは、三人から少し離れた岩陰に身を隠し、何かあった時にすぐに動けるように構えた。

「今じゃ！」

「えいっ！」

「やぁっ！」

じいちゃんが石を投げてゴブリンをおびき寄せて、射程距離まで来たところで合図を出して二人に襲わせた。

「ギ！　ギギャ、アッ……」

「ごめん、テンマ！」

ただ、二人には同時に三匹を倒すのは無理だったようで、襲撃に気がついた三匹目が声を上げて仲間を呼ぼうとした。なるべく手は出さない方がいいとは思ったが、三匹目が声を上げる前に二人のどちらかが倒すのは無理そうだったので、ナイフをゴブリンの口目がけて投げつけて時間を稼いだ。その間にジャンヌがゴブリンの首をはねたのだ。

「二人は、もう少し手早く処理できるようにならんといかんな。まあ、二対三じゃったし、怪我もしておらんから、まずまずといったところかのう」

「むぅ……おじいちゃんは甘い」

「まあ、ジャンヌとアウラは基本的に非戦闘員枠だからな。あの二人はアムールと違って、最低限自分の身をある程度守れるようにというレベルの話だからな」

ゴブリン程度なら、一対三でも二人は大丈夫だろうが、二対三でも早く倒すというのはまだ難しいようだ。そのことをじいちゃんは注意しながらも、かなり甘めの評価を下したことがアムールには気になったようだ。

「それなら仕方がない。テンマ、次に魔物が現れたら私がやる。二人にお手本を見せる」

そう言って、アムールはいつもの槍(やり)やバルディッシュではなく、普段使わない剣に武器を替えた。多分、その方が二人にわかりやすいと思ったのだろう。

そのことを戻ってきたじいちゃんに話すと、じいちゃんもお手本を見せることに賛同し、二人にも言って聞かせた。だが、

「魔物が出ない……」

そういう時に限って、魔物は現れなかったりする。まあ、その原因は俺が魔物を避けるようなルートを選んでいるからなんだけど、わざと魔物のいる方向に向かおうにも、先ほどのような都合のいい小規模なゴブリンの群れが見つからないのだ。いても近くに大規模な群れがいたり上位種で編成されていたりと、下手をすると余計な時間がかかってしまいそうな群れしかいなかったので仕方がない。

「じいちゃん、この階層を抜けたら休憩にしよう。ちょうど下りたすぐ近くに、休憩に使える所があるから」

次が七五階層で、潜り直してから二日目での到達となる。ジャンヌとアウラを鍛えながらなので、一人の時よりも時間がかかると思っていたが、戦力が増えたおかげで今のところは一人の時とあまり大差がなかった。

「ここで今日は休憩しよう。そこそこの広さがあるから、馬車を出しても大丈夫なはずだ」

馬車を出せるということは風呂に入れるということなので、ジャンヌとアウラが大喜びしていた。

「外に見張りのゴーレムを置いておく。このあたりの魔物くらいなら大した脅威にはならないはずだから、気を張りすぎる必要はないぞ」

いつも通り壁を作って簡易的な部屋を作るやり方で休憩をするのだが、もしミノタウロスのような魔物が中にいる俺たちの存在に気がついた時、一撃で壁が壊されてしまう可能性がある。そこで、外に岩に偽装したゴーレムを待機させておいて、魔物が壁を壊そうとしたらその阻止、もしくは時間稼ぎをさせる。そしてゴーレムが頑張っている間に、俺かじいちゃんが外に出て対処するのだ。

「飯は買ってきたやつで済ませるから、各々好きに食べるといい。風呂に入る時は馬車の扉を閉めて、風呂場のカギをかけること」

一応女性陣が風呂に入っている時は馬車の中に入らないようにしているが、不測の事態という場合もあるので、風呂場のカギだけはかけておくように言った。

「そういえばテンマ、騎士型ゴーレムはどれほど強くなったのじゃ？　オーク相手に無双しているのは見たが、あれくらいなら普通のゴーレム相手にやっておったからのう」

オークは普通のゴーレムより弱いので、騎士型ゴーレムの強さを測るのには不十分ということだろう。なのでわかりやすく、

「ミノタウロスと正面からぶつかって押し返し、一撃で頭部を割るくらいには強い」

「Aランクの魔物でも止められぬのか……」

一人で潜っている時、最下層付近でミノタウロスを発見したので試しに戦わせてみたところ、騎士型ゴーレムは突進してきたミノタウロスを正面から受け止めて押し返し、体当たりで怯ませたと

ころに返す刀で脳天をかち割ったのだ。まあ、戦いの中で左の手首と肩の関節に異常をきたしていたので、全くの無傷というわけではなかったが……それもその場で修理できる程度の異常だったので、強さ的にはSランクの魔物に匹敵するかもしれない。

「サソリ型ゴーレムも化け物じゃが、騎士型ゴーレムはサソリ型とは違う方向性の化け物じゃな」

サソリ型の強さは、ゴーレム核の性能以上に体の大きさと重さによるところが大きいので、『デカいから強い』という感じだが、騎士型の場合はゴーレム核の性能の高さが目立つので、『デカくて強い』といった感じがする。

実際にどういった感じだったのか少しでもわかるように、頭を割られたミノタウロスをディメンションバッグから出して見せると、じいちゃんはかなり驚いていた。そしてその後ろではシロウマルとソロモンが、何かもらえるのかもしれないといった感じの目でこちらを見ていた。

「のう、テンマ。テンマはこの一か月でどこまで潜れると思っておるのじゃ？」

「九〇階層に行けたら上出来かなと思ってる」

ここまでは俺一人の時とさほど変わりがないが、ここから先はジャンヌとアウラにはかなり厳しい状況が続くだろうし、アムールでもきついかもしれない。そうなると攻略速度は遅くなるから、九〇階層に到着すれば上出来と言っていいだろう。

「わしは八五階層まで行ければいいと思っておるが、どうなるじゃろうな……ところで、テンマの時はどれくらいの速度で進んだのじゃ？」

「えっと……基本的に魔物は避けるか隠れるかしてやり過ごして、見つかった時は走って逃げた。たまにゴーレムの訓練で戦わせることもあったけど、倒したらゴーレムと魔物をすぐに回収して、追いかけてくる魔物は撒いて、連戦は避けたね」

戦うとどうしても戦闘音で魔物が寄ってくるので、ゴーレムと倒した魔物の回収からの逃走という感じになったのだ。二番目の群れと続けて戦うと、戦っている間に三番目四番目の群れがすぐ目の前までやってきてしまうので、時間のことを考えたら逃げるのが一番いい。それに、音に近寄って俺の方へやってくるということは、その分だけ魔物のいないスペースが増えるということなので、一番近い群れをやり過ごせば逆に逃げやすい状況にもなる。

「休憩は一日二～三回は取っていたけど、それ以外は基本的に移動していたね」

「テンマ一人で一日二～三回となると、わしらとじゃと一日四～五回と見た方がいいかもしれんのう。じゃとすると、やはり八五階層に到達できるかできないかになりそうじゃな」

じいちゃんが言うには、今はまだいいけどこの先ジャンヌやアウラ、それにアムールの疲労はどんどん増していくだろうから自然と攻略速度は落ちるし、そうでなくても五人と三匹で進むとなると魔物から発見されやすくなるので戦闘回数も増える。戦闘が増えるとその分だけ（俺を除いて）疲労は増して、速度はまた落ちる。まるで俺が疲れを知らないような言い方だが、逃げ回るよりも戦う方が何倍も疲れるので、俺一人で潜った時の感覚はあてにできないということらしい。

「なら仕方がないか……最悪、俺が『オラシオン』の代表として最下層まで潜ったと言えば、じいちゃんたちを連れていっても文句は出ないだろうから、より安全重視でゆっくりと進もうか」

一か月間単独行動をしていたのと速度重視で攻略を進めていたせいで、パーティー行動の感覚がかなりずれていたようだ。

「まあ、感覚がずれるのは仕方がないし、今後の予定を考えれば急ぐのもわかるが、それでジャンヌとアウラに何かあれば、周りも心から祝福することができなくなるかもしれんしのう。そうでなくとも、テンマは『オラシオン』のリーダーなのじゃから、常にパーティーメンバーのことは頭に入れておかねばならんぞ」

神妙にじいちゃんの忠告を聞いていると、何故かじいちゃんの隣にシロウマルとソロモンが移動して俺を見つめてきた。なので少し考え、

「……腹が減ったのか？」

と訊くと、二匹揃って尻尾を大きく振りだした。

「オーク肉を焼くか」

今一番在庫があるのがオークの肉なので、それを使ってシロウマルたちのご飯を作った。まあ、ただ焼いただけの肉に少しの野菜と炊いた米を混ぜただけのものだ。

「シロウマル、ソロモン、野菜を吐き出したら、明日から肉と野菜の比率が逆転するからな」

野菜をそっと吐き出そうとしていた二匹に忠告すると、嫌そうな顔をしながらも口の中の野菜を飲み込んでいた。

「テンマ、私の分もお肉ちょうだい」

シロウマルたちのご飯のお代わりを作っていると、風呂から上がったアムールが肉の焼ける匂いにつられてやってきた。馬車の方を見るとドアの陰からアウラもこちらを覗いているので、もう少ししたらジャンヌもやってくるだろう。

「大したもんじゃないからな」

買ってきたもので簡単に済ませるつもりだったのに、何で食事を俺が作ることになっているのか

と思いながらも、せっかくだから人数分の野菜炒めを作ることにしたのだった。

「食べながらでいいから聞いてくれ。今後のことだけど、予定では二五日後に王都に向けて出発することになっている。なので、セイゲンを出発する前に休息を取ったりすることを考えると、あと二〇日ほどダンジョンに潜るということだ。そのことを踏まえ、今回の目標を八五階層とする」

目標の八五階層まであと一〇階層なので、一階層につき二日かけて攻略するということだ。

「テンマ、目標は高い方がいい！　テンマが一か月で最下層まで行けたから、私たちももっと行けると思う！」

と、アムールが目標の変更を求めてきたが……

「一日中走り続けることができるのなら、二〇日もあれば最下層まで行ってもお釣りが来るぞ」

「無理！　八五階層を目指す！」

すぐに発言を撤回した。まあ、俺も一日中走り続けていたわけではないけど、それでも半日近く走り続けるのを何度か繰り返しはした。そうしないと、一か月とちょっとでは四〇階層近くを攻略することはできなかっただろう。

「そういうわけだから、休憩の時はしっかりと体を休めるように。走り続けるわけじゃないけど、かなり神経を使う場面が絶対に来るから、その時に万全の体調で挑めるようにな」

という感じで、じいちゃんに言われたばかりなので、ちょっとリーダーっぽいことを言ってみた。

アムールたちは真剣に聞いていたが、じいちゃんは三人にバレないようにニヤついていたので、リーダーと言われたことを意識してのセリフだとバレたようだ。

「ふむ、リーダーの話も終わったところで、わしは風呂にでも入るとするかのう」

「あっ！　マーリン様、お風呂は洗ったので張ってあるお湯も綺麗なんですけど、多分冷めているので温め直してきます」

ジャンヌがそう言って馬車に向かおうとしたが、じいちゃんはそれくらい自分ですると言って馬車に向かっていった。ちなみに、ダンジョン攻略中に風呂の湯を替えるなど贅沢すぎて普通はしない（そもそも、風呂に入ること自体できない）のだが、俺たちの場合は魔法を使える者が多いのと、今のようにかなり安全な休憩所を作ることができるので、そういった非常識なことが可能なのだ。

「片付けは適当でいいから、ダンジョンに潜っている間は少しでも体を休めるようにな。特に、ジャンヌとアウラは」

馬車に向かう前にもう一度念押しすると、名指しされた二人は食器などを洗う準備を中断して、大人しく座り直した。

「見張りに騎士型ゴーレムを立たせておくから、眠かったら俺やじいちゃんに遠慮せずに寝るんだぞ」

端の方にベッドを出してそう言うと、思った通り二人は疲れていたようで、俺が馬車に乗り込む前にベッドに横になっていた。ベッドの下にはスラリンがいるので、魔物が侵入してきたとしても大丈夫だろう。そして、まだ起きているアムールは……

「食べるのもほどほどにしておけよ。あと、野菜も食えよ」

「うむ！　善処する！」

俺が作ったものだけでは足りなかったようで、自分で肉を焼いて食べていた。いつもの二匹をそばに置いて……一応、栄養バランスも考えて野菜も食べるように言ったが、あの様子だと食べないだろう。

その後、じいちゃんを待って入れ替わりで風呂に入った。そして、風呂から上がって見たものは……

「シロウマル、ソロモン……腹、膨れすぎじゃないか？」

口の周りを汚し、腹を大きく膨らませてへそ天で寝る二匹の姿だった。もう一匹（スラリン）はどこに行ったのかと探すと、ジャンヌたちと同じベッドで寝ていた。アウラに枕代わりにされて。

「……俺も寝るか」

シロウマルたちの間の抜けた姿を見ていたら俺もなんだか眠くなってきたので、ジャンヌたちから離れた場所にベッドを出して寝ることにした。

それから数時間後、

「ぶぎゃ！」

誰かの押し潰されたような声で目が覚めた。飛び起きて声のした方を見ると、

「は、鼻が……」

ベッドから転がり落ちたらしきアウラが、鼻を押さえてうずくまっていた。指の間から赤いものが見えるので、鼻血を出しているみたいだ。

「アウラ、何しているのよ……手当てするから、こっちに来て」

俺と同じくアウラの声で起きたジャンヌが、目をこすりながらマジックバッグから薬箱を取り出している。

「ひや、おひたわけ」

「手当てできないから、少し黙ってて」

アウラが何か言いかけていたが、治療の邪魔だとジャンヌに怒られていた。アウラの押し潰されたような声からジャンヌの治療までの間に、じいちゃんは一度顔を上げて何があったかを確認してもう一度寝て、アムールは一度寝返りを打っただけで全く起きる様子を見せなかった。

「はい、これで終了。鼻栓は血が止まるまで抜かないでね」

「ふぁい……」

治療は終わったがまだ鼻のあたりは赤くなったままなので、アウラの顔は面白いことになっていた。

「アウラ、次はベッドから落ちるなよ」

からかい半分で忠告すると、

「違います！　私は落ちたんじゃなくて、アムールに落とされたんです！」

という言葉が返ってきた。話を聞くと、寝ているとお腹のあたりに圧迫感を感じたので目を覚ますと、お腹の上にアムールが乗っかっていたらしい。ちなみに、乗っかっていたとは枕代わりにされていたということではなく、言葉通りうつ伏せになったアムールの胴体がお腹の上に乗っていたのだそうだ。

そのままでは眠れなさそうだったのでアムールを脇にどけようと手を置いたところ、手を掴まれてベッドの下に投げ落とされたらしい。

「もう一つベッドを出すから……アウラがそっちで寝ろ」

「ありがとうございます！」

アウラの話を聞いてアムールを新しく出すベッドに移動させた方がいいかと思ったが、俺とアウラしかいない状況だと移動させるのはアウラの役目になる。そうすると、もう一度アウラが投げ飛ばされてしまう可能性があったので、アウラに新しいベッドを使わせることにしたのだ。ちなみに、アウラは俺が何を言おうとしたのか予測できていたようで、投げ飛ばされる心配がなくなったことで声が大きくなったようだ。

翌日、起きてきたアムールに注意すると、

「何か投げ飛ばしたのは記憶にある。ただ、気配がとても嫌らしかった気がする」

と、一部犯行を認める発言をしながらも、一方的な加害者ではないという発言もした。その発言のせいで、アムールが全面的に悪いわけではない可能性が生まれ、陪審員の一人であるジャンヌは、アムールを擁護するようになった。どうやら、アウラがアムールにいたずらしようとしたと確信しているようだった。

「今後は三人分のベッドを出すことで問題が起きないようにする。以上！　ジャンヌ、アウラ、朝食の準備を始めてくれ。アムールは二人の手伝いだ」

アウラにも疑惑が生まれてからは水掛け論になりかけていたので強引に話をまとめ、朝食で空気を換えることにした。

「それじゃあ忘れ物はないな。今日も張り切っていくぞ」

「お――――！」

「「おぉ……」」

アムールは楽しみなのか気合の入った声を張り上げていたが、ジャンヌとアウラは憂鬱なのか、気合というよりは嘆きの声だった。

「二人とも情けない！　私を見習うといい！」

アムールも二人の声が気になったようで、叱咤(しった)激励のつもりなのかそんなことを言っていたが、二人の実力からすれば最下層を目指すという目標は憂鬱になっても仕方がないのかもしれない。まあ、どうしようもなくなったらスラリンの中に避難させるが、今のところは俺とじいちゃんで十分なフォローができているので、いい経験だと思ってもう少し頑張ってもらいたいものだ。

その日から一週間ほどは、目標である二日で一階層の攻略ペースは守られていたが、徐々にジャンヌとアウラの疲労が回復力を上回り始め、二週間で何とか八〇階層までたどり着いたところで、今回の攻略は中断することになった。

中断の原因となった二人は申し訳なさそうにしていたが、傍から見ても限界が近いのがわかっていたのでアムールもいつものようにからかうことなどせずに、俺の一存で決めた帰還の決定に素直に従った。

「それじゃあ、ジャンヌとアウラは明後日まで完全休養。休養中はメイドの仕事はしなくていい……というか、するな。代わりに体の調子を整えることを優先すること。出発の予定日に変更はないから、それまでは基本自由行動。ただし、ダンジョンに潜ったり依頼を受けたりする場合は必ず報告すること！　以上！」

ジャンヌとアウラには、明後日までの完全休養を命令したが、あと数時間で日付が変わるので実質二日しかない。本当はもっと休ませてもいいと思うが、二人が休むのは一日でいいと言ったのを命令で延ばしたのだ。まあ、二日で調子が戻らないようなら休養の延長を命令すればいいので、『休養はとりあえず明後日まで』ということにした。二人には言ってないけど。

「それじゃあ、わしは明日から適当にぶらつくとするかのう。ダンジョンに潜ったり依頼を受けたりはせんから、戻らなくても気にせんでいいぞ」

じいちゃんなりに二人の負担を減らそうとしているのかもしれないが、帰ってこないというのも困るので、遅くなっても一度は馬車に戻ってくるように約束させた。

「私は……武器見て屋台回って、もしかしたらダンジョンに潜るかもしれないから、潜りたくなったらその時に言う」

アムールも基本的に街をぶらつくつもりのようだ。そして、俺はというと、

「明日は街で買い物して、明後日はダンジョンに潜るつもりだ。最下層付近ではなく、中層あたりで素材探しの予定だ」

適当にダンジョンの中をうろついてみて、ミスリルでも見つかれば嬉しいな……といった感じだ。『探索』を使ってなるべく戦闘を避けるつもりなので、ちょっと危険な場所でする散歩のようなものだな。

その散歩にシロウマルたちも連れていきたいところだが、ジャンヌとアウラに何かあった時のサポートと護衛の為に残していくことにした。

「風呂はいつでも自由に使っていいけど、使用中は馬車の施錠を忘れるなよ。スラリンも、大丈夫だとは思うけど気をつけてやってくれ。それと、悪意を持って近づいてきた馬鹿がいたら、そいつ

の対処は任せる。なるべくなら生け捕りがいいけど、最悪殺してしまっても構わない。その時は他にバレないようにな」

俺の指示にジャンヌとアウラは呆れた顔をしていたが、スラリンは頼もしそうに頷いていた。これでジャンヌとアウラをゆっくり休ませつつ、安全も確保できる。

「食事もダンジョンで食べるはずだったものを置いていくから、好きに食べていいぞ」

これで食事の用意もしなくていいので、二人は好きなだけ休むことができるだろう。

こんな感じで出発までの数日を過ごしたのだが……その数日間の出来事を知ったアイナからは、ジャンヌとアウラへの対応が過保護すぎると呆れられたのだった。

「寒いな。新年までまだ一か月くらいあるのに、もう雪が積もり始めているな」

セイゲンを出発してすぐに雪が降り始め、その次の日には草原にうっすらと雪が積もり始めていた。

この感じでは猛吹雪とはならないだろうが、いつもよりかなり余裕をもって休憩場所を探し、夜に備えた方が安全だと判断した。

「王都ならまだわかるが、このあたりじゃと珍しいのう。今年の冬は寒さが厳しくなるかもしれんな」

じいちゃんにとっても今年の寒さは異常らしく、寒そうにマジックバッグから厚手の上着を出して着ていた。

「この様子だと、外で野営はしない方がいいな。それに、御者の交代時間も短くした方がよさそうだ」

日が暮れるにつれて気温も低くなってきたので、外で野営などしたら下手をすると凍死してしまうし、御者をする時も気をつけないと風邪をひいてしまいそうだ。

周りを馬車が隠れるくらいの高さの土壁で囲み目隠しをして、風の魔法で雪が入らないようにしてはいるが、地面からの寒さまでは遮断できないので外よりはましという程度だ。

「夜間はなるべく外に出ないようにして、護衛や見張りはゴーレムに任せよう」

「そうじゃな、それがいい。それに、騎士型ゴーレムが寒さの中でどこまで動けるのかという実験にもなりそうじゃしのう」

さすがにじいちゃんも外で夜を過ごしたくないようで、ゴーレムの実験という建前を使って外に出るのを嫌がっていた。

俺とじいちゃんの決定に、他の三人はホッと安堵のため息をついていた。

「ただ、馬車の中で火を使う料理はあまりしたくないから、出来合いかすごく簡単な料理になるけど、どうしようか？」

スープくらいなら作ってもいいが、焼肉のように煙が出るような料理はあまり作りたくない。何故なら、今日は馬車の中で眠るので換気は最小限に抑えたいからだ。

火を使う時だけ外で料理するという手もあるが、寒いので外にはなるべく出たくはない。そんな思いが皆にもあるようで、下手に火を使う料理の名前を出してその料理の担当にされるのは避けたいという雰囲気が、馬車の中に漂っていた。

「今日は各自で作ろうか？　俺は味噌汁とご飯でいいや。おかずは出来合いのもので十分だし」

このまま睨み合っても仕方がないので、俺は駆け引きから早々に降りることにした。すると、

「わしもそれでいいぞ」

「私もそれでいいかな？　それじゃあ、三人分用意しますね」

じいちゃんも降りて、ジャンヌも降りた。そしてジャンヌは、三人分の味噌汁を作る準備を始めた。

「テンマ！　出来合いのものに、焼肉はある？」

「あることにはあるが……シロウマルとソロモン用の、味付けしていないやつだけだな。ただ量が少ないから、アムールまで食べるとなると明日の二匹の分が足りなくなる」

二匹の基準で三人と半人前くらいなので、今日はよくても明日の朝の分がない。

「明日の朝早くにアムールが責任をもって肉を焼くと約束するなら、二匹を説得しよう」

明日の分が足りなくなるといった瞬間、シロウマルとソロモンは俺とアムールの間に陣取って威嚇を始めていた。

「もし仮に、朝起きて大吹雪になっていた場合は……」

「焼いてもらう」

「大雨で火が……」

「屋根を作ってやるから、焼いてもらう」

「……ジャンヌ、私の分も追加！」

アムールは、明日の天候が悪かった時の可能性を考えて、シロウマルたちの肉を諦めて俺と同じメニューに決めたようだ。そして、先ほどから何も発言していないアウラはというと、アムールがシロウマルたちと睨み合っている間にジャンヌの手伝いを始めていた。

そんな感じで食事を終えた俺たちはカードゲームで暇を潰し、適当なところで眠りについた。寝る時に寝床をどうするかで意見が分かれたが、最終的には仕切り板を置いて馬車の中を二分し、バスルームの前を共用スペースにすることで落ち着いた。そして次の日、

「これならお肉焼いてもよかった……」

外は見事に晴れて、雪が溶け始めていた。アムールは読みが甘かったと落ち込み、それを見たジャンヌとアウラが同情した為、朝から焼肉を食べることになった。まあ、我が家に朝から肉は胃が受け付けないなどという者はいない。

朝食を食べた俺たちは土壁を壊した後で移動を開始した。昨日よりは日差しがある分暖かかったが、風は冷たかったので上着は必須だった。

「地面がぬかるんでいるけど、ライデンなら余裕だな」

あまりにもひどければ、馬車をディメンションバッグに入れてライデンに乗って移動しないといけなくなるが、多少のぬかるみ程度ならライデンは馬車を余裕で引くことができる。それに今回はある程度踏み固められた道を移動しているので、ライデンが進めないほどのぬかるみはないだろう。

そんな俺の予想通り、ライデンと俺の馬車は草原を走っているのと変わらない速度でぬかるんだ道を進んでいった。そんなうちの馬車とは違い、たまにすれ違う馬車はぬかるみに苦戦していた。

所々で運悪く車輪がひどいぬかるみにはまってしまい、泥にまみれながら馬と力を合わせて馬車を動かそうとする光景が見られ、中には馬車での移動を諦めて、泥だらけの道を歩くことを選択している冒険者もいたが、ちゃんとした対策法を持っていない限り、この後の休憩や野営で地獄を見るだろう。

そんな冒険者や商人たちの横を通るたびに、妬みや嫉みといった視線を向けられた。中には、俺の馬車に乗せてもらおうとした商人や冒険者がいたが、すぐにライデンが誰の馬（型ゴーレム）なのかに気がついて諦めていた。まあ、それでも近寄ってくる奴はいたがそんな時は完全に無視をして、それでもしつこく声をかけてくる場合はライデンを爆走させて振り切った。

ただ、声をかけてくる者の中には依頼という形で交渉してくる者もいたので、一応話を聞いた上で馬車に乗せろという依頼は断ったが、馬車をぬかるみから脱出させてくれという依頼に関しては金額を提示して、相手が納得すれば受けることにした。値段は一回三〇〇〇Gと設定したが、それを渋ったり値切ったりする場合はそこで交渉は終わりだ。こちらは一応急いでいる身だし、緊急事態ということを考えれば値段も良心的なものにしているので、それを払えないと言うならこちらが譲歩する必要は全くないからだ。まあ、中には例外として無料、もしくは格安で助けた人もいるが、それは俺やじいちゃんたちが無料か格安でいいと思えた場合のみだ。

そんなちょっとした小遣い稼ぎをしながら数日かけて移動し、ようやく俺たちは王都に戻ることができた。

「いや〜……テンマさんに拾ってもらえたのは、かなり幸運なことでしたね。あのままだと、あと二日三日はかかっていたかもしれませんし、下手をすると冬眠していたかもしれません」

道中で知り合いを一人拾って。

「ラニタン、感謝するといい！」

「ですから、こうやってテンマさんに感謝しているんですよ。何故お嬢様が、胸を張って偉そうにしているんですか？」

　馬車の持ち主は俺で、発見したのも俺。ついでに、同乗の許可を出したのも俺なので、ラニさんが言っていることには間違いがない。アムールはラニさんに突っ込まれて一度は睨んだが、ラニさんが引かなかったのでシロウマルをモフってごまかそうとしていた。

　ラニさんは今日の朝方、俺たちが野営をしていた場所から数キロメートルほど先で、寒さに震えながら火に当たっていたのを発見したのだ。何でも、道中で馬車を借りようとしたが今回は運悪く借りることができず、仕方なく徒歩で移動していたところを例年より早く降った雪のせいでひどい目に遭っていたとのことだ。そこを俺たちが偶然通りかかったというわけだ。ちなみに、いくら獣人が獣（けもの）の人と書くとはいっても冬眠する種族など存在しないので、ラニさんの言ったのは単に『凍死』するかもしれなかったというブラックジョークである。

「そういえば、いつもより来るのが早い気がしますけど、何かありましたか？」

　ラニさんは雪が降る地域を行き来する場合、通常冬の終わりから秋の終わりくらいまで行動し、冬は南部を中心に雪の降らない地域を回っているのだ。なので、何か俺に用事かと思ったのだが、

「いやちょっと、面白そうな噂を耳にしまして……テンマさん、もしかして、結婚する予定なんてあったりします？」

　どこからその話が漏れたのかと思ったが顔に出すとバレるので、何でそんな話が出るのかと驚いた顔を作ってごまかそうとしてみたが、

「その反応で大体わかりました。いきなり結婚はないでしょうから、婚約といったところですかね？」

　諜報員（ちょうほういん）であるラニさんにはバレバレだったようだ。

「ああ、一応言っておきますと、テンマさんの表情からは情報を確定できませんでしたよ。昔と比べると、顔に出なくなっています。ただ……」

そう言ってラニさんは俺の背後に視線を向けて、

「お嬢様やジャンヌさんにアウラさんの様子を見れば、一目瞭然でした。さすがにマーリン様からは読み取れませんでしたが、元々テンマさんやマーリン様の気配を探らなくても、三人のうちの誰かが変わるだろうと思っていたのですが……まさか、三人とも同じような顔をするとは思いませんでした」

ラニさんの言葉を聞いて後ろを振り返ると、三人が同時に顔をそむけた。ちなみに、アウラは御者をやっているので、小窓からこちらを覗いていたのを見たそうだ。

「実は不確かな情報ながら、近々テンマさんがサンガ公爵家のご令嬢と結婚するのではないかという噂を仲間が耳にしまして、私が確認に来たのですよ。まあ、真偽を確かめるのにもっと苦労すると思っていたのですが……こんなにも早く確認できるとは思いもよりませんでした」

何でもラニさんの仲間は、グンジョー市を訪れた際に俺がセルナさんの結婚式の企画に司会進行を行い、そのパートナーとしてプリメラを指名したことと、以前からの噂や公爵家との付き合い方からその可能性があると判断し、ハナさんに報告したそうだ。その報告を受けたハナさんは情報を確かめる為に、急遽ラニさんを呼び寄せ俺の所に向かわせたとのことだった。

「まあ、情報を探るのが第一目的でしたが、ちゃんと行商の為の商品とそれとは別にテンマさんに渡すものを持ってきていますので、ご安心ください」

何を安心すればいいのかわからないが、ハナさんならその情報を悪用しないと思うので、肯定はしなかったが否定もしなかった。それにしても、三人の様子からバレたのだとすると、今後同じことが起こらないように、一度アイナに相談した方がいいのかもしれない。

そんな俺の考えを雰囲気から察したのか、ジャンヌがお茶を、アムールが茶菓子を用意して俺とラニさんの前に置いた。

「ジャンヌ、わしの分も頼む」

それまで石のようにじっとして動かなかったじいちゃんは、全て俺に任せると決めたようでくつろぎ始め、ジャンヌにお茶を持ってこさせていた。多分、自分の責任ではなくなったので気が楽になったのだろう。

「それで、もしその情報が正しかったとして、南部子爵家に何の利益が出るのですか？」

悪用することはないと思っていても、どうしてわざわざラニさんを寄越してまで確認しようとしたのかがわからない。そんな疑問に対しラニさんは、

「簡単に言うと、他の貴族に南部の諜報力を見せる為ですね。王国の貴族の中には、獣人は腕力はあるが知力が低い獣のような奴らで、その集まりが南部子爵家だと思っている馬鹿が一定数いますからね。隠したままにしていてもいいのですが、南部の気性的に馬鹿にされたままというのは我慢ができません。それに、サンガ公爵家と南部子爵家はちょっとした因縁がありますからね。一番に……は無理でも、二番目くらいに祝福して、少しでも関係改善を図ろうかと」

とまあ、要はムカつく奴らの鼻を明かしつつ、サンガ公爵家との仲を改善しようということらしい。

「それにテンマさん。南部に戦力と広大な土地、そして経済力があるとなれば……　何ができると

思います？」

「ラニさん、それは危険な発言では？」

　南部には、ブランカや南部上位者たちをはじめとする戦闘に長けた獣人が数多く存在する。そこに俺が発見したダンジョンによる経済的な余裕。そして自分たちの腹を満たすだけの食糧を作ることのできる土地。その三つがあれば、南部子爵家は国を立ち上げることができる。

「さすがに今すぐにそんなことはしませんよ。例えばの話ですが、王国の貴族たちとの仲が悪くなってどうしようもなくなり、ついでに帝国と不可侵条約でも結ぶことができたらその限りではありませんが、今のところ南部のことをよく思っていないのは一部の貴族にとどまっていますし、何より帝国とは交渉する伝手がありませんし信用もできませんからね。でも、最悪の場合、南部だけでもやっていけると思わせることは重要なのですよ。もちろん、やりすぎはいけませんが、できる可能性があると思わせるだけでも、南部の扱いは違ってきますからね。あくまでもその可能性を示す程度の、軽い仕掛けですよ。それが南部の地位向上に繋がりますし、ひいては余計な争いを回避する為の手段とも言えるのです」

　まあ、南部としても王国に思うところがあってのことなのかもしれないが……

「ジャンヌ、アウラ、アムール、間違っても今の話を他に漏らすなよ。それは、相手が誰であってもだ。でないと最悪、王都から出ていかないといけなくなるからな」

　王都でなくても十分暮らしていけると思うが、間違っても貴族間のいざこざの中心にオオトリ家を置くことはできない。

　正直、こんなことに巻き込もうとするラニさんには思うところはあるが、このまま何もしなくても将来的に出てくる可能性のある問題でもあるので、そうならない為に俺を利用する面もあるのだろう。俺なら王家、サンガ公爵家、サモンス侯爵家、ハウスト辺境伯家と交渉できる可能性があるし、南部子爵家との仲立ちも可能だ。

それに、南部の経済面に関しては俺も関係しているので、ラニさんの思惑とは別に、王国と南部子爵家の関係が悪化しないようにできることがあれば頑張ろう。ただ、今度ハナさんと話す機会があれば、今後こういったことに巻き込まないように釘は刺しておくべきだろう。

そんなことを考えながら、王都の門をくぐったのだった。

# 第八幕

「これが柚子胡椒の代金分です」

屋敷に戻ると、さっそくといった感じでラニさんがマジックバッグから色々なものを取り出してテーブルに並べていった。

今回ラニさんが持ってきたのは、ナナオ産の清酒や酒かす、味噌に醬油やみりんといったものだった。こちらの方が俺は喜ぶと思ったそうだ。そしてそれはラニさんの思惑通り、俺の喜ぶものばかりだった。

思っていたより量があったので訊いてみると、柚子胡椒は南部で大好評だそうで、なかなかの儲けが出ているらしい。それに、南部でも有名な俺が南部産のものを使って作った調味料と宣伝したのも、売り上げに繫がっているとのことだった。

「そして、今回持ってきたのは、梅干しや納豆、クサヤといった癖のあるものや香辛料が中心になります。他には、サナ様の工房で作られた製品ですね。それと、前回評判が良かったので、少量ですが柚子も持ってきました」

いつもとは違ったラインナップだったが、珍しい上に品質もいいので全部買うつもりだ。ただ、柚子がもう少し欲しかったのだが、何でも柚子胡椒ブームのせいで品薄状態とのことで、今回は一〇キログラムほどしか用意できなかったそうだ。まあ、柚子胡椒はまだ残っているし、足りなくなれば南部のものを持ってきてもらえば済む。だが、ジャムやお茶、それに柚子酒はそろそろなくなりそうなので、配分をどうするかが問題だった。

「風呂に入れる分も考えると、一〇キロじゃあ少ないですね」

「それは申し訳ないとしか言えませんが……何でしたら、柚子の方は春先にまた持ってきますから、今回はこれで勘弁してください」

うちの柚子が実を付ければよかったのだが今年の春先に植えたばかりなので、今はまだ枝が伸びている段階なのだ。なので、再来年くらいに実ればいいかなと思っている。

「それでは、私はこれでお暇させていただきます」

ラニさんはうちでの商談を終えると、早々と屋敷を去っていった。もう少しゆっくりとしていけばいいと思ったが、この後は王都で商品と情報の仕入れをして、明日の早朝には南部へ帰るそうだ。おそらくは、ハナさんに俺の婚約の話をする為に急ぐのだろう。ついでに、今回のことに関する軽い抗議の手紙も預けたので、もし南部としての決定であれば牽制になるし、もし違うのならラニさんはハナさんにこっぴどく怒られてしまえばいい。

「ラニタン……テンマに『おめでとう』の一言がなかったね。レニタンが喜びそう」

「いや、俺が肯定も否定もしなかったから言わなかっただけじゃないのか?」

別に俺としては、ラニさんに言われなかったからといってどうということでもない（というより、気がつかなかった）のだが、アムールにとっては十分な攻撃材料になるらしい。

「さっそくレニタンに手紙を書かなくては！」

今書いたとしても、南部に届くのは何週間後かになると思うので、ラニさんはハナさんに報告した後でどこかに移動している可能性が高い。まあ、帰ってきた後にからかわれるかもしれないが、それは何か月後かになるかもしれない。

「そういうわけだから、お金の無駄になるからやめておきなさい。多分、本当かどうかを確かめる人が来るはずだから、その時に言えばいい」

来るとすればラニさんよりレニさんかもしれないが、レニさんは南部に戻ったばかりなので、新年の挨拶とか言ってハナさんが直接やってくる可能性もある。

「というより、お母さんの可能性が一番高い！」

「なら、ハナさんが来ると仮定して準備をするか。新年に南部から子爵家当主が来るとは思えないけど、ハナさんは子爵に叙爵された形だし、新年の挨拶にとか言って様子を見に来そうだしな。まあ、誰かしらやってくるだろうから、準備しておくに越したことはないか」

たとえ南部から誰も来なかったとしても、アルバートたち三馬鹿は遊びに来るだろう。それに今年は当然プリメラもやってくるだろうし、サンガ公爵にサモンス侯爵も遊びに来ると思われる。そして間違いなく、王族の誰か……というか、ほぼ全員が来るだろう。

「そうなると、護衛の控室みたいなのも必要になるな」

例年以上に賑（にぎ）やかになりそうだし、その大半が王族や高位貴族になりそうなので、護衛の控室も用意しておかないと、屋敷に入り切れなくて寒空の下待っているということになりかねない。

「やっつけ仕事になりそうだけど、魔法で何とかするか……じいちゃん、ちょっと来て！」

食堂でくつろいでいたじいちゃんを呼んで、外に護衛の待機場所を作ると言うと、すごく面倒そうな顔をされたが、最終的には仕方がないという感じで渋々了承してていた。

「それで、どういう感じで作るのじゃ？」

「まずは予定地を整地して、柱を何本か立てて、その周りを土壁で囲んで……って感じかな？　屋根は三角形になるように柱を立てて、そこに板を打ち付ける感じでどうかと思っているんだけど……」

思いつきなので不安があるが、壁を頑丈に作って屋根を軽くすれば一か月程度なら持つだろう。

「なら、屋根はギリギリになって付けた方がいいかもしれぬのう。いっそのこと、一〜二か月に一度くらいの間隔で、屋根を付け替えるのもいいかもしれぬ」

壁に関して言えばこれまで何度も作ってきたし、強度だけなら熟練の職人が作るものと変わらないかそれ以上のものを作ることができると思っている。ただ、屋根はこれまでまともなものを作っていないので、素人の日曜大工レベルのものになってしまうだろう。

「屋根を作る時は、マークたちを呼べばよい。ククリ村には、多少の大工仕事ができる者が多かったからのう。本職ではないが、わしたちよりは上手にできるじゃろう」

困った時のおじさん頼みというわけで、屋根は後日マークおじさんに相談することにした。

「屋根はマークにやらせるとして、あとは柱と壁じゃな。柱は木を土で覆うような感じでいいじゃろう。ガチガチに固めれば虫も食うことができぬじゃろうし、強度も増すはずじゃ」

それだと木が湿気って腐らないかと心配になるが、魔法で水分を抜いた木を使えば、春までは持つだろうとのことだった。じいちゃんは春になったら小屋を壊して、職人に新しいものを作ってもらうつもりのようだ。確かに今後も使うことを考えれば、本職に頼むのが一番いい。

「まあ、急場はしのげるはずじゃから、多少出来が悪くても問題ないじゃろう。明日から作業をするとして、テンマは土を採ってきてくれぬか？　その間にわしは整地と柱の方をやっておくからのう」

じいちゃんはさり気なくきつい方の仕事を俺に回したが、発案者は俺なので素直に引き受けることにした。

そして次の日、

「テンマ、なるべく粘土質の土を選ぶのじゃぞ」

じいちゃんは、のんびりと食後のお茶を楽しみながら俺を見送っていた。

さすがに一人だと大変そうだったので昨日のうちに人員を募集したが……参加を表明してくれたのはスラリンだけだった。ジャンヌとアウラは「掃除と洗濯物が……」と言って断り、アムールは「タマちゃんたちの散歩が……」などと言って断っていた。アムールは完全な嘘だったが、ジャンヌとアウラは半分本当のことだったので諦めたが……その代わり、狸寝入りをしていたシロウマルとソロモンを連れていくことにした。

二匹はかなり抵抗していたが、スラリンが説得すると渋々ながら了承していた。今日の晩ご飯は、シロウマルとソロモンの好きなものにした方がいいだろう。つまり、肉祭りを開催しないといけないということだ。

今日の晩ご飯が決まったところで、ジャンヌとアウラに肉を預けて下ごしらえを頼み、俺たちは王都から少し離れた森へと向かった。あそこなら何度も行っているので、雪が降っていてもどこらへんを掘ればいいか大体わかる。

「スラリンはゴーレムに指示を出して土の採集を頼む。なるべく粘り気のある土が欲しい。ついでに、枯草も集めておいてくれ。枯草はマジックバッグに、土は一度マジックバッグに入れてからディメンションバッグに移しておいてくれ。シロウマルとソロモンは周囲の警戒。俺は別の場所で土を集めてくる」

ライデンに乗って森へやってきた俺たち（ただし、スラリンたちはディメンションバッグに入って移動した）は、到着して早々に二手に分かれて土を集めることにしたが……雪のせいで地面が固くなっているので、掘り起こした土を触って確かめないと粘土質かどうかはわかりにくかった。

「ゴーレムを使えば楽ができると思ったのに……手が冷たい」

ゴーレムの掘り出した土の塊を触って確かめた後で、一度マジックバッグに入れて生き物を取り除いて（マジックバッグには基本的に生き物は入らないので、ミミズなどの生き物は外に弾（はじ）かれる）からディメンションバッグに入れた。ただ、卵の状態だと生き物と認識されないので、一度火を使って殺さないと壁には使えない。何故なら、成長した虫が壁をボロボロにしてしまう可能性があるからだ。

土壁にどれだけの土が必要かわからなかったので、スラリンの分と合わせてディメンションバッグ一個分（おそらく二〜三〇トンくらい）が集まったところで一度止め、それを均等に二つに分けてディメンションバッグに枯草と一緒に入れて火をつけた。前にも同じようなことをした記憶があるが、今後も土が必要になるのなら、暇な時にまた採りに来た方がいいのかもしれない。

「スラリン、燃やす分とは別に、枯草を集めてくれ」

燃やす用の枯草を集めていたスラリンに、それとは別に枯草を集めるように頼んだ。これは壁を作る時に土に混ぜ込むのだ。こうすることで壁の中で繋ぎとなって強度が増すと聞いたことがある。

まあ、実際に混ぜ込むのはじいちゃんに訊いてみてからになるが、用意するだけしておいて、勘違いだったらジュウベエたちの寝床にでも使えばいい。

「そろそろいい具合かな？」

混ぜ込む用を集め終わった後は、再度ディメンションバッグの中に放り込んで燃やし、殺虫を続けた。完全に殺せてはいないかもしれないが、あと一時間もすれば暗くなってくる時間帯なので、帰る準備も並行して行う。

「お土産もできたし、これ以上ここにいるのはつらいしな」

俺とスラリンが枯草を刈り取っている間、シロウマルとソロモンは周囲の見張りを忘れ狩りに勤しみ、四頭のイノシシと二羽の角ウサギ、そして三羽分の角ウサギだった肉の塊を持って帰ってきた。

ミンチはスラリンが処理をするとのことでそのまま渡し、残りは今も解体用のディメンションバッグの中で血抜きをしている最中だ。

「よし！　寒いからさっさと帰って、風呂に入るぞ！」

俺の掛け声に反応したのはスラリンとソロモンで、シロウマルは寒くても風呂に入りたくないのかそっぽを向いて無視していた。

「シロウマル、そこまで汚れているのに風呂に入りたくないということは、今日はジュウベエたちの所で寝るんだな？」

今のシロウマル（ソロモンもだが）は、雪でドロドロになった草原や森の中を駆け回ったせいで泥だらけとなっており、このままでは屋敷に上げることはできない。なので風呂を拒否するとなると、いつになるかはわからないがシロウマルには綺麗になるまで外で暮らしてもらわないといけなくなる。

そう告げると、シロウマルはスラリンを何度も見ながら何かを伝えようとしていたが……スラリンはそんなシロウマルを無視して俺の肩に乗った。おそらく、スラリンに綺麗にしてもらえば風呂に入らなくても済むと伝えたかったのだろうがスラリンが拒否して俺の方に付いた為、シロウマルは泣く泣く風呂に入ることを決めたようだ。

そんな感じで屋敷に帰った俺たちを待っていたのは……

「ふむ……ちと、張り切りすぎてしまったのう」

「いい運動になった！」

予定の倍近い面積を囲むように立てられた柱だった。どれも石柱なのかと勘違いしそうな特製の柱（木の柱を土でコーティングしたもの）だが、それが予定の四倍以上も突き立てられているのだ。まあ、面積が倍になるということは壁に使う土の量も増えるので、柱が四倍になっていてもおかしくはないが……これだと俺たちが採ってきた土では絶対に足りないと思う。なので、

「じいちゃん、アムール、明日足りない分の土の調達を頼むね」

超過分はじいちゃんたちに任せることにした。俺に割り振られた仕事はやり終えたので、他の分は知らないと決め込んだ。

「俺たちの採ってきた分だと足りないし、後から足すと質が均一にならないだろうから、壁は明日じいちゃんたちが採ってきた土と俺たちの土を混ぜ合わせてから作ろうか？　それじゃあ、俺たちは風呂に入ってくるから」

そう言って歩き始めると、背後でじいちゃんとアムールが何か言っていたが振り返らずに無視をして風呂場に直行した。風呂場に行く途中の廊下で、

「ようやく帰ってきたか！」

ライル様が待ち構えていた。何でも、今日の朝王都を出ていく時にライル様の部下が俺を見かけたらしく、そこから報告が王城に行ったそうだ。なので、ライル様がここにいるということは、

「帰ってきたのなら、連絡くらいよこしなさい。それと、帰ってきたその日か最低でも次の日くらいには、プリメラの所に顔を出すべきね。じゃないと、結婚する前から愛想を尽かされるわよ」

マリア様もいるということだ。そしてその横では、プリメラが緊張気味に座っていた。ティーダとルナはいないのかと思ったら二人は近々テストがあるとのことなので、王城で見張られながら勉強をしているのだそうだ。ただし、見張られているのはルナだけで、ティーダは学年一位の座を目指して自主的に勉強しているらしい。

「申し訳ありません。プリメラも、心配かけてごめんな」

二人に謝罪して許しをもらうと、
さっそくダンジョン制覇の報告を行った。

「遅くなりましたが、今回無事にセイゲンのダンジョンを制覇いたしました」

「おめでとう。これでテンマは、二つのダンジョンを単独で制覇したことになるわね。歴史に残る快挙だわ」

ダンジョンを一つ制覇するだけでも快挙と言えるのに、俺に至っては単独で二つ。そのうち一つは未発見のダンジョンで南部の経済を向上させ、もう一つは国内最大級のダンジョンで制覇こそ二

番目ではあるものの、ほぼ単独と言っていいくらいの内容だ。少なくとも王国の歴史上、それに匹敵する成果を上げた者はいなかったので、『歴史に残る快挙』というわけだ。いやむしろ、マリア様が『歴史に残す快挙』なのかもしれない。

「それはそうとテンマ。かなり汚れているみたいだから、先にお風呂に入ってきた方がいいわよ」

マリア様が俺のことを楽しそうに歴史書に書いている様子をボーっと想像していると、服や体の汚れを指摘された。確かにマリア様に呼ばれる前まで風呂に入ろうと思っていたので失礼して下がらせてもらうと、廊下でライル様が待っていて風呂場までついてきた。ライル様曰く、男同士の裸の付き合いとのことだが……俺にとってはシロウマルを洗う人手が増えたように感じたので、遠慮なく手伝ってもらうことにした。ついでに少し遅れてじいちゃんもやってきたので、人手がもう一人増えることになった。もっとも、ライル様はシロウマルを洗うのは初めてだったのであまり戦力にならず、その代わりにスラリンが活躍するのだった。

「よく来たな、テンマ。お越しいただき感謝します、マーリン様」

「こちらこそ、お招きいただきありがとうございます。アルバート次期公爵様」

「いや、次期は取った方がいいかもしれぬのう？　何せ、公爵家新年最初のパーティーを主催するくらいだしの」

俺とじいちゃんはサンガ公爵家の新年最初のパーティーに招待されたのだが、そのパーティーの主催が公爵ではなくアルバートになっていたのだ。つまり、公爵家の世代交代が近づいていると思っていいということだ。まあ、あと数年はかかるだろうが、じいちゃんは一〇年弱だろうと見ているようだ。

これまで、俺はサンガ公爵家のパーティーに参加してこなかったが、今年は……というか、今回のパーティーはある意味俺も主役の一人なので、参加することになったのだ。

「いえ、まだまだです。父上にはあと十数年は現役でいてもらわないと……面倒な……いえ、私をまだ認めていない者もいますから」

「そうだな。来客の顔を見て、露骨に言葉使いを変えるしな。それは仕方がないのかもしれないな」

「そう言うな、テン……義弟よ」

「まだ違うぞ。それに、主催者がパーティーの秘密をこんな所で言ってもいいのか？　公爵様に怒られるぞ？」

ポロっと本音がこぼれかけたアルバートだが、すぐに建前でごまかした。多分、今公爵位を継いでも、これといった実績がないせいで侮られるだろうし、利用しようと近づいてくる奴らがいるからだろう。あとは、爵位を継いでしまうと、今のように遊ぶことができなくなるのも関係していると思われる。

そして、さっきから気になっていたことをからかい半分で指摘すると、アルバートもからかうような口調で返してきた。なので、さらにからかうと、

「テンマ様、マーリン様、控室の方に案内させますので少々お待ちください。お二人はゲストという形で、カインとリオンの後に紹介させていただきます。そしてその時に、テンマ様と妹の婚約が父から発表されるという流れとなっています」

俺にも様を付けて、丁寧な言葉使いに変わった。しかしそんなことよりも、俺は婚約発表が近い

と改めて認識したせいで、アルバートをからかうことを忘れてしまった。さすがに婚約発表はサンガ公爵が行うとのことらしいが、これは当主代理のアルバートにその権限がないので仕方がないのだろう……と、思っていたら、

「実はテンマ様と妹の婚約発表と同時に、私とエリザの結婚の発表もするつもりなので、もしかすると私ではテンマ様のフォローができなくなるかもしれないのです。その時は父が代理の代理……従来の形に戻ることになりますが、どうかご了承ください」

俺とプリメラの婚約発表よりも、公爵家としてはもっと重要な発表があるからだった。つまり、アルバートは今回の主催であり主役でもあり、さらには皆からからかわ……いじら……祝福されるであろうという、何とも忙しい立場なのだそうだ。その中でアルバートがパーティーの進行をできなくなると、途中でサンガ公爵の主催という形に戻るとのことだった。

「それなら、公爵様が全てを取り仕切ればいいんじゃないか？　あと、もうからかわないから、いつもの口調に戻してくれ。何だか気持ち悪い」

公爵家のやり方にケチをつけるわけではないが、サンガ公爵が全て取り仕切った方がスムーズにいくのではないかと疑問に思ってしまったのだ。

「気持ち悪いとは失礼な奴だな。貴族の集まりの時は、こんな感じで過ごすことの方が多いんだぞ。まあ、そんな話は今度するとして、今回は『次代の当主や将来王国を支える者』を中心としたパーティーという名目でな。王族派貴族の当主だけでなくその後継者や家族、それとそう多くはないが、他の派閥の当主、そしてテンマのような一般人の知り合いなども来ている」

「テンマが一般人かは置いておくとして……つまりは、見合いを見据えた顔合わせの意味もあると

いうわけかの?」

俺だけでなく、じいちゃんも一般人とは言えないだろうと思ったが、今回のパーティーがじいちゃんの言う通りだとすると、俺とプリメラの婚約発表を最初の方でするということは、

「パーティー中、俺やプリメラにそういった目的で声をかけてくる奴が出ないようにする為か?」

「ああ、テンマにしろプリメラにしろ、互いに婚約していると知らなければお見合い相手としては最上の部類に入るからな。さすがに公爵家が大々的に発表した後で、婚約者を乗り換えてはどうかなどと言ってくる馬鹿は現れないだろうしな」

やっぱりそんなことを言う馬鹿はいるんだな……と思っていると、

「アルバート、いい加減テンマ君とマーリン様を控室にご案内しなさい。そろそろ他の参加者も来る頃だぞ」

「申し訳ありません。父上、ご案内をお願いできますか?」

アルバートの申し出にサンガ公爵は被せ気味に了承し、俺とじいちゃんを控室まで案内してくれた。サンガ公爵は元々俺とじいちゃんを案内するつもりで玄関まで来たようで、登場から案内までの流れがとてもスムーズだった。

「テンマ君、マーリン様、こちらがお二人の控室となっております。後ほどプリメラとアルバートが打ち合わせに来ると思いますが、あまり目立たないようにお願いします」

俺とじいちゃんの控室は、公爵家でも奥の方にある部屋で公爵家のプライベートゾーンに近い部屋なので、よほどのことがない限りパーティーの参加者が近づくことはないそうだ。ただ、

「よ～っす！　テンマ！　マーリン様、お疲れ様です！」

「こんにちは、テンマ、マーリン様……ところでリオン、今の挨拶なんか変じゃない？」

色々と例外的な二人が、サンガ公爵と入れ替わる形で控室にやってきた。まあ、この二人はサンガ公爵家ともオオトリ家とも仲がいいので、公爵の言う『よほどのこと』には含まれていないのだろう。

「ついにこの日が来たんだね……ようこそテンマ！『伴侶のいる（男子）会』に！　メンバーは僕とアルバートとテンマだけしかいないけど、いずれリオンも……メンバーは僕とアルバートとテンマしかいないけど、仲良くやっていこう！」

カインはリオンを見ながら言葉を途中で切り、俺に視線を戻してから言い直した。多分……というか、絶対にわざとだろう。そんなカインに対しリオンは、腕組みをしながらそっぽを向き、

「ふ、ふんっ！　結婚は人生の墓場とも言うしな！　二人とも、後悔しないことだな！」

などと言いだしたが……リオンの背後の開かれたドアから、

「ほう……リオンは我が妹とシエラ嬢、そして全ての既婚女性を『墓場』扱いするのか……いい度胸だな」

「リオン兄様、さすがにそれはひどいと思います」

アルバートとプリメラがこちらを覗いていた。アルバートの解釈はだいぶ違うように思えるが、発言したリオン自身、そこまで深く考えて言ったことではないようで、アルバートに言われて失言だったと慌てていた。そして、そんなリオンの慌てっぷりを大きくさせているのが、表面上は笑顔だが不機嫌さを隠していないプリメラだ。

リオンは二人の顔を交互に見ながら慌てふためき、

「本当に申し訳ありませんでした！」

土下座した。それも、した瞬間に勢い余って『ドゴンッ！』と床に頭をぶつけた音が聞こえるくらい、激しい土下座だった。

しばらくの間土下座を続けるリオンと、それを冷ややかな目で見るアルバート（プリメラはすぐに視線を外し、俺やじいちゃんに挨拶をしに近寄ってきた）という構図が続いていたが、

「失礼す……ふむ、これはいったいどういった状況なのかな？」

「失礼……うわ……」

新たに俺とじいちゃんの控室にやってきた二人……シーザー様とティーダの登場で、部屋の雰囲気が一気に変わった。

アルバートとカインはその場で片膝をついて臣下の礼を取り、プリメラは俺とじいちゃんの場所から一歩下がって膝をつかずに身をかがめて頭を下げた。そして、俺とじいちゃんだが……アルバートたちのように臣下の礼を取るわけにはいかなかったので、とりあえず軽く頭を下げただけだった。そして土下座中のリオンはというと……シーザー様の登場に気がつくのが大分遅れ、すぐそばにいたアルバートと、にじり寄ってきたカインに無理やり上半身を起こされ、片膝をつくように誘導されていた。

「テンマとマーリン様の様子を見る限り、ちょっとしたおふざけといった感じのようだが……ほどほどにな」

「「はっ！　お見苦しいところをお見せして、誠に申し訳ありませんでした！」」

「申し訳ありませんでした！」

三人の関係性を知り、何があったのか大体理解した様子のシーザー様が、三人に対し注意すると、アルバートとカインが揃って謝罪の言葉を口にし、それに少し遅れる形でリオンが続いた。

「それで、何故シーザー様とティーダがここに？」

「テンマ、私たちは王族派の中心だ。そして私は王家の次期当主であり、ティーダは将来王国を支える者の代表格のような存在だ。このパーティーに参加したとしてもおかしくはないだろう？」

確かにその通りではあるが、いまいち納得ができない。そんな考えがシーザー様にはバレバレだったようで、

「実は、母上がこのパーティーに来ると言いだしてな。ついでに父上もだ。さすがにこういったパーティーに、両陛下が参加するとなると大騒ぎになる。そこで、今回の趣旨に合う私とティーダが参加するというわけだ。まあ、独身のライルが参加してもよかったのだが……ライルだと、逆に混乱するかもしれないからな」

ライル様だと、もしかしなくてもパーティーに参加している女性が殺到するだろうし、今回参加していない貴族たちからも、同じような機会をとせがまれるだろう。その点、シーザー様は既婚者であり跡取りもいるので結婚相手と見られることはない。もし仮に側室にとか言い出す貴族がいたら、その貴族は王家を敵に回すことになるだろう。それくらい、シーザー様とイザベラ様の仲は良好なのだ。そしてティーダには、エイミィという婚約者……予定の女性がいる。正式に婚約者というわけではないが、現状で唯一の候補であり最有力と王家が認めている存在がいるティーダに対し結婚前に、「娘を側室としてどうか？」などと言いだしたら、他の良識ある貴族（どれだけ存在す

るのかは知らないが）の反感を買うだろうし、それ以上にオオトリ家とサンガ公爵家、そして何よりシルフィルド家を敵に回すことになる。あとついでに、エイミィを評価しているマリア様（王家）も。なのでそんなリスキーなことは、このパーティーではしないだろう。まあ、二人が結婚した後は出てくるだろうが、その時はその時の話だ。

「そういった理由と、私とティーダが参加することでテンマとプリメラ、そしてアルバートとエリザベートの婚約と結婚に箔が付くというものだ。多少思うところがあったとしても、そういうものだと思って納得するといい」

色々と事情がありそうだが、それ以上の説明はしないということなのだろう。まあ、『しない』というよりは『したくない』といった感じにも思えたが、説明されても面倒臭いことになりかねないので、これ以上は訊かないことにした。

「シーザー様がそう言うのなら、いつもの『虫よけ』が発動したとでも思っておきますけど……ところで、シーザー様とティーダのパートナーは……」

「むろん、イザベラとエイミィだ。二人とも、別の控室でドレスの着付けと化粧をしている。まだ余裕があると言ったのだが、どうも気が急いているようでな」

イザベラ様は王家に割り当てられた控室で、エイミィはシルフィルド家の控室だそうだ。

「イザベラ様がドレスに着替え始めているとなると、開始時間が少し早くなるかもしれませんね……プリメラ、君も着替えてきなさい」

「はい、兄様。それでは皆さん、席を外させていただきます。テンマさん、また後で」

プリメラが控室から出ていくと、何故かティーダの雰囲気が柔らかくなった。

「立ったままというのもどうかと思いますので、時間があるのなら少し座って話しませんか？」

と提案すると、最初にシーザー様が上座の席に移動して座り、それから順番に座っていくことになった。八人くらいでちょうどいい感じのテーブルだったので、七人だと少し余裕があるのだが、アルバートたちはシーザー様がすぐ近くにいるせいでかなり緊張していた。

「そういえば、ティーダは控室に入ってから一言も話さなかったけど、何かあるのか？」

アルバートたちの緊張を少しでもほぐそうとティーダに話しかけると、ティーダは少し照れた感じで、

「いえ、あの……こういったことに慣れていないので、少し緊張してまして……」

とはにかんでいた。そんな様子に、アルバートたちだけでなくシーザー様も不思議そうな顔をしてティーダを見ていると、

「その……普通のパーティーや婚約パーティーには何度か出席していますけど、身内のような人の婚約発表の場に立ち会ったことがないので、変な感じがしていまして……」

と言った。そんな様子のティーダに緊張がほぐれたらしいアルバートが、

「そういえば、ティーダ様も男子会の条件をクリアしていましたね」

と笑いかけた。「何の条件ですか？」と訊くティーダと、興味深そうな顔をするシーザー様にアルバートは、

「お二人がいらっしゃる少し前のことなのですが、婚約者ができたテンマは私とカインに似た立場になったので、リオンだけが仲間外れになったという話になりまして」

楽しそうに話を聞いている二人に、アルバートは続けてその後の出来事も話した。すると、

「確かにその言い方であると、イザベラやエイミィ、そして母上も『墓場』の原因と取られても仕方がないな」

シーザー様により、『墓場』の原因が三名追加された。ティーダはエイミィの名前が含まれたことで、若干不機嫌そうな顔をしている……表面上は。実際にはわき腹や太ももをつねって笑いをこらえているので、リオンをからかう演技をしているようだ。そんな二人の様子にリオンはまた慌てだして、おろおろとしていた。そして席を立って土下座をしようとしたところで、

「はっはっはっ！　なに、ちょっとした冗談だ！」

「くふふふふっ！」

と、シーザー様とティーダが笑いだした。

「まあ、悔しくてつい心にもないことを言ってしまうというのはわかる。だが、リオンを知らない者や嫌う者からすれば、十分すぎるほどの攻撃材料となってしまうのだ。その時に狼狽えず、しっかりと自分の発言の意図を説明できるようにならねばならん。それが、辺境伯家を継ぐまでの課題だな」

「そうですね。私もリオンの性格を知らなければ、腹を立てていたことでしょう」

二人の突然の変わり身に茫然とした様子のリオンだったが、状況を理解するとその場で床にへたり込んだ。

「ふむ……今回は何事もなく済んだが、これからは気をつけなければならぬのう。特にこういった、どこで見知らぬ者が何を聞いているかわからないような場所ではのう」

じいちゃんがそう締めくくり、リオンに席に座るように言った。最後にじいちゃんがおいしいと

ころを持っていった形だが、シーザー様は全く気にした様子を見せなかった。これがアーネスト様だったら、ここからひと騒ぎ起こるところだ。

「皆様、そろそろ開始の時刻が近づいてきております」

その後、あまり話すことはなかったがゆったりとした時間を過ごしていると、公爵家の執事がパーティーの開始時間が迫ってきていることを知らせに来た。もっとも、時間が近づいてきているといっても、まだまだ余裕のある時間だが、公爵家の代表として今回のパーティーを取り仕切るアルバートには、今からが本番と言っていいくらいなのだろう。

「シーザー様、ティーダ様、申し訳ありませんが、一度下がらせていただきます。それではまた後ほど」

「それでは、私たちも一度戻るとするか。ではテンマ、婚約発表を楽しみにしているぞ」

アルバートが出ていってすぐに、シーザー様とティーダも出ていった。しかし、

「パーティーが始まるまでのこの時間が退屈なんだよなぁ」

「だよねぇ……開始時間が迫ると、時間を知ってから開始までの時間が長く感じるんだよねぇ」

残りの二人は自分たちの控室に戻る様子を見せず、完全にだらけていた。先ほどまでシーザー様とティーダがいたことの反動が来ているのだろうが、人の屋敷でここまでだらけることができるのはある意味すごい才能だというか、それだけアルバートとの仲が良好だと言うべきか……まあ、その二つに加えて、この二人の神経が図太いというのもあるのだろう。

「あの二人は、いつもあんな感じなのかのう？　あと、ついでにお茶も頼む」

じいちゃんが廊下で控えているメイドに声をかけると、すぐにお茶の準備をしながらカインとリ

オンの方に目をやり、

「当家にいらっしゃると、いつもあのような様子でくつろいでいかれます」

と、いつものことだと教えてくれた。

「二人とも、そろそろ準備した方がいいんじゃないか？」

男の身支度に女性ほどの時間はかからないとはいえ、少しのんびりしすぎな二人に声をかけると、

「そろそろだね」と「大丈夫だって」という返事があった。二人ともパーティーに慣れているからこその言葉なのだろうが、カインの慣れた感じの余裕とは違って、リオンの方は楽観的な余裕に感じられるのが二人の性格を表しているようで面白かった。まあそんなリオンも、カインに言われて自分の控室に戻っていったので、時間に遅れるということはないだろう。


「テンマ君、準備はできているかい？」

開始時間の直前になると、サンガ公爵がプリメラを伴って控室にやってきた。

「それじゃあテンマ君、娘を頼みますね」

パーティー会場である中庭に続くドアの前で、サンガ公爵は俺とプリメラから離れていった。入り口付近で待機しているのは、リオン、カイン、ティーダにエイミィ、シーザー様にイザベラ様、そして俺とプリメラとじいちゃんだ。プリメラを除いた八人が、今回の特別ゲストというわけらしい。

「あっ！　先生！　……と、プリメラさん？」

エイミィは、俺とプリメラが一緒にいるのが不思議らしく、隣にいるティーダの顔を見ていたが、ティーダは微笑むだけで理由は話さなかった。

エイミィが軽く混乱する中、パーティーの開始時刻になったらしく、ドアがゆっくりと開かれた。

「それじゃあ、テンマ。お先に」

「また後でな」

特別ゲストの中で、最初にカインとリオンの名前が呼ばれ、二人は会場に向かっていった。そしてあまり間を置かずに、

「テンマ・オオトリ殿、プリメラ・フォン・サンガ、マーリン・オオトリ殿の入場です」

俺たちの出番となった。俺が呼ばれた順番とプリメラが一緒という普通ではない登場に、会場のざわめきは大きくなったが、さらにその後でシーザー様たちの名前が呼ばれたことで、会場のざわめきはより一層大きくなり、中には自分の従者をどこかへ走らせる貴族もいた。俺とシーザー様たちのインパクトのせいか、ティーダの横にエイミィがいることはあまり注目されていなかったみたいだが、何人かの女性は話題にしているみたいだった。

「ご参加の皆様、ここで当家よりちょっとした発表をさせていただきます。このたび、サンガ公爵家嫡男のアルバート・フォン・サンガと、シルフィルド伯爵家のエリザベート・フォン・シルフィルド嬢の結婚が正式に決まりました。正式な日取りは未定ですが、春の良き日を選んで結婚式を行うことになります」

いきなりの結婚話に、会場の参加客のほとんどは『やっぱりか！』という反応をした。しかし、

「続いて、テンマ・オオトリ殿と当家のプリメラ・フォン・サンガの婚約が決まったことをご報告させていただきます」

というサンガ公爵の発表は、ほとんどの参加者たちが予想していなかったことらしく、会場は大

騒ぎになった。

「ふぇ？　ふぇぇぇぇぇぇぇ――――！」

サンガ公爵から発表された俺とプリメラの婚約。それに驚き、一番大きな声を上げたのはエイミィだった。エイミィは大声を出してしまったことに気がついて恥ずかしそうにしていたが、シーザー様たちのそばにいるので誰からも咎めるような言葉はなかった。それに、俺の隣のプリメラも少し離れた所にいるエリザも、エイミィを微笑ましそうな顔で見ているので、主催者側から注意されるようなことにもならないだろう。

「それでは、当家からの発表も終わりましたので、皆様、サンガ公爵家主催の新年のパーティーをお楽しみください」

司会がサンガ公爵からアルバートに変わり、パーティーの開始が告げられた。だが、

「皆、遠巻きにこっちを見ているだけで、誰も近づいてこないな……」

「それは仕方がないですよ。何せ、声をかけるにも順番というものがありますから」

「その通りだな。さすがに驚き動揺していたとしても、私を差し置いて先に声をかけるような者はここにはいないだろう。まあ、例外があるとすれば、二人とかなり親しい者たちだが……このパーティーに参加している者で、二人と特に親しい者となると限られるしな」

プリメラと周囲の様子を話していると、シーザー様たちが俺の所にやってきた。パーティーの開始から少し時間が空いたのは、先にアルバートとエリザに声をかけたからだろう。

「そんな話よりも、まずは二人ともおめでとう。急に婚約すると聞いた時は驚いたが、よくよく考えれば当然の組み合わせだな」

「そうね。テンマにしてみれば初めて会った貴族の女性であり、印象的な出会いだったと聞いているし、プリメラにしてみれば家族ぐるみで仲良くしているし助けてもらってもいる相手ですものね」

大体の部分は合っているのだが、初めて会った貴族の女性はクリスさんだと言うと二人揃って、

「「あれは数に入れるべきじゃない」わ」

と言った。あの時のクリスさんは貴族相当の権力を持っているというだけの『元貴族令嬢』であり、何よりプリメラが最初だとした方がロマンチックだからなのだそうだ。一応、そういうことにしておいた方が大衆受け……特に女性の受けがいいし、味方も増えやすいという理由もあるとのことだ。

「それにしても、エイミィも知らなかったんですね。てっきりティーダが教えているとばかり……」

「それを言うなら、テンマが教えてもよかったはずだろう？　それをしなかったというのは、エイミィの安全と公爵家のことを考えてのことだと思うのだが？」

確かにその通りなのだが、てっきりティーダは口止めをした上でこっそりと教えているかもと思ったのだ。

「まあ、これが普通の秘密であるのなら、褒められたことではないが教えていたかもしれん。だが、教えることでエイミィを危険な目に遭わせる可能性があるとすれば、ティーダは意地でも教えないだろう。それくらいの考えはできる子だ」

もしエイミィが婚約の話を知り、何かの拍子に外に漏らしてしまうとすると、エイミィをよく思っていない貴族からは、『親族の秘密すら守ることができない者に、王妃は務まらない』などと

攻撃される可能性もある。それだけエイミィの立場は不安定なものなのだ。しかし、最後まで秘密にしておけば漏れることはないし、婚約が発表された時の反応を見れば、『何も知らされなかったかわいそうな子』と同情されるだけだろうし、仮に『秘密を知らせてもらえないくらい信用がない』と言われても、俺が『外に出した者に、他家の秘密を話すわけにはいかなかった』と言えば済む話だ。そしてそれにサンガ公爵家が同意すれば、たとえ王家であっても未来の王妃候補に話すことはできないのだ。

「ちなみに、ルナは俺の婚約を知っているんですか？」

と訊くと、二人は揃って目を背けた。

「まあ、何だ……ルナがテンマの婚約を知ると突撃するとは思うが……何とかうまくやってくれ。お菓子の一つでも与えれば、ルナは大人しくなるだろう。最悪、黙っていたのは父上のせいにしてもいい」

「ルナはちょろい……いや、扱い……もとい、素直な子だから大丈夫だとして、問題はクリスの方ね。クリスは色々と騒ぐと思うから……あれだけテンマの所に入り浸っていて、何で知らないのかしらね？」

正直、それは俺の方が知りたいことだ。あれだけ俺とプリメラの婚約が決まった時大騒ぎになったというのに、一人だけ最初から最後まで眠りこけていたからな。その後も、婚約の話をする時に限って遊びに来なかったし、来ても寝ていたしな。

「クリスの方も、静かにならないようなら父上……いや、母上の命令だったと言えばいいだろう。本当ならクリスがいくら騒ごうとも、オオトリ家やサンガ公爵家に連なる者ではないのだから文句は言えないはずなのだが……あいつはテンマの『姉』を自称しているところがあるからな。感情的になってしまうのだろう。自身の恋愛運のなさと合わせて」

最終的には俺もシーザー様と同じ考えに至って黙っていたが、およそ四か月もの間秘密にされた（別にしようと思ったわけではないが）クリスさんに正論を説いても多分納得しないと思う。まあ、マリア様を頼っていいとのことなので、俺の取る行動はただ一つ。

「シーザー様、マリア様にいつでも遊びに来てくださいとお伝えください。来られる時は、できるなら護衛はクリスさんで、お供にアイナを連れて……と」

遠慮なくマリア様に対応してもらうことだ。アイナに頼むのも手だが、アイナだけだとその場は大人しくしていても、次の時には効果が切れている可能性が高いのだ。

「うむ、確かにそのように伝えよう。それでは、私とイザベラは他を回らせてもらうとしよう」

シーザー様に伝言を頼むのは少し気が引けたが、これでクリスさんはどうにかなるだろう。そしてルナは、イザベラ様の言った通りちょろ……素直な子なので、ちゃんと言い聞かせれば大人しくなるはずだ。

「テンマさん、プリメラ嬢、婚約おめでとうございます」

「先生、プリメラさん、おめでとうございます」

シーザー様たちと入れ替わりに、ティーダとエイミィが俺たちの所にやってきた。二人とも、祝福の言葉を口にしているが、どこかエイミィは不満げな様子で、ティーダは落ち着かない様子だった。

「ところで先生！　何で婚約のことを教えてくれなかったんですか！」

エイミィの不満は、やはり婚約の話を知らされなかった疎外感のようだ。

「エイミィ、今回の話はそう簡単に話せるものではなかったんだ。秘密にしていたのは申し訳ないと思うけど、今のエイミィはシルフィルド家の養子だ。シルフィルド家はオオトリ家やサンガ公爵家と友好的で、中でもサンガ公爵家とは嫡男と長女が婚約しているくらい近しい関係だ」

そこまではエイミィもわかっているようで、一呼吸おいて様子を見ると頷いていた。

「しかし、それでも別の貴族だ。それに、オオトリ家は貴族からも一目置かれているとはいえ平民で、サンガ公爵家はこの国を代表するような大貴族なんだ。だから、身分の違う両家が繋がることを嫌がる貴族は確実に存在する。そいつらが俺とプリメラの婚約を妨害しようと考えたなら、真っ先に狙われるのはエイミィだ。そんなことをさせない為に、俺とサンガ公爵、それに王様やマリア様にティーダが決めたことだ」

さり気なくティーダもエイミィのことを考えた上でのことだと教えると、少しは溜飲が下がったように見えた。そしてエイミィの横にいたティーダは明らかにホッとした顔をしていた。

「そういえば、エイミィは私の義妹になるのですよね？」

「そうなります。これからもよろしくお願いします、プリメラお義姉様……！」

プリメラが空気を換えようと話題を変えると、エイミィもその話題に乗った。そして、

「プリメラ、エイミィの一番の姉は私ですからね！」

こちらの様子を窺っていたエリザが、アルバートをほったらかしにしてやってきた。エリザに置いていかれたアルバートはというと、三人の女性を相手にしていた。しかし、そこに色っぽい様子は見られず、どちらかというとアルバートは嫌がっているようにも見える。

しばらくその様子を見ていると、アルバートは視線を感じたのか急に俺の方を向いた。

「プリメラ、アルバートと話している女性たちを知っているか？」

アルバートの知り合いならプリメラも知っているだろうと思って訊くと、

「テンマさん、何を言っているんですか？　あのお三方は、サンガ公爵様の奥様方。つまり、プリメラのお母様たちですわ」

エイミィと話していたエリザが、驚いた顔をしながら教えてくれた……まあ、教えるというよりは、咎めるといった感じだったが、これに関して言い訳はできない。何せ、将来のお義母さんのことを知らなかったというわけなのだから。

「……プリメラ、お義母さんたちにご挨拶したいから、紹介を頼めるか？」

「ええ、行きましょう。ただ、色々とからかわれるかもしれないので、覚悟だけはしておいてください。どうしてもきつい時は、兄様を生贄にすれば大抵のことは何とかなりますから」

いつ何時でも頼れる男だと、役に立った後でアルバートを褒めておくことにしよう。

「それにしても、何故婚約発表の当日に相手方の母親と顔合わせをするのですかね？　普通はもっと早く……それこそ、婚約が決まったすぐ後かその前に、最低でも一度はご挨拶に向かうと思うのですけどね？」

歩き出した俺の後ろでエリザがネチネチ呟いている。しかし、今の俺に反論する権利はないので無視することにしたのだが……エリザもお義母さんたちに用事があるのか、ネチネチ呟きながら俺とプリメラの後をついてきた。

「お母様、少しよろしいですか？」

プリメラが声をかけると、三人揃って俺たちの方を向いた。これだと、誰がプリメラのお母さんなのかわからないが、すぐにエリザが「サンガ公爵家では正室と側室の区別をつけずに、三人とも『お母さん』と呼んでいますの」と教えてくれた。

「お母様、こちらが私の婚約者となった、テンマ・オオトリさんです」

「初めまして、テンマ・オオトリと申します。本来なら、婚約の話が決まった時にすぐにでもご挨拶に伺わなければならなかったところを、今日までご挨拶をできなかった不作法をお許しください」

挨拶と同時に謝罪し頭を下げたが、どうもこういった言葉遣いは苦手だなと思ってしまった。そんな俺の謝罪から少し間を空けて、

「理由は旦那様から聞いていますから、お顔を上げてください」

と返ってきた。声色から判断すると、挨拶に行かなかったことは怒っていないようだ。しかし、

「旦那様が、『テンマ君は色々と忙しくて挨拶のことは忘れているだろうから、君たちが会いに行ったらどうだい？』と言っていたのに、私たちも忙しくて王都に来られませんでしたから、お互い様です」

と、忘れていた理由まで筒抜けだったようで、かなり恥ずかしかった。

「それでは改めまして、私がプリメラの『生みの親』で『育ての親その1』のオリビアです」

「『育ての親その2』のカーミラよ」

「あら、その2を取られてしまいました……『育ての親その3』のグレースです」

「これからよろしくお願いします……ところでプリメラ、その1・2・3ってどういう意味？」

三人の紹介の中でよくわからないところがあったのでプリメラに訊いてみると、苦笑いではぐらかされた。なので、

「そこでこっそり逃げ出そうとしているアルバート！　その1・2・3って何だ？」

アルバートがこっそりとこの場から離れていこうとしているのが見えたので、逃がすまいと引き留めた。まあ、周りに聞こえるくらいの声を出すなら、三人に直接訊いた方が早いのだが……アルバートだけ楽をさせるのは癪だったので、わざと大きな声で訊いたのだ。

「ちょっ、テンマ！　いや、テンマさん？　ちょっとこっちへ……くそっ！　私では動かせない！」

アルバートが焦りながら俺を隅の方へ引っ張っていこうとしたが、俺は踏ん張って抵抗した。何故なら、アルバートについていく理由がなかったのと、女性陣の視線が気になったのでこの場を離れない方が俺の為になると思ったのだ。

「ふ～……まあ、いい。それで母上たちの言う『育ての親1・2・3』だが、そのままの意味でプリメラを三人で育てたからだ。まあ、私も上の姉上たちも三人に育てられたので、サンガ公爵家ではそれが普通なのだがな」

貴族の正室と側室は、共に力を合わせて嫁ぎ先を盛り立てなければならない間柄ではあるが、それと同時にライバルでもある……というか、一般のイメージではライバルというより、もっとドロドロとした関係だと思われることの方が多いかもしれない。実際に正室が次男、側室が長男を産んだりした時は、両方の実家を巻き込んでの跡目争いが行われたという話がいくつもあり、そこまでいかなくとも関係が悪化するというのはよく聞く話なのだ。

「まず初めに子供ができたのがカーミラ母上で、その次がグレース母上、そして次がオリビア母上で生まれたのが私だ。そして最後にオリビア母上がプリメラを産んで……」

「そこからは私が説明しましょう。まず初めに言っておくと、私たちは元々幼馴染で、それこそ旦那様よりも先に出会っていたわ。私たちとしては、旦那様が後から私たちの間に入り込んできた感じなのよ。そんな感じだから、家同士の話し合いで私が旦那様の婚約者に決まった時に、どうせだったらカーミラとグレースを側室にしてほしいと願ったのよね」

正室が側室を迎え入れる際に口を出すというのは聞いたことがあるが、結婚する前から側室を勧めるというのは聞いたことがないしかなり珍しいことだと思う。

「そんな感じだから、カーミラがレイチェルを産んだ時も、グレースがアンジェラを産んだ時も、痛い思いをせずに子供ができたという感じだったわね」

「それは私も同じね」

「ですね。むしろ、三人で交代しつつ面倒を見ることができたから、聞くほど子育てで苦労した感じはしませんでした」

他にも乳母を数人雇っていたとのことで、精神的にも楽だったそうだ。

「二人から少し遅れたけど私にも赤ちゃんができて、生まれてみたらサンガ公爵家待望の男子だったということもあって、三人ともついつい教育に熱が入ってね。よく旦那様に注意されたわ」

「そうね。女の子が続いたところで男の子だったから、最初はちょっと戸惑ったけどね。まあ、うまいこと正室のオリビアが嫡男を産んだから、私もグレースもホッとしたのよね」

「ええ、女の子だけだとそれはそれで問題があったし、私かカーミラが先に男の子を産んでしまうと、周りがうるさくなってしまったかもしれないですから」

そんな思いもあって、三人のアルバートへの期待は高かったらしく、生まれてすぐに英才教育を始めようとしてサンガ公爵に止められたそうだ。そのことから、アルバートの教育はサンガ公爵主体で行われることになったとのことだった。

それから三年ほどたってから生まれたプリメラにはアルバートの時の反省を活かし、教育にはほどほどに関わることにし、基本的に家庭教師に任せていたそうだが、可愛がることに関してはアルバートの時の反動（アルバートもちゃんと可愛がってはいたが、嫡男としての教育の時に触れ合えなかった分をプリメラに回したという感じらしい）があったので、結果的に四人の中で一番可愛がることになったとのことだ。さらに、プリメラの後に子供ができなかったので、可愛がる期間が長くなったらしい。

「その結果、少し抜けて世間知らずなプリメラになった……と」

「そうね。でも、そんなところも可愛いでしょ？」

そう言われてしまうと否定はできないので、黙って頷いた。そんな俺の反応に気をよくした二人は、訊いてもいないのにプリメラの過去の話を始めたのだった。

「お母様方、そろそろシーザー様とイザベラ様の所に、ご挨拶に向かわないといけないのではないですか？」

顔を赤くしたプリメラがそう言うと、三人は少し慌てながら俺たちから離れていった。プリメラの迫力にアルバートもどこかへ行こうとしていたが、その前に一人の男性が俺たちの所へやってきた。

「プリメラ様、アルバート様、おめでとうございます」

「ありがとうございます、アビス子爵」

「ありがとう、アビス子爵……ところで、プリメラの名前を先に出したのはわざとなのか？」

「いえいえ、そんなことはありません。テンマ殿、このたびのご婚約、誠におめでとうございます」

「ありがとうございます。アビス子爵様、このような場で訊くことではないのかもしれませんが、グンジョー市での結婚式の後、ファルマンはどうしていますか？」

ファルマンがアビス子爵の監視下で奉仕活動をしているというのは知っている。しかし、それ以上の情報はないので少し気になったのだが、

「ええ、彼はよく働いていますよ。この調子だと、自由の身になるのが早まるかもしれません。それについ最近、ファルマンの所に恋人が押しかけてきましてな。仲良く同棲生活を楽しんでいるようです」

監視されている身で同棲しても大丈夫なのかと思ったが、ファルマンはアビス子爵の治める街に移動しなければならなくなった際に彼女に訳を話し、一度は別れたとのことだ。しかし、彼女の方は別れ話に納得がいかなかったようで、何の前触れもなしに手荷物一つで押しかけてきたそうだ。

「情熱的な女性なんですね」

プリメラの言葉にアビス子爵は大きく頷き、事情を知っている者は最初同棲に難色を示していたが、ファルマンの真面目に奉仕活動をする姿を見て容認するようになったと教えてくれた。

「なあ、アルバート……アビス子爵は、ついに俺が見えなくなったようだぞ」

「私はほぼ最初から見えていないようだから、テンマはまだましな方だ」

アビス子爵は俺たちのことが見えなくなったようで、プリメラとばかり話していた。

「あまりここから離れるのもまずいしな……そういえば、アルバートは結婚祝いに何か欲しいものはあるのか？」

プリメラを置いて離れるわけにもいかないし、かといってここで突っ立っているだけというのも馬鹿らしいので、アルバートに話しかけてみた。まあ、アルバートはパートナーのエリザがエイミィ（プラス、ティーダ）と共に他の所に行っているので、そちらに逃げられないようにする目的もあった。

「ふむ、そうだな……ゴーレムが欲しいところだが、以前マリア様に釘を刺されたことがあるからな……」

この場合の贈り物ならゴーレムでもマリア様は何も言わないと思ったが、他のものにした方が無難ではあるだろう。

しばらく悩んだアルバートは、

「馬車がいいな。テンマの持っているものほどでなくていいから、外見が少し小さめの箱馬車で、中は二〜三人が横になれるくらいの大きさのもので、それとは別にトイレと風呂……は無理でも、着替えをするスペースが欲しいかな？」

今後は王都やサンガ公爵領を行き来することがさらに増えそうなので、その移動を快適にしたいということらしい。ただ、馬車を引くのはライデンのようなゴーレムの馬ではないので、普通のものより少し小さく作り、馬の負担を減らすことで移動速度を上げたいとのことだった。

「まあ、それくらいならそこまで難しくはないな。少なくとも今作っているゴーレムよりは簡単そうだ」

要は今俺が使っている馬車の小型版なので、それを手本にすればそこまで難しくはない。

「しかし、その馬車をアルバートに贈ったとなると、他にも欲しがる者が出てくるだろうな。少なくともカインとリオンは確実だ」

「だな。だが、理由なく二人にも贈るとなると私としては納得できないな」

まあ、確かにアルバートに渡す理由が結婚祝いなので、理由なく二人に渡すことはしない方がいいだろう。だが、

「まあ、カインに関してはシエラ嬢との結婚の時に贈るというのならば、私と同じ条件なので何も言わないが、リオンは相手がいないからな……いや、候補はいるが、あの調子ではいつになるかわからないから、あと数年は駄目だろうな」

アルバートの言う通り、近々結婚する可能性が高いカインはその時に渡せばいいし、それならば誰からも物言いはつかないだろう。

「それじゃあ、そうするか。だけどこの場合、エリザの分も含めて二台になるのか？」

「私とエリザの結婚祝いという形だから、一台だな。まあ、くれるというのなら二台でもいいが、それだとテンマの時のお返しが大変になるからな……やはり夫婦に一台、もしくはそのサンガ公爵家に一台贈るという形だろう」

普通、贈られる側に訊くのは変かもしれないが、俺にそういった経験がないので仕方がないし、今後の為に義理の兄になる人にアドバイスをもらったと考えれば、そうおかしな話ではないだろう。

「もらう側が言うのも何だが、私とエリザが馬車をもらったと知れ渡ると、自分たちにも作ってくれという者が出てくるだろうな」

特製の馬車をアルバートに贈れば、自然と俺が自分で作ったものだという話も広がるだろう。そうすると、金を払うから自分たちにも作ってくれという者が出てくるのは目に見えている。だが、

「そのことだけど、将来ティーダにも同じようなものを贈ったらどうだろうか？　もちろん、エイミィと無事に婚約か結婚できた時の話だし、王様たちにも許可を得なければならないが、そうすれば俺とかなり親しい間柄かつ、贈られる方にそれだけの理由がないといけないという風にならないかな？」

別にティーダでなくとも、王族の誰かにそれだけの理由があるならその時に贈ればいいとは思うが、結婚や婚約といった理由の方が限定的でわかりやすいと思ったのだ。

「確かにその考えはいいと思うが、ティーダ様とエイミィの結婚となるとだいぶ先の話になりそうだからな……ここはカインの婚約を利用する方がいいかもしれない。結婚の前倒しで贈ることになったとか言って、シエラ嬢の安全の為にならとかいう条件を付ければ、理由としては苦しいかもしれないが、テンマと親しい者への贈答品だというイメージを付けることができるかもしれないな」

後でカインにも相談しなければいけないな……とか考えていると、

「テンマ殿、婚約したばかりでこういうことを訊くのは失礼かもしれないが、将来的に側室を持つ気はあるのかね？」

アルバートとの話が終わるのを待っていたのか、アビス子爵がそんなことを訊いてきた。

「子爵！　いくら何でも失礼だろう！」

アルバートはアビス子爵の発言に腹を立てていたが、俺はそばにいるプリメラが何も言わないのが気にかかっていた。

「アルバート様、こういった話はできる限り早く済ませておいた方がよいのです。いくらプリメラ様が貴族から籍を抜けるとはいえ、テンマ殿は貴族の世界に深く関係することになるのです。そうすれば、有象無象の貴族からこのような話は来るでしょうし、そのたびに不快な思いをすることになるなら、この場ではっきりさせた方がよいと思われます」

アビス子爵が大声を出したのと先ほどのアルバートの咎める声で、一気に俺たちは会場中の注目を集めることになってしまった。

「アビス子爵、俺は……」

「そのことですがアビス子爵、側室に関しては私に考えがあります」

俺が側室はいらないと答えようとしたところ、プリメラに言葉を遮られてしまったのだった。

「アビス子爵の言われる通り、今後テンマさんに側室をと近づく貴族や女性は多くなるでしょうし、オオトリ家が貴族社会に深くかかわってしまうことも確かでしょう。しかし、テンマさんも私も、恥ずかしながら人見知りするところがあるので、見知らぬ女性がオオトリ家に入ってきたとしても互いに不幸になる可能性が高い……いえ、ほぼ確実に不幸になるでしょう。なので最低限の条件として、側室はテンマさんと私が気兼ねすることなく付き合える女性となります。それと、貴族同士の付き合いというのなら、サンガ公爵家とシルフィルド伯爵家とは縁戚関係となりますし、テンマさん自身、王家をはじめとした様々な貴族と親しい間柄なのです。この状態で『そこそこの貴族』をオオトリ家に入れるというのは、それらの関係に不和を生じさせるだけです」

プリメラがはっきりと側室を迎え入れるデメリットを説明したので、俺としてはホッとした……この時までは。

「でも、そうですね……確かに今後のことを考えれば、側室を迎え入れてオオトリ家の味方を増やすのも悪くはない考えです。ただ、その側室候補についてはすでに考えていることがありまして、テンマさんと相手側の了承を得ることができれば、すぐにでも実行できる手筈となっているのです」

と、俺の全く知らない所で、側室の話がそこまで進んでいると今知った。まあ、大体誰のことを言っているのか想像はつくが。

「それでプリメラ様、その側室は……失礼、まだ候補ですな。それで、誰と誰なのですかな？」

そこでプリメラが何も言っていないのに、側室の候補者が二人いると知っている時点で、この話は出来レースだったということなのだろう。つまり、アビス子爵があのタイミングで話しかけてきたのも、失礼なことだと知りながら側室の話を出したのも、全ては仕掛け人の一人だったからだというわけだ。

さすがにプリメラとアビス子爵だけでこんなことを勝手に仕組んだとは考えにくいから、少なくとも公爵家……いや、アルバートもお義母さんたちも驚いているから、最低でもサンガ公爵は仕掛け人の仲間だろう。

「ほう……何やら面白い話をしているな」

おそらく仕掛け人の仲間ではないと思うが、これが最初から仕組まれたものだと理解したらしいシーザー様が、興味深そうに話に割り込んできた。

「えっ、あっ！　シーザー様！」

「急に話に割り込んですまなかった。ただ、何とも興味深い話だったので、ついつい口を出してしまったのだ、許してくれ。さあ、私に構わずに話を続けるといい」

急に話に割り込んできたシーザー様を見て、プリメラが驚いて話を中断して頭を下げようとしたが、シーザー様がプリメラを落ち着かせて話の続きをするように促し、自身は俺の所にやってきた。

「それでテンマ。この話はお前も知っていることなのか？」

「いえ、初耳です」

「そうか」

シーザー様は小声で俺も仕掛け人なのか確認をしてそうではないと知ると、楽しそうに黙ってプリメラとアビス子爵の方に視線を向けていた。これまでシーザー様はあまり王様に似ていないと思っていたけれど、こういったことを面白がる姿は似ているのだと初めて知った。

予想外の乱入者に、プリメラはそれまでの堂々とした振る舞いから一転して焦りを見せていたが、すぐに深呼吸して落ち着き、

「まだ許可を取っていないので名前は出せませんが……そうですね。南部の有力貴族と、没落してしまいましたが中立派に影響力を持っていた元貴族の娘とだけ言っておきます」

予想通りの相手だが、そこまで言うと名前を言っているのと同じだと思った。

「なるほど……どこの誰かは知らんが、オオトリ家とプリメラにとって最良の条件を持つ相手ということか。うむ、納得した」

「確かに南部ならオオトリ家のある王都よりかなり離れておりますし、元貴族となれば家格は公爵家より格下も格下。どちらもプリメラ様の脅威とはなりえないということですか。安心いたしました。此度（こたび）のご無礼、お許しください」

この場にいる最上位の権力を持つシーザー様と、質問をぶつけてきたアビス子爵が納得したので、この話はこれでおしまいとなった……が、

「申し訳ありません、シーザー様。プリメラ共々、一度下がって身だしなみを整えてきますので、

席を外すことをお許しください」

「うむ、そうした方がいいだろうな。なに、一通りの挨拶は終わっているのだ。少しくらい主役が席を外したとしても、問題はなかろう」

一応シーザー様に断りを入れて、俺はプリメラと控室に向かうことにした。

俺とプリメラが移動するのを見て、サンガ公爵も話していた相手に断りを入れ動き出し、それに合わせてお義母さんたちとアルバートにエリザも控室に向かおうとしていたが、

「ふむ……しかし、私の話し相手がいなくなるのも寂しいものだな……アルバート、エリザ。すまないが、私とイザベラの話し相手となってもらえないかな？」

シーザー様によって、アルバートとエリザは急遽会場に残ることになった。まあ、主催者側の人間がいなくなるのはどうかと思うし、おそらくはオオトリ家の問題にアルバートとエリザは必要ないとシーザー様は判断したのだろう。プリメラの関係者としてサンガ公爵とお義母さんたちが揃っていれば、かえってアルバートとエリザは邪魔になりそうなので、シーザー様が二人を引き留めてくれたのはありがたかった。

そして、俺の関係者はというと、

「テンマも大変じゃな。ほれ、これでも飲んでおくとよい。なかなかうまいぞ」

などと言いながら、いつの間にか俺たちに合流して酒を勧めてくる有様だった。

「それで、側室のことはいつから考えていたんだ？」

「え～っと……申し訳ありません、婚約の話が決まったすぐ後くらいからです」

ほぼ四か月くらいも前からということらしい。プリメラは俺に黙って話を進めていたのが申し訳

ないのか、控室に入ってから緊張し続けている。サンガ公爵にも側室の話を訊いてみると、

「はっきり言って、初耳だよ。私も妻たちも、テンマ君と同じタイミングで側室の話を知ったんだ。本当に申し訳ない！」

　プリメラはまだサンガ公爵家の一員なので、その当主である公爵が頭を下げて謝罪するということなのだろう。そして公爵に続いて、お義母さんたちも頭を下げていた。

「いえ、そのことでどうのこうの言うつもりはありません。まあ、本当に驚きはしましたが、いずれこの話は出てくるだろうと覚悟していましたし、おそらく主犯はプリメラではなくアムールでしょうし」

　こういうことを思いつくのはアムールしかいないだろうと考えての発言だったが、

「テンマさん、それは違います。主犯は私です。確かにアムールからそのような提案はありましたが、最終的には納得して実行した私の責任です」

　と、はっきりと言い切られた。その声からは、さっきまであった緊張した様子は感じられなかった。

「すでに正室としての心構えができているなんて……」

　プリメラの毅然とした態度に、サンガ公爵は声を震わせながら感動していた。

「ここまで覚悟を決められると、テンマははっきりと答えを出さんといかんのう」

　そしてじいちゃんは、酔いが回っているのか楽しそうにしている。

「プリメラが決めたというのはわかったけど、本当に納得しているのか？　まだ結婚もしていないうちから、俺は他の女性も妻にすると決まったということだぞ？」

　アムールとジャンヌの二人とも結婚するかは置いておくとして、プリメラが無理しているのでは

ないかと思って訊いたのだが、

「テンマさん、あの二人がテンマさんを好きなことくらい気がついていますよね。私はそんなところに横から割り込んで、テンマさんを捕まえたんですよ。だから、二人には配慮しなければなりません」

とのことだった。ここだけを聞くと義務感から手伝うのかと思ってしまったが、プリメラの話には続きがあって、

「テンマさん、勘違いしないように言いますけど、私が二人にするのは、あくまでも『結婚の許可を出すこと』だけです。二人のアピールに手は貸しませんが、同じく妨害もしません。テンマさんと結婚できるかどうかは二人の努力にかかっていて、最終的に決めるのはテンマさんです。私はテンマさんの出す結果を見守るだけです。ただ要望を出すとすれば、二人との結婚は、私と結婚式を挙げた後にしてくださいね」

なんかプリメラに場をセッティングされ、責任だけを負わされるような気がするが……俺以外誰も気にしていないようなので、口に出すことができなかった。じいちゃんに至っては、『俺がここまでほったらかしにしていたせいなのだから、覚悟を決めろ！』みたいな目で見ているし、声には出ていなかったが口元がそんな感じに動いていた。

「わかった。それは今度アムールたちも含めて話すことにして……何でアビス子爵はプリメラの都合のいいように動いたんだ？　あんな場所であんなことを言ったら、下手すると皆の顰蹙を買って立場を悪くしたかもしれないんだぞ？」

おそらく事前に打ち合わせしていたのだと思うが、別にアビス子爵に頼まなくてもサンガ公爵と

アルバートが話の流れで側室のことを持ち出し、そこから話を大きくしていけばよかった気がするし、その方が自然な気がするのだ。

俺がそのことを指摘すると、サンガ公爵たちも頷きながらプリメラを見た。

「えっと……実は、アビス子爵と数日前にお会いしまして、その時に婚約がバレてしまい……」

皆の視線にさらされたプリメラは、バツの悪そうな顔になり、

「最近、アムールやジャンヌと出かける機会が増えたのですけど、アビス子爵と会ったのも三……四人で出かけている時で、アビス子爵は私たちの様子を見て何か感付いたらしく……」

「ごまかしきれなかった、と？」

「はい……」

一応、断りを入れて少し離れた所に移動して話したので、アムールたちには知られてはいないとは思うとのことだったが、ジャンヌはともかくアムールはこういったことには鼻が利くので感付いているかもしれない。ちなみに、プリメラに確認は取っていないが、忘れかけられていた一人はアウラで間違いないだろう。

「その話し合いの中でアビス子爵から協力の打診がありまして、お願いした形です」

それであんな風にいきなりアビス子爵が出てきたのかと理解できたが……

「何でアビス子爵はそこまでするんだ？　プリメラたちを可愛がっていたとは聞いているけど、少しやりすぎな気がするんだけど……」

アビス子爵が完全にプリメラの味方だったからいいけど、もし良からぬことを考えるような人物だった場合、どんな風に利用されてどのような目に遭うかわかったもんじゃない。

「ああ、それに関しては大丈夫だと思いますよ。アビス子爵は、完全に味方と言っていい人物ですから」

サンガ公爵がアビス子爵を味方と言い切っているので間違いないとは思うが、それだけだと何故リスクを冒してまでプリメラの芝居に付き合ったのかわからない。それに関してサンガ公爵は、

「まあ、それは……本当にプリメラを可愛がっているからとしか言いようがないですね。アビス子爵は領地を持たないサンガ公爵家配下の子爵なのですが、領地を持たない代わりに公爵家からの仕事を受けることで給金を得ています。その仕事の一つに公爵領の見回りというものがあるのですが、その報告などで我が家に来ることが多く、その関係で娘たちと接する機会が多くなったのです」

それだけだといまいち可愛がっている理由がわからなかったので、サンガ公爵の話の続きを待っていると、公爵は少し言いにくそうに、

「彼はですね、ずっと娘が欲しかったそうです。彼は奥さんが一人なのですが、奥さんとの間には四人の子供がいるのです。ただし、全員男性ですが……」

貴族の妻としては初めての子で跡取りとなる男子を産み、言い方は悪いが長男のスペアとなる次男三男四男を立て続けに産んだことは理想的な妻と言えるのだが、アビス子爵としては長男の次は長女がいいと思っていたらしく、次男が生まれた時は次こそ女子を、三男が生まれた時にも今度こそ女子を……という感じが四男まで続いたとのことだ。そして四男以降奥さんが妊娠しなかったので、その望みを孫に懸けたらしいが……一一人生まれた孫は、揃って男子だったそうだ。

「その反動が、うちの娘たちの前で出たのでしょうね。主の娘とはいえ、よその子を可愛がるのは奥さんが嫌がりそうなものなのですが、奥さんどころか息子や孫たちでさえも、『アビス子爵と

はそんな生き物だ』みたいな感じであまり気にしていないそうです。それに、息子や孫たちを可愛がっていないというわけではありませんので、子爵家の仲は良好とのことですね」

ある意味アビス子爵は、長年の夢が次男以降一四連敗しているとも言えるのだそうで、サンガ公爵たちも気にしないようにしているとのことだった。

「親戚のじいさんみたいな存在といった感じか……断っても強引に手伝ってきそうだな」

俺も全く同じ状況ではないが、ククリ村で子供のいない村人たちに可愛がられてきたので、プリメラの気持ちも何となくわかる。俺がククリ村の人たちにいまいち頭が上がらないように、プリメラもアビス子爵に強く出ることができず、押し切られてしまうのだろう。まあ、これまで悪いことは起こっていないみたいだし心強い味方がいると思えばいいのだが、経験上あの手のタイプは世話焼きおじさん（おばさん）になる可能性が高く、たまに煩わしくなってしまうので、時に強く言うことも覚えないといけないのかもしれない。もっとも、俺自身がマリア様に強く出ることができておらず、言ったところでじいちゃんたちに笑われてしまうのは目に見えているので、いつか誰にもバレないようにプリメラと話す必要があるかもしれない。

「それで、これから騒がしくなるのは確実だし、どう動けばいいんだろう？」

場の雰囲気を変える為に、じいちゃんにアドバイスをもらおうと軽い感じで話しかけると、

「ん？　それはもう、テンマがアムールとジャンヌと話し合って、責任を取るかそのままにしておくのか決めるしかないじゃろう。むしろ、他に何をすることがあるのじゃ？　うん？」

完全にこの状況を楽しんでいた。

「まあ、結婚するにしろしないにしろ、それが一番わかりやすく効果的なやり方だね。何しろ、プ

リメラがそう簡単にクリアできない条件を示したことで、今後他の貴族はテンマ君に女性を薦めることが難しくなるのだから、私はアムールとジャンヌを側室に迎えるのは賛成だよ。それに、二人が側室になればプリメラとテンマ君を通して、公爵家にも南部や中立派との伝手ができるからね」

サンガ公爵もアムールとジャンヌのことは反対しないようで、それは奥さんたちも同じだった。

まあ、プリメラの案に賛成しつつ公爵家の利益を理由として出しているが、一番の理由はここでサンガ公爵がアムールとジャンヌを否定すると、二人と同じ立場になるかもしれないカーミラさんとグレースさんも否定することになるかもしれないからだろう。俺でもわかることだから、サンガ公爵は確実に理解しているはずだ。

「それは……まあ、頑張ってみます。今後も色々なことで迷惑をかけると思いますが、どうかよろしくお願いします。お義父さん、お義母さん」

「ええ、こちらこそよろしく頼むよ。婿殿」

アムールとジャンヌのことに関しては、まだ完全に覚悟が決まってなかったので中途半端な返事になってしまったが、サンガ公爵とその奥さんたちのことは義父、義母と呼んだ。まあ、お義母さんたちはともかく、お義父さんの方はこれまで通りサンガ公爵と呼んでしまうかもしれないし、アルバートとエリザは義兄、義姉と呼ぶことはほとんどないとは思うけどな……って、

「そういえば、アルバートとエリザのことを忘れた……」

控室に来る前に、一緒についてこようとしていた二人をシーザー様が引き留めてくれたのを、今の今まですっかりと忘れていた。それに、主催者側であるサンガ公爵家のほとんどがこの場にいるので、パーティーとしてはあまりよろしくない状況かもしれない。

サンガ公爵とお義母さんたちも、俺と同じことに気がついたのか慌てだし、皆揃って急いで会場に戻った。すると、

「アルバート……笑顔がかなり引きつっているな」

「お義姉様は……楽しそうにしていますね」

アルバートは、パーティーの参加者たちから質問責めにあって大変そうにしていた。しかし、そのパートナーであるエリザはというと、エイミィと楽しそうにお茶を片手にお菓子の置いてある所で笑いながらおしゃべりしている。

「ふむ。何人か騒がしい……というか、公爵家の司会進行に不満を持っておるようじゃが、シーザーが楽しそうにしているので何も言えないようじゃな」

「そのようですね。後でシーザー様にお礼を申し上げないと」

サンガ公爵はそう言うと、奥さんたちを連れて事態の収拾に向かっていった。

その後、無事に解放されて俺たちの所へやってきたアルバートに、ほったらかしにしていたことに対する愚痴を聞かされたのだったが……そんなアルバートはパーティーが終わった後でサンガ公爵とお義母さんたちに、パーティーの不手際をさんざんにいじられるのだった。

# 第九幕

「少しトラブルはあったけど、概ねうまくいったみたいだね」

「そうじゃな。プリメラがアビス子爵と一芝居打ったのには驚いたが……まあ、貴族の娘らしいといえば、らしいの。そういえばプリメラの部屋も用意せんといかんが、どの部屋にするか決めておるのか？」

　パーティーの帰り道、公爵家の用意した馬車で俺とじいちゃんはパーティーや今後の話で盛り上がり、その中でプリメラの部屋をどうするかという話が出た。

「一応考えているんだけどね……」

「歯切れが悪いのう。もしかして、テンマの部屋を共同で使用するつもりか？」

　正式に婚約したからといって、さすがに結婚前から同じ部屋を使うわけにはいかない。仮に結婚したら貴族籍を抜けることになっているとはいえ、結婚するまでプリメラは貴族なのだから、そこはしっかりとけじめをつけるべきだと思う。

「部屋が余っているんだから無理に共同で使う必要はないし、婚約の段階で同じ部屋で寝泊まりするのはよくないからね。そうじゃなくて、一度空き部屋の整理をしようかと思ってさ。どんなものがあるかわからないから、俺だけでするよりも皆に手伝ってもらった方がいいし」

　今うちの屋敷は、女性陣と男性陣、そして来客用に場所が分かれている。これはじいちゃんが王都に住むことになった時に、王様が何かあった時の為にと自分たちやククリ村の人たちが使える部屋を作るように注文してくれたからで、じいちゃんが俺と再会して元気になってからはその必要がなくなり、完全に男女で部屋のある場所を分けることができるようにしたのだ。まあ、屋敷に住んでいるのは俺とじいちゃん、ジャンヌにアウラにアムールの五人分の部屋とティーダたちが確保している三部屋なので、空き部屋が客間を含めて一〇ほど残っている。

「よくよく考えてみたら、部屋がありすぎだよね。しかもそれらを活用できずに、ほとんどが倉庫みたいになっているし……」

「そうじゃな。わし、全ての部屋がどんな風になっているのか、いまだに把握しておらぬし、客間として確保している以外の空き部屋はゴミ置き……ゴホンっ！　倉庫代わりに使っている所もあるしのう」

掃除をしているジャンヌやアウラにアイナ、それに隠れ場所として使用することのあるルナならどんな部屋があるのか理解しているだろうが、少なくとも俺とじいちゃんは自分の部屋と自分の使う倉庫（兼作業場）以外は、書庫になっている部屋を利用するくらいなので、家長と元家長なのに屋敷の中をちゃんと把握していなかったりする。

「だから、まずは俺たちの部屋の周辺だけでも整理して、人の住める部屋を増やそうかと思って」

将来的には全部の部屋を綺麗にして、部屋の割り当てを変える必要があるかもしれないが、いきなりは無理なので俺たちの近くだけでも整理してみようかと提案したのだ。

そんなことを話し合いながら屋敷の近くに来ると、

「じいちゃん、少し先の方に王家の馬車が走っているって」

「うちの方に向かっているということか？　このタイミングでの登場となると、十中八九パーティー関連の話じゃろうな」

王族の誰かがうちの屋敷に向かっているとすれば、今合流した方が色々と話が早くなるので、俺だけ馬車を降りて先回りすることにした。

「全く、無茶なこと……ではないけれど、普通はあんな真似しないわよ」

無事に王族用の馬車を停めることができた俺は、目的地がオオトリ家の屋敷だと確認してからじいちゃんと一緒にこちらの馬車に移動して……マリア様に叱られていた。

王族用の馬車の進路に先回りした俺は、合図を出して馬車を停めてもらおうとしたのだが……出し方がまずく不審者と間違えられて、馬車の中からディンさんが剣を抜いて飛び出してきたのだった。なお、御者をしていたのはクライフさんで、合図を出しているのが俺だと気がつく前に「前方に怪しい奴がいる」と報告し、『怪しい奴』の正体に気がついて後ろに伝えようとしたのと同時にディンさんが飛び出したので、止めることができなかったそうだ。ちなみに、俺が馬車を停めようとして出した合図は、『へい！　タクシー！』みたいなノリのサムズアップだった為、クライフさんは『変な合図を出している怪しい奴』と判断したとのことだった。

先ほどマリア様が言った無茶なこととは、俺なら王族の馬車を停めたとしても気にしないが、誰かわからない状況では斬り捨てられてもおかしくないからという意味らしい。

俺はマリア様に叱られながらも来訪の理由を尋ね、危惧していたことが予想よりも早くなったのを知った。まあ、その対応の為にマリア様が来たとのことなので、確実に面倒事は半分以下になるだろう。

「ジャンヌとアウラは来ていないようですね。気がついていないのか、忙しいのか……どちらにせよ、減点ではありますが」

屋敷の門を通り、玄関のドアの前まで来た俺たちだったが、いつもは門を開閉する音で玄関を開けるジャンヌとアウラが来なかったので、代わりにアイナがドアを開けようとした……が、

「テンマ様、少し面白いことになっているようなので、代わりに開けてみてください」

などと言いだした。まあ、自分の家のドアなので自分で開けることに抵抗はないが、何が面白いことなのだろうと思いながらドアを開けると、

「テンマ君、どういうこと！」

「お兄ちゃん、説明して！」

ドアを開けたすぐ先に、仁王立ちしているクリスさんとルナがいた。なので、俺はそっとドアを閉めた。

「今クリスとルナの声が聞こえたが、どうなっておるのじゃ？」

俺の反応を不審に思ったじいちゃんが、俺を押しのけてドアを開けたが……

「ふむ」

と言ってすぐに閉めた。

「やっぱりここに来ていたのね……アイナ」

「はい」

俺とじいちゃんを見て全てを悟ったらしいマリア様は、俺たちと場所を変わりアイナにドアを開

けさせた。すると、

「テンマ君！　さっきから……ひぃ！」

「クリス、邪魔！　お兄ちゃ……鬼！」

　俺がふざけているのかとでも思った（どうやら二度目の時は、じいちゃんだと気がついていなかったらしい）のか、三度目のマリア様＆アイナの時に二人は思いっきり詰め寄ってしまい、相手が誰なのか理解した瞬間に凍り付いていた。そして、クリスさんよりもルナの方が失言があった分だけまずいことになりそうな雰囲気があった。

「とりあえず、中でお話しましょうか？」

「「はい……」」

　マリア様に睨まれた二人は一瞬俺に恨めしそうな目を向けた後、大人しく食堂へと移動していった。その間に俺は、じいちゃんと一緒に二階に上がって空き部屋の確認に向かった。すると、

「テンマ、クリスさんとルナ様がマリア様に説教され始めたけど、どうしたらいいの？」

　ジャンヌとアウラとアムールがやってきた。三人は食堂にいた（クリスさんとルナが玄関に陣取っていたので、からまれないようにじっとしていた）らしいが、そこにマリア様を先頭に三人が入ってきて、その雰囲気からクリスさんとルナが叱られるのだと察して避難してきたそうだ。

　そんな三人に、プリメラの部屋を確保するついでに倉庫にしている空き部屋を整理すると言うと、三人揃って手を挙げて手伝いを申し出てきた。まあ、この三人も空き部屋を勝手に倉庫代わりにしているので、俺やじいちゃんに漁られるのは避けたいのだろう。

「皆でするんだったら、プリメラも誘った方がよかったかな？」

結果的に皆で空き部屋の片付けをするんだったら、プリメラも呼んで部屋を選んでもらえばよかったと思ったのだが……

「それは無理だと思われます」

背後から気配を消して近づいてきたアイナに無理だと言われた。さすがにこのパターンには慣れてきたので俺とじいちゃんはさほど驚かなかったが、他の三人は突然の登場にかなり驚いたようで、その場から飛びのいてアイナとの距離を取っていた。三人の中でも特にアムールの驚きようはすごく、耳と尻尾をピンと立てて、ジャンヌとアウラを盾にするようにして隠れていた。

「パーティーの後片付けで忙しいからか？」

公爵家くらいになると使用人が全て片付けてしまうだろうが、もしかすると参加客関連で何かあるのかもしれない。そう思ったのだが、

「おそらくプリメラ様は今頃シーザー様にお叱りを受けているはずなので、たとえテンマ様がお誘いになったとしても、公爵様から何らかの理由をつけられて断られていたでしょう。ですので、プリメラ様がいない分、私がお手伝いします。ちょうどアウラとジャンヌがどういう風に空き部屋を占拠しているのか気になっていたところですし」

一応、ジャンヌたちには空き部屋を自由に使っていいと言ってあるとアイナに伝えたが、そのことを理解した上でも確かめたいと言われたので、断ることはできなかった。

アムールは、アイナの標的がジャンヌとアウラだと知り、二人をからかう素振りを見せていた……が、先ほどからアイナが何度かアムールに視線を向けていたので、標的は二人ではなく三人のようだ。もしかすると俺とじいちゃんも含めて五人かもしれないが……俺とじいちゃんは基本的に

自分の物はマジックバッグに放り込んでいくスタイルだし、この屋敷の主と元主なので、そう厳しいことは言われないはずだ……と思いたい。

そうして始まった空き部屋の整理だが……俺とじいちゃんは、「ちょっと埃っぽいですが、思ったほど散らかっていませんね」で済んだのだ。この評価なら、上出来と言えるだろう。

俺とじいちゃんの次にいい評価をもらうことができたジャンヌはというと、「まあまあ片付いていると言いたいところですが、メイドとしてはギリギリ赤点を回避したというところですね」と、かなり厳しいものだった。しかし、注意はされたものの怒られなかっただけマシだろう。ジャンヌより悪い評価の二人に比べたら。

そして最低評価となった本命のアウラとアムールだが、「論外ですね。さあ、始めなさい」と、アイナがドアを開けた瞬間に有無を言わさず評価され、監視付きで掃除を始めさせられていた。しかも、少しでも手順を間違えたり手を抜いたりしたのがバレたら、どんなに綺麗になっていたとしても一からやり直しとなるのだ。賽(さい)の河原の鬼の話を思い出してしまったが、こうなったアイナを抑えて二人を救い出せるのはマリア様しかいないので、お地蔵様になれない俺たちは矛先がこちらに向かないように大人しくしていることしかできなかった。

そんな力不足で役に立てない（立つつもりがない）俺たちは、アイナを刺激しないように遠巻きに見ながら、空き部屋をどうするか話し合っていた。するとそこに、

「お兄ちゃん！　婚約したのを何で黙っていたの！」

解放されたのか逃げ出してきたのかはわからないが、ルナが二階にやってきて騒ぎだした。

「ルナ、マリア様はここに来てもいいって言ったのか？」

もし逃げ出してきたのなら、一刻も早くマリア様の所に連れていかないと俺にまで飛び火しかねない。そんな思いからルナに確認したところ、

「大丈夫！　おばあ様が、お兄ちゃんの手伝いをしてきなさいって言ってたから！」

と言うので、ルナを信じることにした。

「ルナがそう言うなら大丈夫か。そういえばアイナ、さっき言っていたプリメラが叱られるってどういうことだ？」

先ほどの会話で出てきて気になっていたところだったが、アイナがすぐに空き部屋のチェックに入った為訊きそびれていたことを今訊いてみることにした。数分前ならアイナに声をかけるなど怖くてできなかったが、一息入れる為かちょうど廊下に出てきたので質問してみたのだ。

「テンマ様は気にしていないようですが、プリメラ様は婚約の話をアビス子爵に話してしまいましたから、そのことに対するお叱り……というよりは、注意を受けているはずです。命令ではありませんでしたが、王家、サンガ公爵家、オオトリ家が同意した形でパーティーまでは秘密にするということになっていました。それをプリメラ様は破ってしまったので、王家といたしましては注意くらいはしておかないと面目が立ちません」

「それなら、俺も残っていた方がよかったんじゃないか？」

三家が同意したことが破られたというのなら俺も無関係ではないだろうと思ったのだが、アイナが言うには『一応の注意』ということなので、俺がいると逆に大事になりかねないとのことだった。

つまり、オオトリ家は同意が破られたことなど気がついておらず、王家とサンガ公爵家の『政治的

判断』で秘密裏に解決したということにしておきたいらしい。

「まあ、大したことじゃないのに話し合いをするのも面倒だし、うちには貴族の面子なんか関係ないからな。かなり後になってそんなことがあったと聞いたということにして、いつか笑い話にしようかな？」

「それがいいかと思います」

貴族同士の話し合いといっても実際には何の問題もなかったわけなので、シーザー様とサンガ公爵にプリメラがからかわれて終わりだろう。

気になっていたことも訊けたので、他の空き部屋の整理でもしようかと思ったら、

「お兄ちゃん！　さっきから私のこと無視してるでしょ！」

俺の進路に先回りしたルナが怒っていた。実はアイナとの会話中、何度かルナが話しかけていたのだが面倒臭そうな内容だと確信していたので、対策を思いつくまで無視していたのだ。まあ、思いつくには思いついたのだが、もしかしたら諦めるかもしれないと思って気がつかなかったふりをしていたのだが無理だったようだ。

「何で婚約の話を私だけ仲間外れにしたの！　お兄様は知っていたのに！」

「マリア様が理由を話したんじゃないのか？」

説教の中でその話が出てこなかったとは思えないので訊いてみたが、「私だと話が広がりそうだから教えなかったじゃ納得いかない！」と言って引かなかった。まあ、俺がルナの立場だったとしても腑に落ちないだろう。もっとも俺の場合だと、「直接の関係者じゃないから」で納得するとは思うが。

「ルナにだけ秘密にしていた件だが、ティーダがどうなったのか聞かされて……ああ、その前にうちに来たんだったな」

「お兄様がどうしたの？」

わざと芝居がかった感じで、俺とプリメラの婚約話を知っていたティーダに何かがあったのだと匂わせると、予想した通りルナが食いついてきた。

「俺がダンジョン攻略の報告で王城に行った時に、ルナとティーダと一緒にマリア様の所に行ったことがあったろ？」

「うん」

「あの時にルナはイザベラ様に連れていかれてしまっただろ？　実はその後で、ティーダの前でうっかり口を滑らせてしまって婚約がバレたんだけど、マリア様がティーダに絶対に誰にも言わないようにと釘を刺してな。ティーダはそれを忠実に守ってエイミィにも言わなかったんだ……でも、今日の発表でそのことについてエイミィに詰め寄られてな。もしかしたらティーダが嫌われるんじゃないかと心配するくらい、エイミィが怒ったんだ」

「本当に？」

「まあ、俺にはそう見えた……ってことだけど、実際にティーダは疲れた様子だったな。ティーダですらそうなったのに、ルナの場合……婚約の話をバラした時にルナを怒る相手は、マリア様とシーザー様とイザベラ様だろうから、単純計算でティーダの三倍は疲れることになるぞ。しかも、ティーダは秘密にしていてそうなったのに、ルナは話を漏らしてしまったらだから、三倍どころじゃないだろうな」

と言うと、
「私はそんなドジしないもん！」
と返ってきた。だが、
「言っておくけど、ティーダはエイミィにすら話を漏らさないようにいつも気を張っていたという
から、黙っておくだけでもものすごい負担だったそうだぞ。エイミィは俺の関係者だから、バレて
も問題ないといえばないいんだが……ルナは仲のいい友達に、ずっと秘密を守ることができたと自分
でも思うのか？」
「それは！　その……あの……えっと……」
さすがのルナも、そこまで言われると大丈夫だとは胸を張って言えないようで、だんだんと勢い
がなくなっていった。
「もし俺が婚約の話を教えてしまったら、ルナが余計な苦労をしてしまうと思って、あえて教えな
かったんだ。まあ、俺やプリメラはそういう感じだったけど、王家の方は多分マリア様か王様のど
ちらかが決めたんじゃないかな？　理由が知りたいのなら、二人のうちどちらかに訊かないと……
さすがに俺には王家側の理由はわからないな」
とにかくそれっぽい理由を並べてまくし立て、最後は王様とマリア様に注意を向けさせれば作戦
終了だ。いくら孫とはいえ、さすがのルナもマリア様には強く出ることはできないだろうから、矛
先が向くとすれば王様だろう。これならば王様以外苦労しなくて済む。
「何だか詐欺師の手口みたいですね。断言せずに、どうとでも言い訳できるような言葉を使うあた
りが」

「アイナ、うるさい」

アイナがルナに聞こえないように小さな声でからかってくるが、嘘は言っていないので問題はない。もしかするとルナが勘違いしてしまうかもしれないが、それは人それぞれ解釈が違うので、時には話の意図がうまく伝わらないこともあるだろう。

「ルナ、せっかくだから自分の部屋の掃除でもしておけよ。いつマリア様がチェックに入るかわからないぞ」

掃除と聞いて嫌な顔をしたルナだったが、マリア様の名前を出すと慌てて自分が確保している部屋に向かっていった。

「アウラ、私がいなくてもちゃんと掃除をしておくのですよ。後で確認に来ますからね」

アイナは手伝いをする為か監督をする為かはわからないが、アウラに釘を刺してすぐにルナを追いかけた。

「アイナのおかげで、俺とじいちゃんの方は大体終わったかな？」

「そうじゃな。それでプリメラの部屋じゃが、婚約中はジャンヌたちの近くに部屋を作って、結婚した後は本人の希望次第でテンマの近くに移動するでいいのではないか？　結婚した後は、わしも部屋を移動することにしよう。テンマとプリメラの夜の営みの邪魔になってはいかんから、のっと！」

「ちっ！」

最後の方でふざけたので、突っ込み代わりにわき腹に親指でも突き立ててやろうとしたが、じいちゃんはそれを読んでいたようで、横っ飛びで回避されてしまった。

「それじゃあ、次にプリメラさんが遊びに来るまでは、どの部屋がいいか選んでもらう為に空き部屋は綺麗にしたままにしておいた方がいいですね」

ジャンヌが何事もなかったかのように締めくくったので、じいちゃんに攻撃を当てることは諦めて、三人で食堂へと向かった。すると、

「あら？　用事はもう終わったの？」

二階に上がってくるマリア様と鉢合わせた。その後ろにはディンさんもいるので、クリスさんへのお説教は終わったのだろう。

「テンマ、クリスがちょっと荒れ気味だから鎮めておいてね。方法は任せるから」

「頼むぞ」

完全に丸投げされた形だが、いずれクリスさんをどうにかしなくてはいけなかったのだ。なので、

「テンマ君！　何で黙っていたのよ！」

「ちょっとテンマ君、聞いてる？」

「もしも〜し、聞こえていますか〜？」

「もしかしてテンマ君、怒ってる？」

食堂に入るなりクリスさんが詰め寄ってきたが、俺は完全に無視して、いないものとして扱った。

しばらくすると、

「お兄ちゃん、お腹すいた！」

「確かに」

「全く、ルナときたら……」

アムールやアウラ、それにマリア様たちがやってきた。

「ジャンヌ、お茶を九人分用意してくれ」

「一〇人分じゃなくていいの？」

「俺にじいちゃん、アムールにジャンヌにアウラ、マリア様にルナにディンさんにアイナの九人だろ？　他に誰がいる……ああ、クライフさんがいたか！　姿が見えなかったから忘れてた！」

「え～っと……クライフさんは用事があるらしくて、少し前に王城に戻ったそうよ」

「じゃあ、やっぱり九人分だな」

「ジャンヌ！　一〇よ、一〇！　一〇人分で合ってるのよ！」

「ジャンヌ、慌てなくていいから、ちゃんと九人分頼むな」

俺がわざとクリスさん以外を指折り数えると、ジャンヌはクリスさんをちらちら見ながらお茶の準備に向かった。その後ろ姿にクリスさんが自分の分もとアピールしていたが、俺は九人分だと念押しした。

そんな俺たちのやりとりを見ていたマリア様たちは、俺がクリスさんをいないものとして扱っていることに気がつき、クリスさんと目を合わせないようにして席に着いた。まあ、アムールとルナはクリスさんを笑いながら見ていた。

そんなクリスさんは、必死になって存在をアピールしようと俺に近づいてきたが……

「テンマ。大きな虫を捕まえたから、ちょっと庭に捨ててくる」

「なるべく遠くに頼むな」

アムールに羽交い絞めされて、捕まっていた。暴れて逃れようとするクリスさんだったが、力で

はアムールの方が強い上に完全に後ろを取られているので、抵抗むなしく庭へと引きずられていこうとしていた。すると、

「テンマ君、謝るからもう許して！　婚約のことで何も文句は言いませんから、せめて人扱いしてちょうだい！」

　ついにクリスさんが降参した。

「あれ？　クリスさん、いつの間に食堂にいたの？　姿が見えなかったから、てっきりクライフさんと一緒に帰ったものとばかり思ってたよ」

「うむ、虫を捕まえていたはずなのに、いつの間にかクリスになっていてビックリ！」

　などと、三流役者にも劣る演技でクリスさんの存在を認めたのだった。

「ひどい目に遭わされるところだったわ……」

　外に捨てられそうになったクリスさんは、ジャンヌの持ってきたお茶をちびりちびりと飲みながら俺を恨めしそうな目で見ていたが、大人しく席に座ったままだった。

「このまま結婚式まで静かだったらいいのに」

　と、何気なく呟くと、

「それは無理でしょうね。『龍殺し』の婚約にサンガ公爵家嫡男（アルバート）の結婚……それだけで今年一番の話題は『結婚関連』になりそうなのに、テンマが公爵家の結婚披露パーティーでグンジョー市の時にやったようなものをすれば、間違いなく今年は例年より結婚式を挙げるカップルが増えるでしょうね」

「そうなると、今年の話題の中心はテンマというわけになるのじゃな」

「ええ、その通りですマーリン様。それにもしかすると、テンマの結婚式を真似たいと貴族のみならず平民からも要望が寄せられるかもしれません」

そうマリア様が反応し、そこにじいちゃんが楽しそうに合いの手を入れていた。

俺としては許可を取らなくてもいいから、各々で勝手にやってくれという感じだったが、そんな俺の様子を見て考えていることを読んだマリア様は、

「まあ、大貴族とその身内のやり始めたことを、他の者が勝手に真似するのは気が引けるでしょうね。貴族にしてみればパーティーの手法を盗んだともとられかねないし、平民からしてみれば勝手に真似して咎められたら命に関わるかもしれないと考えるでしょうからね」

貴族の間にはいろいろと面倒臭いことが多々あるし、そんな感じで貴族ですら遠慮していることを平民が勝手にやるのもまずいということらしい。

俺がグンジョー市で行った結婚式の形式は、俺が平民のままだったなら貴族も平民も勝手にやっても問題なかったかもしれないが、俺が平民でありながらサンガ公爵家の身内となったことで、俺に対しても貴族と同じような配慮をしなくてはいけなくなったということらしい。

「面倒臭いですね……俺以前にも同じようなことをした人はいたでしょうに」

「まあ、同じようなことをした者はいたかもしれないけど、あくまで同じようなものであって、テンマのように高級素材をふんだんに使った独創性の高いコース料理や、あれだけのデザート……特にあの巨大なケーキを出した者は私の記憶にも王城の記録にもないから、テンマオリジナルの結婚式と言っていいでしょうね」

こんなところでマリア様にお墨付きをもらってしまったが……ますます面倒なことになってしまった。

「面倒事を避けたいのなら一度あの人の口から、『グンジョー市での結婚式は、テンマの考えたオリジナルのものだった』と他の貴族の前でそれとなく言ってもらった方がいいかもしれないわね。そしてその後で、『同じ様式で結婚式をしたいのならご自由に』とテンマが言えば、勝手にやり始めると思うわよ。利権となりそうなものを簡単に手放す意図を怪しく思う者が出るかもしれないけれど、オオトリ家とサンガ公爵家の評判を高める為だとか言っておけば、勝手に深読みして納得するはずよ」

とのことらしいので、そのあたりの話はマリア様から王様に伝えてもらうことにした。ただし、俺からの承認に関しては、『アルバートの結婚式以降なら』と付け加えることにしたのだった。そうすれば、俺がサンガ公爵家に配慮しているとも取れるので、公爵家と実は不仲であるとかいう噂は出ないだろうとの判断からだ。

「そうね、どんなに両家の仲は良好だと宣伝しても、言う者は出てくるしそれを信じる者も出てくるでしょう。まあ、大多数は噂だと聞き流すでしょうけどね。けれど、『自分たちの結婚式ではなく義兄の結婚式の後で』と言うのは、好印象を持たれると思うわ。何せテンマの結婚式だと、半年以上も先になってしまうけれど、アルバートの結婚式なら数か月待てばいいもの」

アルバートとエリザの結婚式はなるべく春のうちにするつもりとのことなので、待つとしても三～四か月ほどで済むし、そもそも冬に結婚式を挙げるカップルは他の季節に比べて少ないとのことなので文句は少ないはずだ。

「アルバートにも頼まれていますし、何より義兄になる人の結婚式ですから、色々と頑張ってやりますよ」

「まあ、ほどほどにしておきなさいね」

「今から結婚式が楽しみだね！」

マリア様は俺の様子から何か企んでいると感じたのだろう。少し呆れた様子で釘を刺してきた。

そんな俺とマリア様の会話に割り込んできたルナは、俺が頑張ると言ったところに反応したみたいだ。つまり、俺が頑張る＝料理が豪華になるという方程式に思い至ったのだろう。そこに反応するということは……

「食事やデザートに期待するのは構わないが、ルナだと呼ばれない可能性の方が高いからな」

「何で！」

ルナは驚いた顔をしていたが、王族からの参加者となると王様とマリア様、もしくはシーザー様とイザベラ様のペアになるだろう。もしかしたら、エイミィの関係でティーダも呼ばれるかもしれないが、そうすると王家から三人くらい出席する可能性があるということなので、それ以上になると出席しすぎだとなるだろう。さらに言えば、その五人と比べるとルナの重要度はかなり低くなるので、どう考えても呼ばれない可能性の方が高いだろう。

「お兄様の代わりに出る！」

「ルナ、上位貴族の結婚式に出席するのも王家の務めになるはずだから、それはできないと思うぞ。俺の結婚式の時にはちゃんと呼ぶから、アルバートの結婚式は我慢しろ」

それでも納得できなかったルナはわがままを言い続け、最終的にはマリア様に叱られて渋々ながら静かになったのだが……何故か納得する条件に、結婚式で出した食事とデザートを確保するように要求されたのだった。

特別書き下ろし

# リベンジマッチの被害者

「テンマ、リベンジマッチ！」

　俺とプリメラの婚約が発表されてからしばらくたったある日、いきなり気合十分といった感じのアムールがそんなことを言いだした。初めは何を言っているのかと思ったが、すぐに騎士型ゴーレムに対しての発言だと気がついた……というか、前にアムールが騎士型ゴーレムと模擬戦をしてから大分時間が経っているので、すぐに思い出せたのは奇跡……とまでは言わないが、自分的にはかなりすごいと思う。何せ、前の模擬戦から様々なことが起こり、ここ最近も色々な予定が続けて入っていたからだ。それに、あの時の模擬戦は結果だけ見たら、アムールとクリスさんの勝利なのだからリベンジというのはおかしな話だ。まあ、二人掛かりでの勝利だったし、肝心のとどめはクリスさんに奪われたものだから納得がいかなかったのかもしれないけれど。

　それに多分だけど、アムールがいきなりリベンジと言いだしたのは、アムール自身も模擬戦で不完全燃焼だったのを急に思い出したからかもしれない。俺も関係のない時に、ふとそれまで忘れていたことを思い出すことはあるしな。

「リベンジはかまわないが、やるには王都の外にある草原まで行かないといけないけど……この後で、プリメラたちが来るしな……」

今日はプリメラだけでなく、結婚式の料理について話し合う為にアルバートとエリザも来ることになっていた。ついでに何故か、カインとリオンも。

なので、五人をほったらかしにして出かけるわけにはいかないし、かといってプリメラに渡す予定の騎士型ゴーレムをアムールに預けるのもどうかと思う。そもそも、騎士型ゴーレムは今の段階だと俺の命令しか聞かないので、アムールに預けたところで模擬戦どころか起動すらしないのだ。

「むぅ～……なら、プリメラとアルバートとドリルも連れて行く。私がリベンジマッチをしている間に、草原で話し合えばいい！」

などと、アムールはさも名案だと言わんばかりに声を張り上げた。

さすがにそれは無理だろうと思ったが、一応プリメラたちに提案してみようと思い五人を舞って聞いてみると、

「それは面白そうですわね！　たまには外で話し合うのもいいかもしれません！」

と、エリザが真っ先に賛成し、プリメラもエリザに押し切られる形で了承したので、草原でアムールのリベンジマッチを見ながら、結婚式の料理についての話し合いをすることになった。なお、本日の主要人物であるアルバートに発言の機会は与えられず、カインとリオンに至っては完全に空気となっていた。

「それでアムール、リベンジの相手は前と同じ奴でいいのか？」

「もちろん！」

アムールのリベンジの相手はやはり前に戦ったゴーレムで、便宜上『初号機』と名付けられているやつだ。あれから改良を重ねているので性能は上がっているが、それ以上に変化があるのはゴー

レムの装備品だ。以前は棒だったのに対し、今は武器を片手剣（人間サイズで言うと両手剣）に変えて、反対の手に盾を持っている。

「うむ、相手にとって不足なし！」

相手は以前よりも強くなっている上に、今回は一対一なので明らかに不利な状況となっているにもかかわらず、アムールは嬉々としてゴーレムに突っ込んでいった。

「やはりアムールは南部の出身だけあって、戦闘狂なところがありますね……ところでテンマさん、『初号機』と『二号機』『三号機』にはどんな違いがあるのですか？」

ゴーレムに突っ込んでいったはいいが、体当たりで迎撃されて吹っ飛んだアムールを見たエリザは、残りの二体が気になったようで自分の結婚式の打ち合わせを中断までして聞いてきた。

「特に見た目も性能も大きな違いはないけど……もしかすると、今後見分けがつくように外見はいじるかもしれない。それ以外だと、今は持たせている武器が違うくらいかな？　……いや、頭のポニーテールの色が違うか」

「テンマさん、それも付け替えるとわからなくなります」

「そういえばそうか」

三体はよく見ると細かな傷などで判別できるが、それでもパッと見でわかりやすいもので判断してしまうことが多く、その結果後で間違いに気がついたりするのだ。なお、プリメラ自身をポニーテールを付け替えることができる仕組みを気に入っており、たまに付け替えて遊んでいたりする。

まあ、そのこともあって間違いが発生するともいえるけど。

「テンマ、他の二体が持つ武器は、どんなものなんだい？」

それまで自ら空気と化していたカインは、好奇心が勝ったのか他の二体の武器について尋ねてきた。

「何種類か用意しているけど、基本的には『双剣』と『長槍』を持たせることが多いな」

「ほぉ、それはなんだか俺たちみたいだな」

確かにリオンの言う通り、チームバランスという意味では三馬鹿と騎士型ゴーレムたちは方向性が似ているだろう。

「まあ、似ているといえば似ていると言えるだろうけど……ゴーレムの後衛担当は、僕と違って前衛も可能だからね。そこだけ見たら、まるっきり別物のような気もするね」

「そうか？　近接、中衛、後衛が揃っているから、同じようなもんだろ？」

自分とは役割が違うから同じとは言い切れないというカインと、それぞれの担当が被らないから同じだと主張するリオンの意見は、二人が話し合うにつれて徐々に対立していった。その結果、

「何で私まで巻き込むのかなぁ……結婚式の話をする為に、ここまで来たというのに……やりたくないなぁ」

嫌がるアルバートを巻き込んで、騎士型ゴーレム三体と三馬鹿の模擬戦に発展したのだった。

「ふんっ！　ボコボコに潰されるとい、いたっ！」

「アムール、じっとしてないとちゃんとした手当てができませんよ」

「全く、普通だったら骨が折れてもおかしくないくらいの当たりだったんですから、少しは大人しくしなさい。それと、ボコボコにされるのは仕方がありませんが、今潰されると色々と困るので、変なことは言わないでください」

騎士型ゴーレムの堅い防御を打ち破ろうとムキになったアムールは、無謀とも思える突進を繰り

返した結果、ゴーレムのカウンターによって宙を舞ったのだった。その際に武器が手から離れ、即座に立ち上がることができなかったので模擬戦をアムールの負けという形で終了させたのだが、それがアムールにとってはいささか不満のようだ。その為、入れ替わる形で模擬戦に挑もうとしている三人にいら立ちをぶつけようとしたのだろう。まあ、完全に言い切る前に中断させられたけど。

「カインとリオンが頭を下げるから了承したけど、三人がかりでもアムールに勝てないアルバートたちが、アムールに勝った騎士型ゴーレムに勝つ可能性はほぼないはずだ。重要なのは勝敗よりも、三人がどれだけ粘れるかだな」

アムールの機嫌を少しでも良くするために口に出した言葉だが、実際に三人がゴーレム相手に一分持ったら上出来と言えるだろう。これが三対一ならもっと持つだろうが、三人の頼みで三対一となっているので、一対一の各個撃破で三〇秒も持たないかもしれない。

そんな俺の予想に、プリメラたちも納得していたが……予想に反して、模擬戦は二分近く続いたのだった。まあ、アルバートとリオンは予想通り三〇秒以内に負けたのだが、時間がかかったのは弓で戦うカインが二人を囮にして遠くまで逃げていたからだけど。

なお、二人を囮にする形で逃げていたカイン（本人曰く、弓を使う為に離れていただけ）は、しばらくの間皆からの扱いが冷たくなるのだった

異世界転生の冒険者⑫／完

# あとがき

『異世界転生の冒険者　一二巻』をお読みいただき、ありがとうございます。

まず初めに……この度、作品中に重大な間違いが発見されました。誠に申し訳ありませ ん……などといきなり言われても、何のことだかわからないという方ばかりだと思いますので説明させていただきます。

第一巻にて、クラスティン王国のある大陸には、『ハンブル公国』と『ギルスト共和国』という国があるという感じで説明しているのですが、その『ギルスト共和国』が、いつの間にか『ギルスト帝国』に変わっていました。おそらくですが、共和国と書かなければならないところを帝国と書き間違え、そんな勘違いしたまま話を続けた為、共和国が滅んでしまったのだと思われます。この問題については帝国の方が共和国より使用期間が長く、共和国と言う言葉は最初の方に出てきただけなので、今後は『ギルスト帝国』を正式な国名にさせていただきます。本当に申し訳ありませんでした。

それでは、一二巻のあとがきに入らせていただきます。今回の書籍では、テンマとプリメラが婚約し、アルバートとエリザの結婚が決まり、ダンジョン攻略したりヒドラが出てきたりしましたが、主役は騎士型ゴーレムです。この騎士型ゴーレムはかなり前から出そう出そうと考えていましたが、引き伸ばした結果プリメラへのプレゼントという形で登場

するこ とになりました。ちなみにプリメラは、初登場からテンマの相手にと考えていたわけではなく、テンマの行く場所行く場所でのヒロイン（山猫姫含む）という感じにしようと思って出したキャラクターでした。なお、その設定は次に出てきた現地ヒロイン（だったはず）のジャンヌを連れ出したことで崩れ去りました。

今回の書籍化作業もなかなか大変で、毎度のことですが修正箇所が多く見つかり直すのに手こずりましたが、それ以上に苦労したのが書き下ろし作業でした。

今回の書き下ろしは、文字こそこれまでの中でも少ない方なのですが、書籍のおまけの後に話が来たのでネタを探すのに苦労し、やっと見つけたと思い書き始めると、今度は話の途中で文字数がオーバーしてしまうという有様でした。今回の書き下ろしでは、アムールが模擬戦をしてその後に三馬鹿の模擬戦という流れとなり、最後はカインが責められて終わりとなっていますが、当初の予定ではカインの前に巻き込まれたアルバートの視点を入れるつもりでした。そんなアルバートＳＩＤＥを書き、その勢いのまま最後まで一気に頑張ったのですが……その頑張りの結晶を担当さんから送られてきたフォーマットに差し込んで確認した結果……文字数をオーバーしていることが発覚しました。それも、一〇〇〇文字近くも……その為、全体のバランスを考えてアルバートＳＩＤＥを削除することになり、削除して足りなくなった分を考えて作り、新しく作ったせいで文章の繋がりがおかしくなったところを修正し……と、四〇〇〇字くらいだからわりと楽にできるだろう……などと考えていた書く前の自分にひところ苦言を呈してやりたくなるような思いをすることになりました！　……などと書いていたら、今度はあとがきのページが足りなくなりそうなのでこの辺りで終了します。

最後になりますが、大きな間違いを見逃しつつ一二巻までお付き合いしてくださった読者の皆様、本当にありがとうございます。この作品もそろそろ終わりが見えてくるころになると思いますが、できることならば最後までお付き合いの程、よろしくお願いします。

ケンイチ

異世界転生の冒険者 ⑫

発行日　2021年12月25日 初版発行

著者 ケンイチ　イラスト ネム





発行人　保坂嘉弘

発行所　株式会社マッグガーデン



〒102-8019 東京都千代田区五番町 6-2
ホーマットホライゾンビル 5F

編集 TEL：03-3515-3872　FAX：03-3262-5557

営業 TEL：03-3515-3871　FAX：03-3262-3436



印刷所　株式会社広済堂ネクスト

装　幀　ガオーワークス


本書は、「小説家になろう」(https://syosetu.com/) 作品に、加筆と修正を入れて書籍化したものです。




ISBN978-4-8000-1152-7 C0093　　Printed in Japan


著者へのファンレター・感想等は弊社編集部書籍課「ケンイチ先生」係、「ネム先生」係までお送りください。

本作品はフィクションです。実在の人物・団体・事件等には一切関係ありません。